KB109921

조국과 민족을 위해 모든 것을 바친

애국지사들의 이야기·4

– The story of Korean patriots

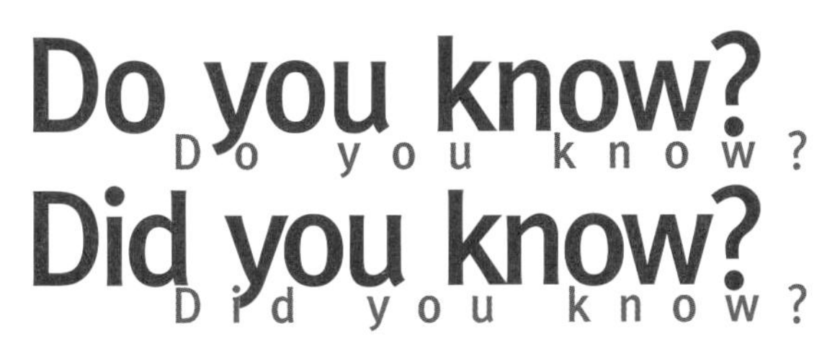

2020

신세림출판사

조국과 민족을 위해 모든 것을 바친

애국지사들의 이야기 · 4

– The story of Korean patriots

발간사

『애국지사들의 이야기·4』호를 발간하며

애국지사기념사업회(캐나다) 회장 김 대억

애국지사기념 사업회는 발족한지 4년 되던 2014년부터 『애국지사들의 이야기』를 발간하기 시작했다. 김구 선생, 안창호 선생, 안중근 의사 등 열여덟 분 애국지사들이 수록된 이 책은 여러 층의 독자들로부터 고무적인 평가를 받았다. 소개된 애국지사들의 생애와 업적이 국내외의 동포들과 자라나는 2세들에게 독립투사들의 고귀한 민족애와 조국애를 잘 보여주는 아주 유익한 책이라는 반응을 보여주었기 때문이다.

그 같은 성원과 격려에 힘입어 본 기념사업회는 2018년에 『애국지사들의 이야기·2』호를 펴냈다. 2호에는 조만식 선생과 이시영 선생을 비롯한 일곱 분의 애국지사들을 수록했다. 그중에 우리민족의 영원한 친구이며, 삼일운동의 서른네 번째 민족대표로 꼽히는 스코필드 박사와 일제의 잔인하고 악랄한 식민통치를 세계만방에 알린 캐나다인 맥켄지 기자를 포함시켰다. 우리민족이 아닌 외국인들까지도 우리의 고난과 슬픔에 동참하여 우리를 도와 일제에 항거해준 사실을 널리 알리기 위해서였다. 또한 한국전쟁이 발발하자 한국전

애국지사기념사업회(캐나다) 회장 김 대억

참전을 위한 지원군 모집에 자원하여 가평전투에서 싸운 윌리엄 클라이슬러씨와 대담한 “참전용사 탐방기”를 특집으로 실었다. 대한민국을 공산 침략군으로부터 지켜주기 위하여 알지도 못하는 나라에 와서 싸워준 자유우방국 병사들을 기억하며 감사한 마음을 전하기 위해서였다.

2019년에 발행한 제3권에서는 김규식 박사와 서재필 박사를 비롯한 열 분 애국지사들의 민족을 위해 바친 생애를 다루었다. 제1권과 2권을 읽은 분들이 “한글을 읽을 수 없는 2세들을 위해 영문도 포함시켰으면 좋겠다.”는 의견에 따라 제1권에 수록되었던 〈민족의 스승 백범 김구 선생〉을 영문으로 번역하여 실었다. 제3권이 발간된 2019년은 삼일운동이 일어난 지 100년이 되는 해였기에 이를 기념하는 의미에서 우리정부에서 독립유공자로 인정한 스코필드 박사, 맥켄지 기자, 그리어슨, 마틴, 바커 선교사 등 다섯 분의 캐나다인들이 어떻게 우리의 독립을 위해 싸워주었나를 재조명했다.

본 사업회가 발족한지 10년이 되는 금년에 출판되는 제4호에는 주기철 목사, 충정공 민영환 등 여덟 분 애국지사들의 독립운동에 초점을 맞추었다. 제3권에서처럼 동포사회 인사들의 기고문도 함께 묶었다.

특히 이번 4호의 특집으로 여성 독립운동가들의 활약을 시로 생생하게 승화시킨 이윤옥 시인의 시집 '서간도에 들꽃피다'에서 13편의 시와 김일옥 작가께서 보내주신 작품을 수록했다. 이 특집 문학작품을 통하여 우리선조들이 일제의 압제 하에서 얼마나 독립을 갈망했으며, 그 목적을 달성하기 위하여 일치단결하며 일제와 투쟁했는가를 알게 되기를 기대한다.

이번 책자를 위해 정태인 총영사님, 이진수 한인회장님, 김연수 평통회장님, 김명규 캐나다 한국일보 발행인, 송선호 재향군인회 회장님, 글로벌 코리언 발행인 강한자님 등이 축사를 해주신 것에 감사드린다. 또한 귀한 글을 써주신 김정만, 박정순, 백경자, 조병옥, 최봉호 이사님들과 김미자 목사님, 김제화 목사님, 이재철 목사님, 최진학 전 평통회장님, 홍성자 수필가님 등에게도 진심으로 감사드린다. 1,2,3권에 이어 네 번째 책도 정성들여 편집하여 좋은 책으로 만들어 주신 신세림 출판사의 이시환 사장님에게도 감사의 마음을 전해드린다.

지금 대한민국은 급변하는 세계정세와 복잡하고 혼란스러운 국내사정과 "코로나-19" 펜데믹으로 인해 어려운 상황에 놓여있다. 『애국지사들의 이야기·4』호가 우리 동포들이 나라와 민족을 사랑하는 마음으로 하나로 뭉치는데 도움이 되기를 바라는 마음 간절하다. 국내외의 모든 동포들이 투철한 민족정신과 뜨거운 조국애로 단합하면 우리의 자랑스러운 선조들이 일제의 야만적인 식민통치에서 건져내어, 일으키고, 발전시키고 번영시킨 조국 대한민국을 "동해물과 백두산이 마르고 닳도록" 세계정상에 우뚝 서는 나라로 만들 것을 믿어 의심치 않기 때문이다.

축사

『애국지사들의 이야기·4』호 발간축사

주 토론토 총영사 정 태인

애국지사기념사업회의 『애국지사들의 이야기·4』호 발간을 진심으로 축하드립니다.

2014년부터 발간된 동 책자는 우리 한인동포사회에 애국지사들의 숭고한 항일독립운동정신과 국가발전의 민족사를 널리 알리는데 크게 도움을 주고 있습니다.

금번 4권에는 충정공 민영환, 항일시인 심훈, 순교자 주기철 목사, 선교사이자 교육자로서 대한제국의 항일운동을 적극 지원한 호머 헐버트에 이르기까지 국적을 불문하고 제반분야에서 한국의 독립을 위해 적극 활약한 애국지사들의 이야기들이 폭넓게 다루어졌다고 평가합니다.

특히 잘 알려지지 않았던 13분 여성 독립운동가들의 詩에서 남성들을 능가한 항일 독립운동정신을 재확인할 수 있었습니다. 이분들의 애국보훈의 정신이 계승되어 대한민국을 지키고 발전시키는데

주 토론토총영사 정 태인

밑거름이 되었음을 보여주었다고 생각합니다.

그간 『애국지사들의 이야기』 시리즈발간을 통하여 동포사회에 애국심을 불러일으키고, 우리의 역사를 알리고, 동포사회의 단합과 자긍심 함양에 기여해온 애국지사기념사업회에 아낌없는 성원과 박수를 보내드립니다.

『애국지사들의 이야기·4』호 발간을 다시 한 번 축하드리며, 동 책자 발간을 위해 수고하신 김대억 애국지사기념사업회 회장님과 관계자 분들의 노고를 치하 드립니다.

감사합니다.

축사

『애국지사들의 이야기·4』호 발간축사

토론토한인회장 이 진수

애국지사기념사업회의 『애국지사들의 이야기·4』호 발간을 진심으로 축하드립니다.

2014년 애국지사들의 이야기 1호 발간이후 총4권의 애국지사들의 이야기가 책으로 발간되었습니다. 이는 고귀한 희생으로 나라를 지킨 순국선열들의 애국정신을 우리 후손들에게 바르게 알려 주기 위한 마중물이라고 할 수 있습니다.

애국지사기념사업회는 지난 2010년 출범이래 애국지사들에 관한 여러 사업을 통해 우리한인들과 동포2세들에게 애국지사들의 숭고한 뜻을 알리고 애국심을 고취시키는데 소중한 노력을 기울여 왔습니다.

10주년을 맞이한 애국지사기념사업회에 앞으로 더 번창과 번영이 있기를 바라마지않습니다.

토론토한인회장 이 진수

우리 민족이 지난 100여 년간 역사의 어려운 시련을 극복해 내고 GDP 12위의 선진국의 대열에 설 수 있기까지는 수많은 애국지사들의 헌신과 희생이 있었기에 가능했습니다.

그러나 실제로는 애국지사들의 헌신과 노력이 알려지기까지 오랜 시간이 걸렸습니다. 독립운동가 한 분이라도 더, 독립운동의 한 장면이라도 더 찾아내 알려지고 예우되어야 합니다.

그런 점에서 이번 책자발간과 같은 노력은 계속되어야 할 것입니다. 다시 한 번, 『애국지사들의 이야기·4』호를 발간하기위해 수고하신 애국지사기념사업회 김대억 회장을 비롯한 모든 관계자 분들의 노고를 치하 드립니다.

몸은 비록 해외에 살고 있지만, 아울러 이 책을 통해 애국지사들의 숭고한 애국애족정신을 동포사회에서 다시 한 번 되새겨보는 기회가 되길 기대합니다.

축사

『애국지사들의 이야기·4』 발간을 축하드리며…

민주평통 토론토협의회 회장 김 연수

애국지사기념사업회가 발족한지 10년이 되는 해이다.

일본과 대한민국의 암울했던 역사를 모르는 캐나다 우리 젊은 동포 세대들에게 선조들이 몸을 던져 희생하여 이룩한 우리 대한민국을 자랑스럽게 여기고 애국지사들의 공훈을 기리며 나라사랑 정신을 되새기기 위한 목적으로 기념사업회가 설립하여 그동안 애국지사들의 이야기를 계속 발간한 공적을 깊이 치하하는 바이다.

"역사를 잊어버린 민족은 미래가없다"
라고 단재 신채호 선생은 말했다.

이 책에 담아있는 애국지사들의 이야기를 들려줌으로써 일제강점기 우리 민족의 등불이 되어 주셨던 분들을 잊지 않으며 나라를 되찾고, 지키고, 바로 세운 분들의 명예를 높이는 일에 최선을 다하는 각오를 일깨워주는 역할이 되리라 믿는다.

민주평통토론토협의회 회장 김 연수

특히 2020년은 안중근 의사 순국110주기를 맞는 해이다.

안중근 의사 어록 "이익을 보거든 정의를 생각하고, 위태로움을 보거든 목숨을 바쳐라"는 말씀은 우리들에게 숭고한 자주독립정신과 정의로움이 이 땅에 바로서야 한다는 가르침을 주고 있다.

이번 애국지사기념사업회가 발간한 4번째 애국지사들의 이야기가 우리 민족공동체에게 3.1독립운동이후 새로운 100년을 여는 원년에 새로운 대한민국과 우리 민족이 하나 되는 조국의 평화통일을 염원하는 초석이 되기를 바라는 바이다.

『애국지사들의 이야기·4』 발간을 진심으로 축하하며 계속 5,6,…의 발간을 기대해본다.

축사

미움은 속으로 안고 다시 대한의 역사를 배우자
애국지사이야기 제4권 발간에 즈음하여

캐나다한국일보사 발행인 김 명규

일본과 일본국민을 미워하는 것은 어쩔 수 없는 노릇이다. 그에 더해 우리선조들의 분열과 나약함도 원망스럽다.

일본은 세상모르고 팽창하던 미국을 박살내겠다고 나선 간이 큰 민족이었다. 작은 땅덩어리의 섬나라, 한반도의 1.7배, 대한제국을 호시탐탐침략하면서 못살게 군 이웃나라였다.

군국주의 세력에 밀려서 전쟁을 시작했을 뿐 자신은 평화주의자라고 발뺌하며 퇴위의 위기를 모면한 히로히토 천황의 술수와 거짓말. 실제로는 선전포고 없이 진주만을 공격한다는 것을 알았고 매일 도조수상의 브리핑을 받고 작전서에 도장을 찍었던 교활한 군주였다.

미워한 다고해서 지난날의 수모를 만회할 수는 없다. 용서하고 수용하며 새로운 역사의 장을 펼쳐나가야 하지만, 그들은 지금도 전범국가로서 진정한 반성이 없는 나라다. 과거에 대한 반성 없이는 모래위의 성을 쌓을 뿐이다. 지금의 일본을 보라, 그리고 지금의 대한민국을 보라. 우리는 굳건하게 다시, 서서히 일어서는 저력 있는 세계시민이다.

캐나다한국일보사 발행인 김 명규

일본인들이 난징에서 수십만 민간인과 군인을 죽이고 난징의 10만 여성들을 조직적으로 강간했는데 중국인들은 이를 먼 산 불구경하듯 했다. 총칼 든 일본군에게 맨주먹으로 덤빌 수는 없지만 그래도 구경만 했다는 사실이 오늘날의 중국인들을 부끄럽게 만든다.

프랑스를 비롯한 유럽인들이 나치독일점령 시, 레지스탕스 활동과 게릴라전 등으로 저항운동을 했다면 우리에게도 그에 못지않은 독립 운동가들이 있었다. 그들이 국내, 외에서 목숨을 걸고 펼친 노력이 오늘날 대한민국의 근간이 되었다.

토론토 애국지사기념사업회는 벌써 4번째 『애국지사이야기』를 펴낸다. 아직도 일제강점기에 민족을 배반하고 자신의 영화만을 누리던 친일세력을 응징하지 못하고 있다. 우리는 고국을 떠나있지만 올바른 역사교육과 선구자들의 독립의지를 되새기며 후대에 선대의 과오를 다시는 물려주지 말자.

아무쪼록 우리 동포사회에서 독립지사들의 귀한이야기를 읽고 슬픈 역사를 되풀이하지 말기를 고대한다.

축사

"10년이면 강산도 변한다"는 속담이 있습니다

재향군인회 캐나다 동부지회 회장 송 선호

애국지사 기념사업회는 지금으로 부터 10년 전 대한민국을 위해 희생과 목숨을 바친 순국선열님들의 숭고한 정신을 기리고 해외에 사는 동포 및 후손들에게 애국정신을 일깨워 주고자 시작 되었습니다.

그동안 『애국지사들의 이야기』를 3권이나 발간하였고 금번 『애국지사들의 이야기·4』를 출판하게 되었습니다.

진심으로 발간을 축하 합니다.

세계에는 많은 민족이 있습니다. 그중에서도 한민족만큼 우수한 민족도 드물다고 합니다.

36년간의 일제치하를 거치고 6,25라는 남북 간 전쟁을 치른 폐허 속에서도 굳세게 참고 이겨 오늘날 세계 10위라는 경제대국을 이루었으니 말입니다. 그러나 이제 살만하다고 과거를 망각해서는 결코 안 되겠습니다.

재향군인회 캐나다 동부지회 회장 송 선호

지난날 숱한 애국지사들의 희생과 노고가 있었기 때문입니다. 우리민족은 위기에 처했을 때 마다 의병을 일으켰고 한마음 한뜻으로 나라를 위해 희생을 무릅썼습니다.

오늘 우리는 『애국지사들의 이야기·4』호를 통하여 나라를 위해 희생과 목숨을 바친 순국선열들의 숭고한 정신을 다시 한 번 가슴에 새기고 그 참뜻을 오랫동안 간직해야 되겠습니다. 자유와 평화와 독립은 그저 만들어 지는 것이 아닙니다.

소중한 가치는 많은 사람들의 피와 땀과 희생으로 이루어지는 것입니다. 현재 우리는 이념의 갈등으로 남북으로 갈라져 있습니다.

답답할 뿐입니다. 지난날 선조 분들이 독립을 위해 한마음 한뜻으로 뭉쳤듯이 우리도 한마음 한뜻으로 뭉쳐 머지않아 대한민국이 통일 되었으면 하는 소망입니다.

다시 한 번 『애국지사들의 이야기·4』호의 발간을 축하하며 우리 모두 애국지사들의 희생과 헌신을 잊지 않았으면 합니다.

차례

애국지사들의 이야기·4

[특집 1] 특별한 이야기

이윤옥

김일옥

[특집 2] 후손들에게 들려 줄 이야기

강한자

김미자

이재철

조경옥

최진학

차례

애국지사들의 이야기·4

시로 읽는 여성독립운동가 : 민족시인 이윤옥

▶ 서간도에 들꽃피다

어린이들을 위한 특별한 이야기: 작가 김일옥

▶ 우리나라 최초의 여의사, 박 에스더(1877~1910년)

문학박사. 『문학세계』 시 부문 등단. 문학세계문인회. 세계문인협회 정회원. 지은 책으로는 친일문학인 풍자시집 『사쿠라 불나방』, 항일여성독립운동가를 다룬 책 『서간도에 들꽃 피다』(전10권), 『여성독립운동가 100분을 위한 헌시』, 『여성독립운동가 300인 인물사전』, 한·중·일어로 된 시화집 『나는 여성독립운동가다』를 펴냈다. 한편, 영문판 시집 『41heroines, flowers of the morning calm』을 미국에서, 『FLOWERING LIBERATION-41 Women Devoted to Korean Independence』를 호주에서 펴냈다.

[시인의 말]

애국지사 시 10편을 고르며...
이것은 결코 개인의 기록이 아닙니다

부탁 받은 시(詩) 10편을 고르며 저는 또 가슴이 먹먹함을 느낍니다.

유관순 열사 외에 여성독립운동가를 기억하는 사람이 없는 것을 보고 이십여 년 전부터 여성독립운동가 자료를 찾아서 헤매던 자신의 모습이 시어(詩語) 사이사이에서 읽혀졌기 때문입니다.

집필만 꼬박 10년, 그렇게 여성독립운동가 200명의 책 〈서간도에 들꽃 피다〉(10권)는 탄생했습니다.

오로지 사회적 조명을 받지 못한 여성독립운동가들의 삶을 알리고자 시작한 일이지만 우리 사회는 냉담했습니다.

관심도 없었습니다.

제주도부터 부산, 목포, 대구, 광주, 춘천, 수원은 물론이고 여성독립운동가들의 발자취를 찾아 상해, 기강, 광주, 남경, 유주, 오주, 중경에 이르는 6천 킬로 여정, 그리고 만주 하얼빈, 왕청현, 명동촌을 헤매고 다녔는가 하면 러시아 블라디보스톡 한인촌, 하와이 사탕수수밭, 미국 LA로즈데일묘지에 묻힌 전수산 지사의 무덤까지 답사하며 집필에 매달리던 지난 10년간의 시간은 거의 신들린 사람 같았습니다.

계속되는 답사에 따르는 건강문제와 함께 답사 경비, 책 출판에 드는 비용을 오롯이 혼자 감당하면서 때로는 "왜 이런 일을 내가 해야 하는가?" 하는 자괴감도 수없이 들었습니다.

"대관절 왜?"

그러나 한결같은 결론은

'누군가는 이러한 기록을 남겨야한다. 아무도 관심을 갖지 않기에.....'

라는 결론에 다다라 예까지 왔습니다.

이것은 결코 개인의 기록이 아닙니다.

겨레의 피맺힌 기록이며 여성독립운동가를 잊은 겨레에 대한 준엄한 채찍이기도 합니다.

저는 지금도 〈서간도에 들꽃 피다〉 11권을 향해 달리고 있습니다만, 여전히 책을 발간할 수 있는 〈중략〉 벗어나지 못하고 있습니다.

하지만

멀리 캐나다에 사시는 최봉호 선생님을 비롯한 동포 여러분들이 고국을 떠나있으면서도 '애국지사에 대한 지대한 관심'에 힘입어 다시 마음을 다잡고 정진하려고 합니다.

〈하략〉

* 10편의 선정은 학생출신, 해녀출신, 노동자출신, 교사출신, 일본인, 임시정부활동, 중국에서 활동한 분 등 다채로운 활동을 한 여성독립운동가를 고른 것입니다.

이윤옥 드림

Ja Hyun Nam
The Revolutionary's Message Written in Blood, From Her Ring Finger

(By Lee, Yoon-Ok / Translated by Jung-Eun Ahn)

How can one idle while the nation dies
Her husband, the general who left his infant and died before his aging
wife On the undershirt, a clear blood stain from a Japanese knife She
can't just weep Take back our country, the Manchuria we left
With the sick are scattered about
she treats wounded compatriots
her hand, warm, soothing, and kindly
She punishes the enemy, Mutobuyoshi
cutting her left ring finger
To write for Joseon independence, fight for liberation
With her last breath, starved, in a prison far from home She had a final
message for her comrades:

If you do not see the liberation of Korea in your lifetime
Pass your will
to your children until only one remains The heroine who fought and
demanded homeland liberation
Ah!
Is there anyone in Korea so heroic as her

무명지 잘라 혈서 쓴 항일의 화신 '남자현'

나라가 망해 가는데 어찌 집에 홀로 있으랴
핏덩이 아들 두고 늙으신 노모 앞서 죽음 택한 의병장 남편
왜놈 칼 맞아 선연히 배어든 피 묻은 속적삼
부여잡고 울 수만 없어
빼앗긴 나라 되찾고자 떠난 만주 땅

곳곳에 병들고
상처받은 동포들 삶
보살피고 어루만진 따스한 손

왜적 무토노부요시를 응징하고
왼손 무명지 잘라
조선독립원(朝鮮獨立願) 혈서 쓰며 부르짖은 조국광복

만리타향 감옥에서 단식으로 숨 거두며
'만일 너의 생전에 독립을 보지 못하거든
너의 자손에게 똑같은 유언을 하라'
최후의 한 명까지 남아

조국광복을 기필코 쟁취하라 당부하던 여장부

아!

조선 천지에 이만한 여걸이 어디 또 있으랴!

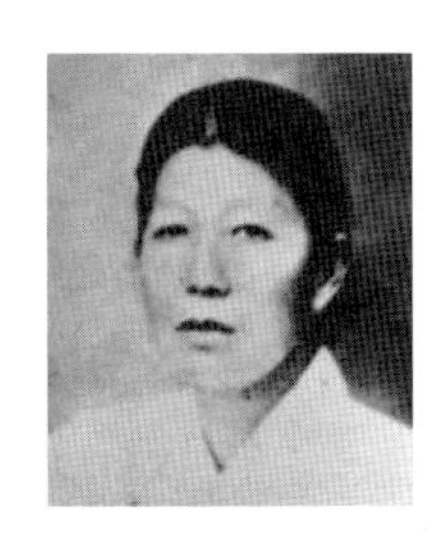

남자현 애국지사 (1872.12. 7. - 1933. 8. 22.)

남자현 지사는 19살 때 영양군 석보면에 사는 김영주와 혼인하였으나 6년 만에 남편이 의병으로 순국했다. 1919년 3월 9일, 만주로 망명, 서로군정서에 참가하여 활약하는 한편 각 독립운동 단체와 군사기관과 농촌 등을 순회하면서 민족의식을 드높였다. 1925년에는 채찬 · 이청산 등과 함께 일제 총독 사이토 마코토(齋藤實)를 암살 기도하였으며, 1932년 9월에는 국제연맹 조사단 릿톤이 하얼빈에 왔을 때 왼손 무명지를 잘라 피로 "조선독립원(朝鮮獨立願)"이란 혈서를 써서 자른 손가락과 함께 조사단에게 보내 조선의 독립정신을 국제연맹에 호소하였다. 1962년 대통령장 추서.

Kyung Shin Ahn
A brave pregnant woman throws a bomb inoffice

(By Lee, Yoon-Ok / Translated by Jung-Eun Ahn)

Praise to who threw the bomb to the corrupted agency;
which attempted to steal the Korean farmer's land
Praise to Kim San Ok who threw the bomb to the Police station;
which captured the Praise to Gill's great feat in the Hong Ku park,
Praise to and Bong Chang Lee who threw
the bomb to the Emperor's palace in Tokyo, Japan.
Praise to the brave woman who was no longer able to endure the routine of brutal
imperialism.
Abandoning her own safety she hid a bomb under
her skirt and took action for her country
Praise to the great courage that was needed to throw the bombs at Shineuiju hotel, Euichun
Police station, and Provincial office
At only the age of 23, pregnant with a child,

The day she destroyed the Provincial Hall
The heavens and earth shook in shock
Holding the just born infant,
Even though she was captured by the Japanese Police and was put in jail
She did not back down,
"I am innocent! I feel no guilt in trying to gain our independence!"
After she was released from Jail she had no home to return to
However, she kept pushing, everywhere she went she spoke up for Korea's Independence
Praise to her burning spirit and love for Korea
Praise to her, because her actions are why we are free.

평남도청에 폭탄 던진 당찬 임신부 '안경신'

토지수탈 앞잡이 동양척식회사에 폭탄 던진 나석주
조선인 잡아 가두던 종로경찰서에 폭탄 던진 김상옥
상해 홍구공원 대 쾌거 윤봉길
도쿄 황거 앞에서 폭탄 던진 김지섭, 이봉창 의사

제국주의 무모한 만행 더는 두고 볼 수 없어
여자의 몸 뒤질세라
치마폭에 거사 이룰 폭탄 몰래 숨겨 들여와
신의주 철도호텔, 의천경찰서, 평남도청에
폭탄 들어 힘껏 던지던 날
하늘도 놀라고 땅도 놀라고 온 천지가 부들부들 떨었다네

갓 낳은 핏덩이 끌어안고
왜경에 잡혀 철창 속에 갇혀서도
빼앗긴 나라를 되찾는 게 무슨 죄냐고
쩌렁쩌렁 호령하던 열사

출옥 후 핏덩이와 간 곳 알 수 없지만
어느 이름 모를 곳에서 또

힘차게 대한독립만세 외치며

그 투지

불태웠을 테다

불태웠을 테다.

안경신 애국지사 (1888.7.22. - 모름)

안경신 지사는 "3·1만세운동 때도 참여하였으나 그때는 큰 효과를 내지 못했다. 나는 일제 침략자를 놀라게 해서 그들을 섬나라로 철수시키는 방법이 무엇인가를 곰곰 생각해보았다. 그것은 곧 무력적인 응징 방법으로 투탄(投彈), 자살(刺殺), 사살(射殺) 같은 1회적 방법이 효과가 있을 것으로 믿고 있다."고 했다. (1920.11.4. 고등경찰 2- 33902) 안경신 지사는 그때까지 일제에 투항하던 방법을 앞으로는 달리해야 한다고 생각하고 광복군총영(光復軍總營)에서 국내에 결사대를 파견하게 되자 제2대에 참가하는 등 자신의 신념을 실천으로 옮겼다. 1962년 건국훈장 독립장 추서

Yoonhee Eoh, March Sky Leader

(By Lee, Yoon-Ok / Translated by Jung-Eun Ahn)

Don't you dare put hand cuffs on my wrists.

Roared she, a proud warlord,

as the soldier's heavy boots marched in.

Only three days after her marriage,

did a cold Japanese sword pierce through her husband's heart...

She bravely joined the revolutionary army.

'That crazy woman,

Strip her clothes off!'

She voluntarily took her clothes off,

Oh that bravery in front of threatening Japanese soldiers.

Young revolutionary Yu Kwan-Soon had been put in the same cell as she,

they gazed at the March sky as they shared cold food.

Independence movement

Military fundraise

Patriotic enlightenment movement

Mother of bare orphans,
Never ceasing fire.
The day she ended her eighty years of fighting,
the snow never looked so beautiful and pure.

개성 3·1 만세운동을 쥐고 흔든 투사 '어윤희'

가녀린 여자에게 수갑을 채우지 마라
수갑 들고 군화발로 잡으러 온 순사
호통치며 물리친 여장부

동학군 앞장선 남편
신혼 3일 만에 왜놈 칼에 전사한 뒤
나선 독립투사 길

저 앙큼한 년
저년을 발가벗겨라
협박 공갈하는 순사 놈 앞에 서서
스스로 홀라당 옷을 벗은 그 용기

이화학당 어린 유관순과 함께 잡혀
먹던 밥 덜어주며
삼월 하늘 우러러 보살핀 마음

만세운동으로
군자금 모집으로

애국계몽운동으로
헐벗은 고아의 어머니로 살아낸
꺼지지 않는 불꽃

여든 해 삶 마치고 돌아가던 날
내리던 희고 고운 눈 순결하여라.

어윤희 애국지사 (1880.6.20. - 1961.11.18.)
어윤희 지사는 "새벽이 되면 누가 시켜서 닭이우냐. 우리는 독립의 때가 되어 궐기한다."면서 만세시위로 잡혀 들어가서도 일경에 호통을 쳤다. 어윤희 지사는 1919년 2월 26일 개성읍내 호수돈여자고등보통학교 기숙사에서 권애라로부터 독립선언서 80여 장을 받아 개성 지역 주요 인사들에게 전달하는 등 개성 만세시위를 주도했다. 1995년 애족장 추서.

남에는 유관순, 북에는 '동풍신'

천안 아우내장터를 피로 물들이던 순사놈들
함경도 화대장터에도 나타나
독립을 외치는 선량한 백성 가슴에
총을 겨눴다

그 총부리 아버지 가슴을 뚫어
관통하던 날
열일곱 꽃다운 청춘 가슴에
불이 붙었다

관순을 죽이고 풍신을 죽인 손
정의의 핏발은 결코 용서치 않아
끓어오르던 핏빛 분노
차디찬 서대문 감옥소 철창을 녹이고
얼어붙은 조선인 가슴을 녹였다

보라
남과 북의 어린 열일곱 두 소녀
목숨 바쳐 지킨 나라

어이타 갈라져 등지고 산단 말인가

남과 북 손을 부여잡고
다시 통일의 노래를 부를
그날까지

님이시여
잠들지 마소서!

동풍신 애국지사(1904 ~ 1921.3.15.)
동풍신 지사는 1919년 3월 15일, 함경북도 하가면 화대장터에서 일어난 독립만세 시위에 참여하였다. 함경북도 만세시위 중 최대 인파인 5천여 명의 시위군중이 화대 헌병분견소에서 시위를 벌이다가 일본 헌병의 무차별 사격으로 5명이 현장에서 순국했다. 아버지 동민수 지사 역시 화대장터 만세시위 현장에서 처참하게 숨졌으며 동풍신 지사는 서대문형무소에서 17살의 꽃다운 나이로 순국의 길을 걸었다. 1991 애국장(1983년 대통령표창) 추서.

압록강 너머 군자금 나르던 임시정부 안주인 '정정화'

장강의 물은 그냥 흐르는 것이 아니다
지금 사람들
강물 위에 배 띄워 노래하지만
물의 근원을 캐는 사람은 없다

혈혈단신 여자의 몸
압록강 너머 빼앗긴 조국 땅 오가며
군자금 나르던 가냘픈 새댁
그가 흘린 눈물 장강을 채우고 넘친다

돌부리에 채이면서
몇 번인가 죽을 고비 맞으며
수십 성상 국경 넘나든 세월
거친 주름 되어 골마다 패어있다

바닥난 뒤주 긁어
배고픈 독립투사 다독이며
가난한 임시정부 살림 살던 나날

훈장 타려 했었겠나

빛도 없이
이름도 없이 뛰어온 구국의 일념
압록의 푸른 물 너는 기억하겠지.

정정화 애국지사(1900.8.3. ~ 1991.11.2.)
정정화 지사는 시아버지인 대동단 총재 김가진 선생과 남편 김의한이 상해로 건너가 독립운동을 하자 혼자 몸으로 1919년 3·1만세운동 직후 상해로 건너갔다. 정정화 지사는 상해 대한민국임시정부 소속으로 1930년까지 열악한 재정지원을 돕기 위하여 6회에 걸쳐 국내를 왕복하면서 거액의 독립운동자금을 모금하여 임시정부에 전달하였다. 1934년, 한국국민당에 입당하여 활동하였으며, 1940년에는 한국독립당의 창당 요원으로 활약했다.
한편, 1940년에는 중경에서 한국혁명여성동맹을 조직하고 그 간부로 항일활동을 폈으며 1941년에는 임시정부의 보호 아래에 있는 중경 3·1유치원 교사로 임명되어 독립운동가 자녀들에 대한 교육을 담당하였다. 1990년 애족장 수여.

조선 땅에 뼈를 묻은 일본인 '가네코 후미코'

죽음보다 더
견디기 힘든
일제 만행의 굴욕에 맞서

자유를 갈망하던
조선인 남편 도와
저항의 횃불을 높이 들던 임

그 횃불 타오르기 전
제국주의 비수 맞아
스물셋 꽃다운 나래 접고

조선 땅에 뼈를 묻은
임의 무덤 위로

해마다 봄이면
푸른 잔디
곱게 피어난다네.

가네코 후미코
(金子文子, 1903.1.25. ~ 1926.7.23.)
가네코 후미코 지사는 남편 박열(1902-1974, 대통령장 추서) 의사와 함께 일본 동경에서 제국주의 타도 및 천황 암살 기도로 잡혀 23살의 나이로 일본 우쓰노미야형무소에서 옥중 순국하였다. 유해는 남편 박열 의사의 고향인 문경에 묻혔으며 박열 의사는 20여 년을 일본 형무소에서 수감생활을 해야 했다. 2018년 애국장 추서.

노동자 권리 속에 숨겨 독립을 외친 '고수복'

노란봉 정기 받고 자란 몸
경성에 올라와
푸른 꿈 펴렸더니
가지에 푸른 순 돋기도 전
밑동 잘렸네

방직공장 다니면서
노동자 권리 속에 숨긴
뜨거운 독립의 노래
뉘라서 알랴?

일경에 잡혀
모진 고문 당하지 않았다면
스물둘 꽃다운 나이 접고
눈 감지 않았을 것을

고향 집 동구 밖에서
손 흔들던 어머니
귀한 딸 주검 앞에서
끝내 오열 터뜨렸네.

고수복(1911 ~ 1933. 7. 28.)
고수복 지사는 함경남도 정평군 정평공립보통학교를 졸업하고, 스무 살 나이에 경성으로 올라와 방직공장 직공으로 일하다가 좌익노동조합준비회(左翼勞動組合準備會)결성에 가담하여 선전부 일을 맡았다. 노동운동으로 시작하여 독립운동으로 이어지는 과정에서 일경에 잡혀 고문 끝에 스물두 살의 나이로 순국의 길을 걸었다. 2010년 애족장 추서.

유달산 묏마루에 태극기 높이 꽂은 '김귀남'

동포들아 자유가 죽음보다 낫다
목숨을 구걸치 말고 만세 부르자
졸업장 뿌리치고 교문 밖 뛰쳐나온
열일곱 소녀

무안거리 가득 메운 피 끓는 심장 소리
뉘라서 총칼 겁내 멈춰 서랴

항구의 봄바람
머지않아 불어오리니
삼천리 금수강산에 불어오리니

동무들아
유달산 높은 곳에 태극기 꽂자
가슴가슴마다 조국을 심자

그 깃발 겨레 얼 깊은 곳에
영원히 펄럭이리니.

김귀남 (金貴南, 1904.11.17. – 1990. 1.13.)
김귀남 지사는 전남 목포 정명여학교(貞明女學校)에 재학 중 워싱턴 군비감축회의에서 거론될 한국독립문제에 대한 한국인의 독립의지를 세계만방에 널리 알릴 목적으로 같은 학교 학생들, 그리고 사립영흥학교(私立永興學校) 학생들과 함께 태극기를 만들어 독립만세 시위운동을 펼쳤다. 그러나 이 일로 잡혀 정명여학교를 졸업하지 못하고 퇴학당한 뒤 서울로 올라와 사립학교인 배화여학교(4년제)와 경성제일공립고등여학교(5년제)에 편입하여 학업을 지속했으며 그 뒤 일본 교토의 동지사대학에 유학하는 등 식민지 조국의 엘리트로 조국독립에 헌신하였다. 1995년 대통령표창 추서.

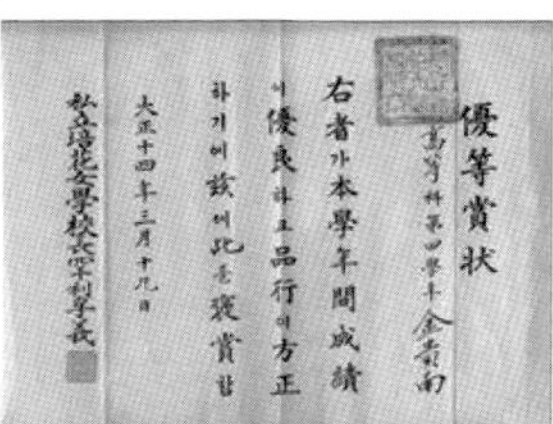

優等賞狀
金貴南
右者가 本學年間成績이
優良하고 品行이 方正
하기에 玆에 此를 褒賞함
大正十四年三月十九日

독립운동가 3대 지켜 낸 겨레의 딸, 아내 그리고 어머니 '김 락'

나라의 녹을 먹고도 을미년 변란 때 죽지 못하고
을사년 강제 조약 체결을 막아 내지 못했다며
스무나흘 곡기 끊고 자결하신 시아버님

아버님 태운 상여 하계마을 당도할 때 마을 아낙 슬피 울며
하루 낮밤 곡기 끊어 가시는 길 위로했네

사람 천석 글 천석 밥 천 석의 삼천 석 댁 친정 큰 오라버니
백하구려 모여든 젊은이들 우국 청년 만들어
빼앗긴 나라 찾아 문전옥답 처분하여 서간도로 떠나던 날
내앞 마을 흐르던 물 멈추어 오열했네

의성 김 씨 김진린의 귀한 딸 시집와서
남편 이중업과 두 아들 동흠 중흠 사위마저
왜놈 칼 맞고 비명에 보낸 세월

쉰일곱 늘그막에 기미년 안동 예안 만세운동 나간 것이
무슨 그리 큰 죄런가
갖은 고문으로 두 눈 찔려 봉사 된 몸

두 번이나 끊으려 한 모진 목숨 11년 세월
그 누가 있어 한 맺힌 양가(兩家)의 한을 풀까

향산 고택 툇마루에 걸터앉아
흘러가는 흰 구름에 말 걸어본다
머무는 하늘가 그 어디에 김락 지사 보거들랑
봉화 재산 바드실 어르신과 기쁜 해후 하시라고
해거름 바삐 가는 구름에게 말 걸어본다.

김락(金洛, 1863.1.21. - 1929. 2.12.)
김락 지사는 1910년 나라를 일본에 빼앗기자 자정(自靖) 순국한 향산(響山) 이만도(李晩燾) 선생의 며느리이자, 1919년 '파리장서' 운동의 주모자로 활동하다가 순국한 이중업(李中業)의 부인으로, 안동군 예안면에서 일어난 만세시위에 참가하였다. 이 일로 잡혀 고문으로 두 눈을 실명하여 11년을 보냈으며 두 아들 이동흠, 이종흠 등도 독립운동에 뛰어드는 등 일가(一家)의 독립운동은 한국독립운동사에 큰 족적을 남겼다. 2001년 애족장 추서.

비바리의 함성을 이끈 '부덕량'

비바리 거친
숨비소리 참아 내며
건져 올린 꿈

산산이 박살 낸 자들
더는 두고 볼 수 없어

스물여덟 꽃다운 목숨과 바꾼
세화리 장터의
피맺힌 탐라의 절규

뉘라서 알랴?
그 투혼 광복의 꽃으로 피어난 것을!

* 비바리 : 바다에서 해산물을 따는 일을 하는 처녀
* 숨비소리 : 해녀들이 작업하다 물 위로 고개를 내밀고
'호오이'하며 길게 내쉬는 숨소리

부덕량(夫德良, 1911.11. 5. – 1939.10.4.)
부덕량 지사는 해녀로 1932년, 제주도 구좌면에서 제주도해녀조합의 부당한 침탈행위를 규탄하는 시위운동을 주도하였다. 이들은 또한 일경이 제주도 출신 독립운동가들을 잡아들이려 하는 것을 몸으로 맞서 저지하는 등 독립투쟁에 적극적으로 참여하였으며 이 일로 잡혀 들어가 고문 후유증으로 28살의 꽃다운 나이로 숨을 거두었다. 2005년 건국포장 추서.

잠자는 조선 여자 깨워 횃불 들게 한 '김마리아'

황해도 연안 서남쪽 포구
몽금포 해변의 반짝이는 은모래 빛 벗하며
소래 학교에서 꿈을 키우던 가녀린 소녀

서른넷에 돌아가신 아버님 뜻 잇고
세 자매 교육에 정성 들인 어머님 의지 받들어
학문의 높은 문을 스스로 열어젖힌 억척 처녀

흰 저고리 고름 날리며
일본 칸다구 조선기독교청년회관에 모여
칼 찬 순사 두려워 않고
2·8 독립의 횃불을 높이든 임이시여!

그 불씨 가슴에 고이 품고
현해탄 건너 경성 하늘 아래
모닥불 지피듯 독립의지 불붙이며
잠자는 조선여자 흔들어 깨워
스스로 불태우는 장작이 되게 하신 이여!

자유의 여신상 횃불을
높이 치켜들고
뼛속 깊이 갈망하던 독립의 밑거름되어
상하이 마당로 독립군 가슴에
수천 송이 무궁화로 피어나신 이여!

세상을 구원한 예수의 어머니 동정녀처럼
닭 우는소리 멈춘 동방의 조선 땅에
인자한 마리아로 나투시어
미혹의 나라를 밝히고
온 세상에 조선을 심은
한그루 떨기나무 그 이름 김마리아

그대
무궁화동산에서 영원히 지지 않으리.

김마리아 (金瑪利亞, 1892.6.18. - 1944.3.13.)
김마리아 지사는 서울 정신여학교를 졸업하고 광주수피아여학교 교사로 재직하였다. 그 뒤 일본 동경으로 건너가 학업을 계속하다가 2·8독립선언문 수십 장을 가지고 귀국, 1919년 3·1만세운동에 불을 지폈다. 대한민국애국부인회를 결성하여 회장으로 활약했으며 미국의 파크대학에 수학, 귀국하여 원산의 신학원에서 교사로 근무하다가 1944년 고문의 여독으로 순국하였다. 1962년 독립장추서.

훈춘에 곱게 핀 무궁화 꽃 '김숙경'

젖먹이 어린 핏덩이 밀치고
남편 간 곳을 대라던 왜놈 순사들

끝내 다문 입
모진 고문으로도 열지 못했지

구류 열흘 만에 돌아온 집엔
엄마 찾다 숨진 아기
차디찬 주검 위로

차마 떠나지 못한 영혼
고추잠자리 되어 맴돌았지

활화산처럼 솟구치던 분노
두 주먹 불끈 쥐고
뛰어든 독립의 가시밭길

아들 딸 남편 모두
그 땅에 묻었어도

항일의 깃발 놓지 않았던
마흔 네 해 삶

훈춘의 초가집 담장 위에
한 송이 무궁화 꽃으로 피어났지.

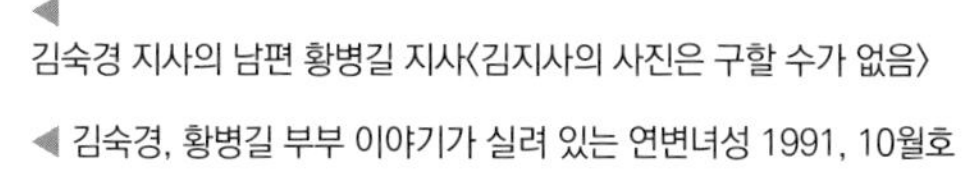

◀
김숙경 지사의 남편 황병길 지사〈김지사의 사진은 구할 수가 없음〉

◀ 김숙경, 황병길 부부 이야기가 실려 있는 연변녀성 1991, 10월호

김숙경(金淑卿, 1886.6.20. - 1930.7.27.)
김숙경 지사는 중국 훈춘의 대표적인 독립운동가인 황병길 지사가 남편으로 부부독립운동가다. 훈춘 지역의 대한애국부인회의 부회장으로 활약했으며 군자금을 모금하여 독립군에게 전달하는 등 조국 독립을 위해 헌신하다 마흔 네 살에 숨졌다. 1995년 애족장 추서.

혁명의 강물에 뛰어든 '김 알렉산드라'

우랄산맥 타고 아무르강 절벽으로 불던
한 줄기 바람이여
너는
끓어오르는 붉은 피 감추고
조국의 앞날을 걱정하며 흘리던
혁명가 눈물을 보았느냐

빼앗긴 조국산하를 어루만지며
동중철도 건설현장에서
우랄산맥의 황량한 벌목장에서
동포를 위해 목숨 바쳐 헌신하던
조선의 혁명가 처녀를 보았느냐

이념의 어두운 골짜기에서
조선을 밝혀줄 횃불을 높이 들던
그 열정의 울부짖음을 들었느냐

아무르강의 바람이여
왜 비통 속에 그토록 처절히

그녀가 죽어가야 했는지

말해다오.

말을 해다오.

◀
2019년 7월 24일 서울남산국악당,
「박경량의 춤 기억하며 담다」 공연에서 김 알렉산드라를 추모함

◀ **김 알렉산드라 (1885. 2. 22. - 1918. 9. 16.)**
김 알렉산드라 지사는 1914년 말부터 조선인, 중국인 노동자를 대규모로 고용하는 러시아 우랄 지방 뻬름스크 대공장에서 통역관으로 일하면서 노동자들의 권익을 보호하는 데 힘썼다. 1918년 1월 하바로프스크에서 극동인민위원회 외교 인민위원이 되어 러시아 감옥에 수감되어 있던 이동휘 선생의 석방운동을 폈으며 4월 이동휘 선생 등과 함께 반일반제(反日反帝)의 사회주의 노선을 강령으로 채택한 최초의 한인 사회주의정당인 한인사회당(韓人社會黨)을 창립하였다. 그러나 볼셰비키(적군파)였던 김 알렉산드라는 반혁명파(백군파)에 붙잡혀 1918년 9월 서른세 살의 나이로 처형당했다. 2009년 애국장 추서.

어린이를 위한 특별한 이야기 : 김일옥 작가

어릴 적 바닷가에서 조약돌을 주워 오면 아버지가 많은 이야기를 들려주셨다. 그때를 떠올리며 늘 조약돌처럼 반짝이는 글을 쓰려고 노력한다. [어린이와 문학]의 추천을 받은 뒤 본격적으로 글을 쓰고 있다. 한국문화예술위원회와 서울문화재단에서 문예창작기금을 받았고,『물고기 선생 정약전』으로 부산일보 해양문학상을 수상했다. 지은 책으로『한눈에 쏙 세계사_1 인류의 탄생과 고대 문명』,『한눈에 쏙 세계사_6 격변하는 세계(동양편)』,『신화로 만나는 세계 문명』,『할머니의 남자 친구』,『욕심쟁이 왕 도둑』,『나는 여성 독립 운동가입니다』,『치우 탐정단이 달려간다』,『궁금쟁이 김 선비 옛 동물 그림에 쏙 빠졌네!』,『스토리텔링 초등 우리말 교과서 1, 2, 3』등이 있다

[작가의 말]

고전을 읽다가, 옛 성현들의 말씀과 생각이 오늘날의 평범한 우리들과 그것과 비슷한 보고 깜짝 놀랐습니다. 그러다 위대한 사람과 평범한 사람의 삶 역시 한 끗 차이라는 걸 깨닫고, 그 한 끗을 위해 애를 쓰면서 삽니다. 글을 쓰다 막힐 때는 "술이부작"이라는 말이 큰 힘이 됩니다.

특집1

어린이들을 위한 특별한 이야기

우리나라 최초의 여의사, 박 에스더(1877~1910년)

김일옥

어린 시절 나는 이화학당에 자주 놀러갔어. 머리가 노랗고 눈이 파란 신기한 사람들이 거기에 있었거든. 나는 학교 담벼락에 붙여서 안에서 공부하는 여자애들을 보았어. 그곳에는 달랑 세 명의 여자 아이들이 있었는데, 나도 그곳에서 함께 공부 하고 싶었어. 하지만 할머니랑 엄마는 그곳에 가면 절대 안 된데. 외국인들은 애들을 잡아가서 한 입에 꿀꺽 하는 괴물 일지도 모른다는 거야. 하지만 나는 조금 무섭기도 했지만, 그 애들이 부르는 이상한 노래를 부르고 싶었어.

나는 아빠를 졸랐어. 나도 거기 보내달라고. 그때 아빠는 정동예배당을 세운 아펜젤러 목사님을 도와주고 계셨거든. 아빠가 "아들도 없는데, 딸이라도 공부를 시켜 볼까나?" 했더니 엄마랑 할머니는 무서워서 파르르 떠셨어. 아빠는 외국인들이 괴물도 아니고, 우리를 도와주는 좋은 사람들이라고 했어. 게다가 날 학교에 보내주면 공짜로 먹이고, 입히고, 가르쳐준다는 거야. 얼마나 좋아? 다만 혼인할 때까지는 절대 중간에 집으로 돌아가지 않겠다고 약속을 해야만 했어. 우리 엄마는 선교사들로부터 절대 딸을 미국으로 데려 가지 않겠다는 약속을 단단히 받아냈지.

그렇게 해서 입학한 이화학당이 나는 너무 재미있었어. 애들이 부르는 이상한 노래가 영어라는 것도 알았지. 난 매우 빨리 영어를 익혔어. 그러니까 선생님들도 날 귀여워 해주셨어. 내가 입학한 다음해에는 우리 이화학당에는 학생들이 18명으로 늘어났는데도, 그중에서도 내가 영어를 가장 잘했어. 나는 "에스더"라는 이름도 새로 받았어.

그러다 우리 학교에 닥터 홀 부부가 새로 오셨어. 그분들은 "보구여관"(지금의 이화여대병원)을 만들었어. "보구여관"은 여자들이 진찰 받을 수 있는 병원이야. 조선의 여자들은 남자 의사에게 아픈 몸을 보여줄 수가 없어서 아픈 곳이 있어도 꾹 참을 수밖에 없었어. 그런데 여성 전용 병원이라니? 얼마나 좋아. 그곳에는 나는 통역을 맡았어. 또 닥터 홀이 진료하는 걸 옆에서 많이 도와주게 되었지. 그러다 어느 날 입술이 갈라진 아이가 수술을 통해 거짓말처럼 말짱하게 붙는 걸 보게 되었어. 정말 거짓말같이 아이 입술이 예뻐졌어. 아이 엄마는 기적이라면서 울었어. 나는 그때 의사가 되겠다고 결심 했어.

홀 부인이 장학금을 받고 미국에서 공부할 수 있게 해 도와 준댔어. 하지만 "멀리 타국에 여자애 혼자 보낼 수 없다"고 집안에서 반대하는 거야. 그래서 난 예배당에 다니는 총각, 박유산이랑 혼인을 했지. 결국 난 엄마 말대로 미국으로 가게 된 거야. 외국인한테 잡혀 가는 게 아니라 내 의지대로.

뉴욕 퍼블릭 스쿨에서 1년, 간호학교도 6개월간 다니다가 마침내 그토록 소망하던 발티모어 여자의과대학에 들어갔어. 학비는 장학금으로 받았지만, 생활비는 우리 부부가 스스로 벌어야만 했지. 처음에는 남편도 같이 공부를 했지만, 생활이 힘들었어. 홀 부인은 우리 부부의 힘든 생활을 알고는 무척 안타까워하며, 그만 조선으로 돌아오는 게 어떻겠냐고 편지를 보내 주더라. 하지만 내가 언제 다시 미국으로 와서 의사가 되는 공부를 할 수 있겠니? 나는 이 기회를 놓치면 절대 다시는 공부할 수 없으리라는 걸 알고 있었어. 어떻게든 꼭 해 내고야 말겠다고 결심했지. 그러자 남편이 내 뒷바라지를 해 주겠대. 내가 훨씬 더 의지가 강하고 머리가 좋으니까 두 사람 중 한 명이 공부를 해야 한다면 똑똑한 내가 하는 게 낫다는 거야.

남편은 식당에 다니면서 생활비를 벌어다 주었어. 나는 악착같이 공부를 했지. 그런데 내가 마지막 졸업시험을 치르는 동안 남편이 쓰러졌어. 너무나도 슬펐어. 그러다가 남편이 하늘로 떠나고 나서야 나는 내가 큰 빚을 졌다는 걸 알았어. 어린 시절 이화학당에서의 공부도 그렇지만 미국 땅에서 나의 의사 공부를 위해 쓰러진 내 남편의 수고까지. 그건 날 위한 것이 아니었어. 내가 다시 사회에 돌려주어야만 하는 것이란 걸 깨달았지.

1900년 나는 정식으로 의사가 되어 조국으로 다시 돌아왔어. 당시 내 나라 조선의 운명은 바람 앞의 등불 같았구나. 이제 나는 빚을 갚을 때라는 걸 알았지. 일제의 마수에 맞서서 내가 할 수 있은 일을 해야겠다. 내가 가장 잘 할 수 있는 일로 사람들의 의식을 깨어나게 해야겠다고 결심했지. 나는 사람들을 치료하기 시작했어. 서양 의학을 처음 접한 사람들은 내가 배를 가르고 꿰매는 걸 보고 귀신이 재주를 부린다고 했어. 나는 시골 곳곳을 돌아다니면서 10개월 동안 무료로 3천명이나 되는 사람들을 진료해 주었어. 진료를 하면서 사람들에게 무엇보다 여성들의 교육이 중요하다고 외쳤지.

나는 닥터 홀 부인을 도아 맹아학교와 간호학교를 세우는데도 힘을 쏟았어. 하지만 나는 너무 쉬지 않고 일했었나 봐. 환자를 돌보는 사이 내 몸이 병들어 가고 있다는 걸 몰랐어. 돌보아야 할 환자들이 아직도 너무나 많은데…… 나는 그만 폐결핵으로 쓰러지고 말았어. 참 바보 같은 의사지? 하지만 나는 집안에서만 있던 여성들이 드디어 내 뒤를 이어 사회로 나오리라는 건 알았어. 내가 미처 하지 못한 많은 일을 그들이 하게 되리라는 걸 알겠더구나. 그러니 후회는 없었어. 이제 나도 하늘로 가면, 그곳에서 내 남편을 만나면, 그이는 아마 나를 꼭 안아 주며 내게 이렇게 말할 거야.

"그동안 참 수고 많았소."

박에스더(Esther Kim Park)

1877년(고종 14)에 서울 정동에서 태어났다. 본명은 김점동(金點童)이고 세례명은 김에스더(愛施德)이다. 결혼 후 남편의 성을 따라 박에스더로 고쳐 부르게 되었다.

선교사인 헨리 거하드 아펜젤러(Henry Gerhard Appenzeller)의 소개로 1887년(고종 24)에 한국 근대 최초의 여학교인 이화학당에 입학하였다.

1890년에 졸업한 후, 보구여관(保救女館)에서 통역을 맡게 되었다. 이때 로제타 셔우드(Rosetta Sherwood)의 통역을 맡게 되면서 의사로서의 꿈을 가지게 되었다.

1892년에 로제타 셔우드가 캐나다 의료선교사 제임스 홀(Hall, William James, M.D)과 결혼을 하고, 박에스더도 홀의 조수였던 청년 박유산과 1893년에 결혼을 하였다. 1894년에 홀의 가족과 함께 평양으로 가서 일하다가 1896년에 미국의 볼티모어여자의과대학(Woman's Medical College of Baltimore)에 입학하였다.

1900년에 졸업하여 박사학위를 취득하고 한국 최초의 여의사가 되었다. 당시 그녀를 뒷바라지하던 남편은 박에스더가 의사가 되기 직전에 폐결핵으로 사망하였다.

귀국하여 여성전용 병원 보구여관에서 의사로 재직하였고, 로제타 셔우드 홀이 평양에 건립한 홀 기념병원으로 전근하면서 황해도와 평안도 지역의 의료혜택을 받지 못한 사람들을 찾아서 진료하였다. 건강증진을 위해 위생교육을 실시하고 장애자 교육을 위해 맹아학교에서 교사로 일하기도 하였다.

또한 홀과 함께 한국의료 발전과 여성 의료교육을 위하여 간호학교 설립을 주도하다가 1910년에 폐결핵으로 33세의 나이로 생을 마감하였다. 〈편집자 주〉

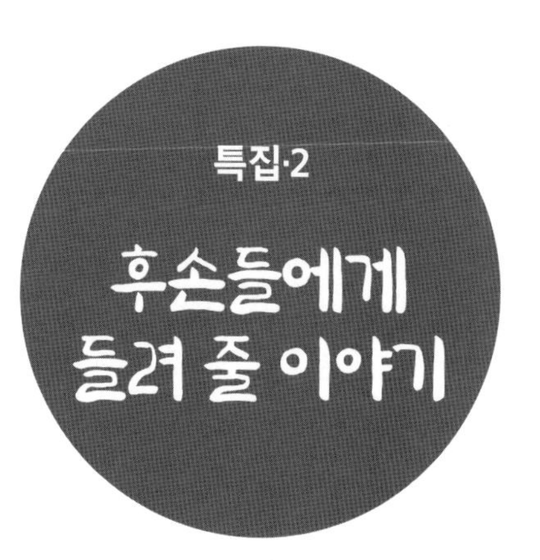

Global Korean Post 발행인 **강한자**

- 애국지사들의 4호 발간을 축하드립니다.

전 은퇴목사회 회장 **김미자**

- 어제와 오늘 그리고 내일

토론토 은목회 총무 **이재철**

- 캐나다에서 한국인으로 사는 것

본회 이사 **조경옥**

- 애국지사기념사업화와 나의 인연

전 민주평통 토론토협의회 회장 **최진학**

- 사랑하는 후손들에게 들려줄 이야기

『애국지사들의 이야기·4』호 발간을 축하드립니다!

Global Korean Post 발행인 **강 한자**

올해로 어느덧 10년의 역사를 맞이하는 애국지사기념사업회가 『애국지사들의 이야기·4』호를 창간하게 되어 진심으로 축하드립니다.

2014년10월 『애국지사들의 이야기·1』 발간 후, 이제 『애국지사들의 이야기·4』호 발간을 기념하는 기회에 축사를 전하게 되어 기쁘게 생각합니다.

이제껏 수 십분 애국지사들의 이야기를 전하고 있는 애국지사기념사업회가 오늘날까지 이어지기까지는 김대억 회장님을 비롯해 임원진 등의 노고가 있었기에 가능했다고 봅니다.

물속에 던져진 돌이 파문을 일으키듯이 '애국지사기념사업회'는 초반기에 광복절기념식에서 김구, 안창호, 안중근 등 3분 애국지사의 초상화 헌정을 시작으로 그동안 17분의 초상화를 헌정하였고 또 애국지사들에 관한 문예작품도 공모해 시상하는 등 애국지사관련사업에 초점을 두어 지속적으로 발전하고 있는 것을 보고 있습니다.

모국을 떠나 해외에 거주하는 이민자들의 바쁜 삶에서 애국지사는 잊힐 수도 있는 데 조국과 민족을 위해 희생하고 인생을 바친 애국지사들의 정신을 알리려는 '애국지사기념사업회'의 노력이 있어 그런 위인들을 기릴 수 있는 시간을 가질 수 있다는 것은 의미가 있는 일이라고 할 수 있습니다.

과거 역사 속에 순국선열이나 애국지사들이 있었지만 흐르고 있는 역사 속에서 현대의 애국정신은 특정인에 한정된 것이 아닌 개개인의 작은 마음과 행동도 포함될 수 있다고 봅니다. 그런 면에서 현시대의 애국자의 범주는 한인의 뿌리를 가진 한 사람 한 사람이 자신이 거주하는 나라에서나 해외에서 먹칠하는 행동을 하지 않는 것도 중요하다고 봅니다.

작년에 3.1운동 및 임시정부 100주년을 맞이해 각국의 해외동포들이 태극기를 힘껏 휘날리기도 했습니다. 일제강점기의 식민지시대나 6.25 전쟁을 직접 경험한 분들로부터 이야기를 전해들은 후손들도 있습니다.

2천 년대의 밀레니 얼 세대들에겐 머나먼 이야기로 다가올 수밖에 없는 애국지사들이 '애국지사들의 이야기'를 통해 조명되어 역사의 한편을 알리는 역할을 하길 기대해봅니다.

어제와 오늘 그리고 내일을 생각하며

전 은퇴목사회 회장 **김 미자**

애국지사기념사업회(캐나다) 김대억 회장님으로부터 전화 연락을 받고 하나님께 기도하면서 많은 생각 속에서 나 자신을 다시 한번 돌아보게 하심을 감사했다.

수십 년 목회를 하면서 성도들에게 나라를 위해서 기도하라는 부탁을 놓친 적이 없었다. 더욱이 캐나다에 이민 와서 목회를 할 때에는 나라와 민족을 위해서 더 강조해 기도를 하도록 했다. 왜냐면 나라가 어려워지고 힘들어지면 외국에 사는 우리 민족이 멸시를 받고 대접받지 못한다고 외치면서 '성경속의 믿음 있는 이들이나 선지자들이 다 나라를 사랑하며 기도하는 이들이었다.'고 성도들의 마음에 나라를 위하여 기도하는 사람들이 되어 주기를 원하였다. 그렇다고 해서 나는 애국자도 아니었고 나라를 위해서 무엇 하나 한 것도 없는 사람 이었구나 생각하니 기도하라고 외쳤던 나 자신이 회개가 되었다.

학창시절 3월 1일이 되면 독립투사라는 이름은 겨우 유관순 누나와 안중근의사 김구선생!

아는 이름이라고 몇 분 안 되는 내가 감히 '애국지사들의 이야기' 속에 글을 써야 한다는 모습이 부끄러운 일이지만, 이 기회에 어제와 오늘 그리고 내일을 다시 한번생각해보며 나와 같은 반성으로 나라를 사랑하는 마음이 시들어져 가고 있는 후손들에게 긍지를 심어 주었으면 좋겠다.

나는 남성 애국지사들은 많이 있어도 여성 애국지사들은 겨우 몇 사람뿐 인줄만 알았다. 그런데 애국지사들의 이야기 3 번째 책을 읽으면서 여성들도 좀 있는가 보다 해서 인터넷에 들어가 검색을 해보니 참으로 많은 여성 애국지사들이 있음에 내가 한없이 작아지는 것을 느꼈다.

목회한다고 한 영혼을 어찌하겠느냐? 하시는 주님의 음성에 순종하여 열심히 달려왔지만 내가 당시 그들의 자리에 있었다면 과연 목숨을 내놓고 나라를 지키겠다고 했을까? 나약하고 연약한 모습으로 나라를 사랑한 애국의 모습을 그려보며 눈물이 흘렀다. 그렇다면 오늘을 살고 있는 우리는 어떤가? 특히 이민의 삶을 살아가고 있는 지금 우리는 안일하고 편안함에 빠져 있거나 아니면 살기에 급급하다는 핑계로 우리 자녀들에게 나라에 대해서 우리 민족에 대해서 어떤 모습을 보여 주고 있는가?

자녀들이 민족에 대한 의식을 잃어가고 한국이라는 자부심도 잃어가고 있는 지금! 애국지사기념사업회를 김대억 회장님과 뜻이 있는 분들이 힘을 합하여 2010년에 시작 된 것이 얼마나 감사한 일인가? 이는 꺼져가고 있는 불을 다시 타오르게 하는 것이라고 생각한다.

나는 2014년부터 2017년까지 한국에 7번을 다녀왔다. 지금 후회가 되는 것은 한국에 그렇게 많이 방문했음에도 불구하고 애국지사들의 거리와 공원에 가보지 못한 것이다. 서울 동작동에는 독립운동과 민주화 운동의 유산을 많이 가지고 있고 대전에는 국립 대전현충원이 있어서 일 년 365일 하루도 그 숭고함이 가시지 않고 나라사랑하는 길로 국민들의 발걸음이 끊이지 않는다고 한다. 뿐만 아니라 지역마다 있다는 것이다.

이제 내일을 위해서 애국지사기념회가 후손들에게 강인한 민족정신을 불어넣어 주어야 하는 것이라고 생각한다. 물론 지금도 잘 하시고들 있다. 보훈문예백일장, 애국지사들의 이야기 발간, 독후감 공모 등 사진을 한인회관에 전시하는 일이라든가 열정을 가지고 있는 것도 안다. 그런데 나의 의견으로는 앞으로 애국지사들의 사진을 한국처럼 많은 방문객을 끌어드릴 수 있는 방법으로 사람들이 많이 왕래하는 곳에서 전시회를 연다면 더 알림이 되지 않을까 싶다.

그리고 부모님들이 자녀들 마음속에 한국인라는 긍지를 심어주고 내나라 말을 할 줄 알도록 그래서 내 나라가 사랑스럽고 소중하다는 것을 심어주면 좋겠다.

캐나다에서 한국인으로 사는 것

토론토 은목회 총무 **이 재철**

1

1970~80년대 캐나다는 현재와 같이 이민자들도 자동차들도 그리 다양하지 않았다. 그래서 당시에는 범죄 사건도 드물었다. 그 대신 자동차사고가 큰 뉴스거리였다. 인명피해라도 났다면 TV등 매스컴에서 하루 종일 그 사건을 다룰 정도였다. 또한 여성들이 문도 잠그지 않고 자동차에 핸드백 같은 것을 두고 볼일을 보고와도 어떠한 일도 일어나지 않았다. 이젠 그런 일들이 옛날얘기가 되버렸다.

그런 사회 분위기를 타고 흐르고 흘러간 젊은 날들의 기억이 머리에 반백이 된 지금, 캐나다의 현실은 어떠한가?

평정심을 잃은 사람이 차를 몰고 불특정 사람들을 향해 돌진하고, 그 차로 무고한 사람들을 죽음으로 이르게 했다. 그러고도 죄책감을 느끼지 못하고 양심에 자책을 못 느끼는 젊은이. 또한 영화에나 볼 수 있을 법한 총기난사 참사도 잊혀 질 사이도 없이 연이어 발생하고 있다.

2

이 먼 캐나다에서 자녀들을 잘 키워보겠다고, 가족과 함께 잘 살아보겠다고, 남의 눈치 안 살피고 뒤도 옆도 돌아 볼 사이 없이 살아왔다. 그렇게 앞만 보고 달리느라 아파도 참이야 했고, 몸과 맘이 쓰러질 듯 힘들어도 참고 견디고, 지쳐서 쓰러졌다가도, 살아남아야 한다는 일념으로 다시 일어나고 또 다시 일어난 세월이었다. 일하지 않으면 이 먼 캐나다까지 와서 낙오될 듯싶어 잠자는 시간도 아까워 열심히 일해 온 이곳, 캐나다! 캐나다에서 지금 쉴 수밖에 없는 재앙을 맞고 있다.

'covid-19' 라고 명명된 바이러스로부터 위협을 받게 된 것이다. 마음먹은 것은 무엇이든지 할 수 있다고, 무엇이든 만들 수 있다고, 못할 것이 없다는 '무소불위'의 교만, 그 교만이 정점을 찍고 있는 인류에게 하나님의 경고가 떨어진 것이다.

달나라도 다녀올 수 있고, 무시무시한 살상무기로, 보이지도 않는 남의 나라에 버튼 하나로 초토화시킬 수도 있다고, 협박을 일삼는 인간들. 이렇게 인간들은 하나님을 업신여기고, 두려워하지 않고 있다.

그러나 보라! 'covid-19'를. 이는 모든 인류에게 아주 작은 심판임을 인정하지 않을 수 없음을 깨달아야한다. 우리는 지금 주님 앞에서 벌거벗은 채로 누워있는 갓난아기와 같다. 아무것도 할 수 없는 무기력감으로 모든 인류는 자괴감과 공포를 경험하고 있는 것이다.

성경 신명기 28장 22-29절에는 현재의 재앙이 예고 되어있다. 이

재앙이 끝나도 끝이 아니다. 더 많은 질병과 사람이 미쳐 나가겠다고 (정신병)말씀하신다.

지금 병원마다 전문의들이 눈코 뜰 새 없이, 바쁘게 살피고 있다. 그러나 죽어가는 환자들을 손 놓고 지켜 볼 수밖에 없는 것이 현실이다. 인류가 이제 하나님 앞에 엄숙하게 항복을 선언해야만 한다.

3

우리 대한민국은 36년간 혹독한 일제 강점기를 벗어나 지금 세계 열강들과 어깨를 대등하게 겨루고 있다. 이런 결과는 하나님을 향해 나라를 구해달라고, 지켜달라고, 피와 눈물로 기도하며, 목숨까지도 기꺼이 내어놓았던 우리 선조의 희생이 있었음을 기억해야 한다.

애국지사들 중에는 특히 기독교인들이 많다. 그 분들의 기도와 눈물로 세운 우리들의 모국 대한민국이 지금은 좌·우로 갈라져있다. 평화로 왔던 나라가 이념의 혼돈에 빠져 허우적거리고 있는 것이다. 이런 모습이 일제로부터 나라를 되찾고 져 기도하고 피 흘리시고 생명까지 바치신 애국지사 분들과 그 후손들에게 떳떳한 것인가 생각해본다.

어렸을 때 '우리에게 속한 모든 것이 그냥 얻어진 것이 없다'고 배웠다. 그렇다. 지금의 대한민국도 그냥 얻어진 것이 아니다. 믿음의 선조들께서 기도와 투쟁으로 오늘의 대한민국을 일으켜 세우셨다. 이젠 우리가 선조들께서 물려주신 우리들의 조국 대한민국을 애국정신으로 단단히 지켜야할 차례이다.

이와 같은 의무는 고국을 멀리 떠나왔다고 자유스러운 것이 아니다. 이역만리 먼 캐나다까지 와서 이념적으로 갈라져서 서로 비방이나 하고 있을 때가 아닌 것이다. 이런 슬픈 현실을 항상 목도하고 있는 나에게 주어진 사명은 과연 무엇일까? 주의 종으로서의 고민이 깊어가고 있지만, 나의 기도는 너무나 미력하다. 그래서 하나님을 비롯해 국내외 동포들에게 죄송할 따름이다.

토론토에는 동포사회에 봉사를 자처하고 있는 한인 단체들이 적지 않다. 그러나 그 단체들이 모두 봉사단체로서의 제 사명을 다하고 있는가에 대한 의문도 많다. 어떤 단체장은 무슨 큰 감투나 쓴 것처럼 동포사회에 군림하려해 동포들의 눈살을 찌푸리게 하고 있다. 그 많은 단체들 중에서 가장 모범이 되는 단체 하나가 있다. 바로 김대억 목사님께서 봉사하고 계신 '애국지사기념사업회(캐나다)'라는 단체이다.

올해는 애국지사기념사업회(캐나다)가 발족한지 10년째 되는 해이다. 사업회는 발족이후 많은 실적을 쌓아올리고 있다. 그 중에서 시리즈로 발행해 오고 있는 "애국지사들의 이야기"를 대표적으로 꼽을 수 있겠다. 이 책은 우리 동포 사회의 2세들에게 한 문장도 빼놓지 않고 정독시켜야 할 애국교과서이다. 그래야 자신들의 뿌리가 어디이며, 애국지사들이 왜 목숨까지 바쳐가며 항일투쟁을 했는지 알게 될 것이기 때문이다.

주님! 축복하소서! 모국과 애국지사 후손들과 우리들 동포사회위에….

애국지사기념사업회(캐나다)와 나의 인연

애국지사기념사업회(캐나다) 이사 **조 경옥**

1995년 10월에 이민 온 나는 한인 언론방송을 통해 애국지사기념사업회(캐나다)를 애국지사회, 애국기념회 등등 내 멋대로 기억하고 있었습니다. 사실 얼마 전까지만 해도 기념사업회의 사업에 대해서 관심을 가지지 못하고 있었습니다. 부끄러운 일이었습니다.

기념사업회장님이신 김대억 목사님도 신문의 칼럼을 통해서만 종종 뵈었을 뿐입니다. 그렇게 지내다가 몇 년 전이었습니다. Tyndale Theological Seminary에서 "구원론"을 수강할 때 그 과목을 담당한 김목사님을 처음으로 만나 인사를 나누게 되었습니다. 알고 보니 같은 공군출신이라 자연스럽게 유대감이 생겼습니다. 아울러 애국지사기념사업회(캐나다)에 사업에 대해서 이해하게 되었고 동참하는 계기가 되었습니다.

김회장님께서 사업회에 동참mission을 주셨습니다. 즉 사업회가 시리즈로 발간하고 있는 애국지사들의 이야기 4호에 게재할 글을 쓰라는 것이었습니다. 그 mission을 수행하기 위해 그동안 애국지사들과 관련된 동영상과 기사들을 많이 찾아보았습니다. 그러다 보니 나도 모르게 이상한 현상이 나타나기 시작했습니다. 내가 등한시 했던 애국지사들의 삶이 가슴을 뭉클뭉클하게 만드는 것이었습니다. 나아가서 이 분들께서 목숨까지 바치신 애국애족의 삶을 나 혼자서만 알아선 안 된다는 의무감 같은 것이 생겨난 것입니다. 그래서 그동안 여기저기서 보고 듣고 베낀 내용이지만 다음과 같이 동참 mission으로 대신하고자 합니다.

1910년 8월 29일은 경술국치로 나라를 빼앗긴 치욕의 날입니다. 이후 수많은 애국지사들이 빼앗긴 나라를 되찾기 위해 목숨을 걸고 일제와 맞서 싸웠습니다. 그분들의 숭고한 정신을 기리고, 그분들의 애국정신을 대대손손 이어받기위해 2010년 3월 15일 애국지사기념사업회(캐나다)가 발족되었습니다.

발족이후 사업회는 많은 사업을 추진 전개해 나가고 있습니다. 토론토한인회관 로비에 전시되고 있는 애국지사들의 초상화를 제작해 한인사회에 헌정한 단체가 바로 애국지사기념사업회(캐나다)입니다. 매년 전 캐나다 동포들을 대상으로 보훈문예작품 공모전을 실시해 시상하고, 애국지사들의 이야기를 시리즈로 발간해 캐나다 한인사회와 한국에 배포하고 있습니다. 그 외에도 3·1절, 광복절 행사 등을 한인회와 관련단체들과 공동주최해오고 있습니다. 이와 같이 사업회는 역사를 가진 민족의 자부심, 그 역사를 지켜내기 의해 애쓰신 애국지사들의 고귀한 희생과 애국심을 망각하지 않기 위한 사업을 꾸준히 전개해오고 있습니다.

사업회가 발족하자 한인사회 일각에서는 여기까지 와서 애국지사 기념사업이 왜 필요한가? 라는 부정적인 시각도 있었습니다. 그러나 사업회의 사업이 꾸준하게 이어지고 사업실적이 쌓이기 시작하자 동포사회의 인식도 많이 바뀌고 있습니다. 나아가서 사업회에 힘을 합쳐주려는 분위기가 조성되고 있습니다. 매우 고무적인 현상입니다.

토론토의 한인동포는 대략 10만 명 정도입니다. 이렇게 작은 동포사회지만 단체는 꽤 많은 것으로 알고 있습니다. 하지만 여러 가지 여건상 단체의 명맥을 유지하기가 어려운 것이 사실입니다. 그럼에도 불구하고 꾸준하게 성장하고 있는 애국지사기념사업회(캐나다)의 비결은 무엇일가? 생각해보았습니다. 바로 초심을 잃지 않는 것이었습니다. 10년을 한결 같이 초심으로 달려온 애국지사기념사업회(캐나다), 그래서 사업회는 발전하고 성장할 수밖에 없다고 봅니다. 이와 같은 단체에 동참하게 된 것을 영광으로 생각합니다. 아울러 미력한 저에게 기회를 주신 회장님과 선배 이사님들에게 감사의 말씀을 올리며 미션에 대신 합니다.

감사합니다.

2020년 4월30일

사랑하는 후손들에게 들려 줄 이야기

전 민주평통토론토협의회 회장 **최 진학**

긴 겨울이 지나가는 길목에 공포의 코로나바이러스로 사람들이 집에 머물고 있지만 봄은 약속한 것처럼 우리들 곁을 찾아오고 있다. 꼼짝 없이 집에 머물면서 Day Care도 못가는 손녀를 위해서 온갖 재능을 끄집어내어 재롱을 피워본다. 집정원에서 손녀와 함께하는 시간에 계절의 여신 봄 처녀도 어울리면서 피어나는 화초의 모습 속에 자라나는 후손들의 얼굴이 비쳐져 보인다.

캐나다 땅에서 자라는 후손들을 바라보면서 1세대들이 공통적으로 느끼는 것이 모국어에 대한 언어교육과 한국인으로써 정체성을 어떻게 가르쳐야할지 고민들 한다. 본인역시 한인사회 단체장을 하면서 대학생으로부터 직장인에 이르기까지 여러 계층의 젊은 세대를 만나면서 한국어 능력과 정체성에 관련된 상관관계를 느낄 때가 많았다. 개인의 정체성을 만드는 여러 요인 중에 언어가 정체성형성의 상관관계가 제일 크다. '언어정체성이란 두 가지면(aspect)으로 해석이 가능하다고 한다. 그 중 한 면은 주관적인 것으로써 자신이 어느 특정한 그룹에 속해있다고 믿는 스스로의 인식(self-perception)이고, 또 다른 한 면은 객관적인 것인데 외부에서 보았을 때 어떤 사람이 특정한 언어의 형태를 사용하는 것을 듣고 특정한 집단이라고 평가하는 것을 의미' 한다고 최진숙 교수(영산대학교)는 대학생들의 영어능력과 언어정체성인식과의 관계에서 이야기하고 있다. 즉, 언어는 주관적이든 외부에서 보는 것이든 특정한 그룹의 속해있음을 크게 의미한다. 정체성 역시 본인이 어떠한 그룹에 속해있을 때 정체성을 느낄 수 있고 때로는 이중의 그룹에 속해있다고 느낄 때 정체성의 혼돈을 느낄 수 있다. 한국어를 사용하는 부모 또는 조부모를 보면서 나는 한인출신의 특정그룹의 속해있음을 정서적으로 느끼고 교회 또는 종교단체를 통해서 같은 한인을 자주 만나게 되면서 더 강하게 인식하게 된다. 그러나 케네디언으로 태어나서 교육을 받고 성장하는 과정에 공통적으로 '나는 누구인가?'라는 정체성의 갈등을 느낄 때가온다.

앞으로의 한인사회는 특별한 대책이 없으면 소멸될 가능성이 있다. 그러면 한인사회란 무엇인가? 쉽게 말해서 한인들이 모인사회다. 그러면 한인이란 누구인가? 모국에서 바라보면 재외동포가 된다. 「재외동포재단법」(2015.6.22.시행) 제2조(정의)에서 "재외동포"란 다음 각 호의 어느 하나에 해당하는 사람을 말함.

1. 대한민국 국민으로서 외국에 장기체류하거나 외국의 영주권을 취득한 사람
2. 국적에 관계없이 한민족(韓民族)의 혈통을 지닌 사람으로서 외국에 거주·생활하는 사람을 말한다. 즉, 한민족의 혈통을 지닌 사람들의 모임이

한인사회다.

장기적으로 보면 한인모임의 기본언어는 영어가 될 것이다. 현재도 캐나다한인장학재단의 이사는 영어권이고 모임의 진행도 영어로 한다. 한민족의 혈통을 지녔으니 한인임에는 틀림없지만 정체성이 정립되지 아니한 그들을 바라보는 1세대들은 아쉬움이 크다. 한국어의 소통과 정체성이 부족한 그들의 겉모습은 한인이지만 속은 케네디언이다. 다른 표현으로 한인태생의 케네디언의 모임이다. 한국말도 못하고 문화와 역사도 이해 못하는 그들의 모임을 한인사회라고 할 수 있을까? 염려되어 감히 한인사회는 소멸될 것이라고 이야기해 보았다.

영어권에서 자라는 후손들은 부모들의 생업으로 한국어를 배울 수 있는 기회와 시간이 제한되어있다. 부모가 영어권이거나 1.5세대인 경우에는 가족 간에 한국어 사용은 어렵고, 자녀들이 보는 책 또는 영상물 역시 한국어로 볼 때가 드물다.

최근에 방탄소년단과 K-POP 한류의 영향으로 스스로 한국어를 배우는 경우가 많아서 다행이다. 토론토대학교에서 매년 주최하는 한국어경연대회에 참가하는 학생들의 한국어 수준은 경이로울 정도로 잘한다. 참가학생은 한국인 출신이 대부분 아님에도 불구하고 한국어 사용과 한류문화에 대한 이해가 대단히 높다. 이를 보면 영어권 후손들의 한국어 접촉을 위해서 폭넓은 한류문화를 접할 수 있는 기회를 만들어 주어야한다. 또한 토론토에서 한국어로 진행하는 민주

평통의 골든 벨 퀴즈게임에 참여하는 초·중·고등학생의 한국어 수준은 이해도가 높은 수준이라고 평가해도 된다. 다만, 참여하지 않은 대다수의 어린학생들이 문제이기에 한글학교 등을 통해서 참여토록 유도하는 게 중요하다고 본다. 그들에게 언어를 통해 한인사회의 특정 그룹인식을 갖게 하는 문화적인 접근이 무엇보다 먼저 선행되어야 한다. 어린학생이 스스로 특정 그룹에 소속을 느끼고 언어를 통해서 한국문화와 자연스런 접촉을 갖게 되면 정체성의 정립에 큰 도움을 주리라 믿는다.

단재 신채호 선생은 '역사가 있으면 나라는 흥하지만, 역사를 잃어버리면 반드시 망한다. 민족을 버리면 역사가 없어지며, 역사를 버리면 민족의 국가 관념이 자라지 않는다.'고 하였다. 한민족으로 역사를 아는 것은 정체성의 가장 중심 되는 부분이다. 역사를 알아야 민족을 알게 되고 문화의 뿌리를 알게 된다. '나는 누구인가?'의 핵심이 바로역사다. 한국역사에 대한 인식과 공부를 캐나다에 살면서 접하는 것이 쉬운 일이 아니다. 쉽지 않은 일을 접근하는 좋은 방법이 애국지사들의 이야기다. 어릴 때 위인전을 통해서 인생의 방향을 정하는 경우를 많이 볼 수 있다. 특히, 나라를 잃어버린 일제강점기 시대에 역경과 고난 속에 자신을 희생한 감동어린 애국지사의 이야기는 우리들의 뿌리를 깨어주는 이야기이기에 사랑하는 후손들에게 들려주어야 한다. 사실적인 자료를 바탕으로 생생하게 들려줄 수 있는 애국지사이야기는 먼 옛날이야기가 아니고 살아있는 증언이고 간증이기에 영어권의 2세대에겐 한민족의 정신을 심어줄 수 있는 좋은 교재이다.

2010년 3월에 김대억 목사님을 중심으로 발기된 애국지사기념사업회가 남긴 애국지사의 초상화, 책, 문예작품공모 등은 한민족의 핏줄을 가진 우리들에게 '나는 누구인가?'를 끊임없이 깨워주었다. 유태민족이 전 세계에 흩어져있고 언어가 달라도 그들이 뭉쳐져 있는 것처럼 한민족도 확고한 정체성을 가지면 하나가 될 수 있다. 그 답이 바로 고난의 시기에 민족을 위해 희생하신 애국지사의 이야기를 사랑하는 후손들에게 해주어야 한다.

2020년 봄이 오는 길목에서

애국지사들의 이야기·4

김 대억 편

▶ 항일 문학가 **심훈**
▶ 민족시인 **윤동주**
▶ 민족의 반석 **주기철** 목사

김 정만 편

▶ 비전의 사람, 한국의 친구 **헐버트**

백 경자 편

▶ 송죽결사대로 시작한 독립운동가 **황애덕** 여사

최 봉호 편

▶ **민영환**, 그는 애국지사인가 탐관오리인가

김대억 편

- 항일 문학가 심훈
- 민족시인 윤동주
- 민족의 반석 주기철 목사

심훈

심훈沈熏(1901, 9, 12 ~ 1936, 9, 16)

일제 강점기의 독립운동가, 소설가, 시인, 언론인, 영화배우, 영화감독, 각본가로 본명은 심대섭(沈大燮)이다. 경기도 과천군 출생이며 경성부에서 성장한 그의 본관은 청송(靑松)이고 호는 해풍(海風)이다. 어렸을 때의 이름은 심삼준(沈三俊), 심삼보(沈三保)이다. 주요 저서로는 소설 《상록수》 등이 있고, 유고집으로 《그날이 오면》이라는 시집이 있다. 또한 1926년에 한국 최초의 영화 소설 《탈춤》을 연재했다.

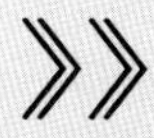

그날이 오면 ~~~ 나는 밤하늘에 나르는 까마귀와 같이 종로의 인경을 머리고 들이받아 울리오리다.

- 심훈의 시 그날이 오면 중에서

항일 문학가 심훈

- 문학으로 일제와 투쟁한 독립투사 -

김 대 억

경술국치로 나라를 빼앗기고 일제의 식민통치를 받으며 지낸 36년이란 세월은 슬프고 괴로웠던 암울한 시기였다. 그러나 이 같이 어두운 시련의 시기에도 뛰어난 문인들이 어느 때보다 많이 배출되었다는 것은 우리가 얼마나 우수하고 끈기 있는 민족인가를 말해준다. 이 시기에 활약한 문인들 중에는 그들의 탁월한 문학적 재질을 나라와 민족을 배반하는 수단과 방법으로 사용한 친일 문학가들도 있었지만 일제에 항거하는 글을 쓰며 독립투사의 역할을 수행함으로 조국의 해방에 기여한 문인들도 많았다.

심훈은 그런 문인들 중의 하나였다. 100편에 가까운 시와 소설을 써서 한국의 근대문학에 큰 공헌을 한 문인이었음은 물론 일제의 억압 속에서 강력한 필력을 휘두른 언론인이기도 했다. 뿐만 아니라 그는 음악, 무용, 미술 등 여러 예술문야에도 조예가 깊은 예술평론가였으며, 영화제작을 평생의 천직으로 삼고 영화계에도 공헌한 영화인이기도 했다. 그러나 가장 중요한 것은 36년밖에 안 되는 짧은 삶을 살면서 그가 한 모든 일들은 어떤 면으로든 민족의 독립과 연관되어 있었다는 점이다. 다시 말해, 심훈은 계몽과 저항의 문인의 위치를 뛰어넘어 펜을 무기삼아 일제와 싸운 독립 운동가였던 것이다.

다재다능했던 심훈은 1901년 10월 23일 현재의 서울 동작구 노량진과 흑석동 부근에서 아버지 심상정과 어머니 해평 윤씨의 3남 1년 중 막내로 태어났다. 원래 이름은 심대섭이었으며, 아버지 심상정은 충남 당진군 신북 면장을 지냈고, 삼 백석을 추수하는 지주였다. 어머니 윤씨가 글재주가 뛰어난 여인이었음을 감안하면 심훈의 글재주는 어머니로부터 물려받았는지도 모른다. 맏형 심우섭은 매일신보에서 "심천풍"이란 필명으로 기자생활을 했으며, "지풍'"이라 불리었든 둘째형 심명섭은 목사로서 심훈의 미완성 장편 "불사조"을 완성했으며, 6.25전쟁 중 남북되었다. 막내인 심훈은 풍을 잘 떤다고 해서 "해풍"이라 불러진 관계로 이들 "삼풍"은 서울 장안의 명물 삼형제였다.

심훈은 15세 되던 1915년에 교동보통학교를 졸업하고 제일고등보통학교(현 경기고등학교)에 입학해서 동요 작가 윤극영, 교육자 조재호, 박열, 박헌영 등과 같이 공부했다. 그는 역사와 지리 과목에서 좋은 점수를 받았으며, 연설을 잘해서 점심시간에 누가 시키지도 않는데 교단에 올라가 손으로 교탁을 치며 열변을 토하곤 했다. 아마도 그때부터 심훈에게는 민족주의적 기질이 싹트고 있었든 것 같다. 그는 대수와 기하에는 퍽 약했다. 때문에 수학시간을 좋아하지 않았고, 일본인 수학선생이 한국인을 멸시하는 말을 하자 수학시험지를 백지로 제출하며 반항하다 과목낙제를 받아 유급까지 했다. 그는 명석한 두뇌를 지니고 있었으며 수학과 과학을 제외한 일본어, 조선어, 한문, 음악, 체육 등의 과목에서 높은 점수를 받았다. 그러나 그는 학교에서 인정받고, 칭찬받는 모범생은 아니었다. 삼일운동에 앞장섰다 체포되어 심문받을 때 학교에서 경성지방법원 검사국에 보낸 "학생성향 조사서"에 "영리하나 경솔하며 모든 명령 등을 확실하게 실행하지 않는다. 게으른 편이어서 결석, 지각 등이 많고 평소부터 훈계를 받아온 자이다."라 기재되어 있는 사실이 이를 뒷받침해준다.

1919년 그가 19세 되던 해에 삼일운동이 일어났다. 그가 다니던 경성고등보통학교는 조선총독부 산하 학교였다. 그런데도 1,000 여 명의 학생들이 거리로 뛰어나가 "대한독립 만세"를 불렀으며, 심훈은 그 시위행렬의 선두에 섰던 것이다. 때문에 그는 주동자로 체포되어 구금되었다. 예심판사가 "독립운동이 무엇이냐?"고 묻자, 그는 "지금 조선은 일본에 합병당하고 있으나 일본으로부터 권리를 물려받아 조선인만으로 정치를 하도록 하기 위하여 일하는 것을 말한다. 그래서 나도 독립운동을 희망하는 것이다."라 답했다. 판사가 "피고가 독립을 원하는 이유는 무엇인가?"라 다시 묻자 그는 "민족은 다른 민족으로부터 제재를 받지 않고 독립해 정치를 하는 것인데 조선도 일본으로부터 떨어져 일가 단란하게 나가지 않으면 안 된다."고 말하며, 일본의 한국인에 대한 차별교육, 한국인을 적대시하며 행하는 무단정치 등 때문에 한국인은 독립을 원할 수밖에 없다고 독립운동의 정당성을 당당하게 진술했다.

이 같은 심훈의 진술은 그가 19세 고등학교 학생으로서 단순히 군중심리에 이끌려 삼일운동에 참여한 것이 아니라 일본의 한국 식민통치가 얼마나 부당하며 불법적인 가를 잘 알기에 일제에 항거하여 민족의 독립을 쟁취하려는 의지와 신념으로 "대한독립 만세"를 외치는 시위에 앞장섰던 것임을 말해준다. 판사가 "그렇다면 너희들이 독립을 선언하고 만세만 부르면 독립이 된다고 생각하느냐?"고 묻자 심훈은 "만세를 부르는 것 만으로는 독립이 되는 것은 아니다. 이렇게 하여 독립사상을 고취시켜 놓으면 언젠가는 독립이 될 것이라고 생각하여 이 같이 운동하는 것이다."라 답변했다. "앞으로도 독립운동을 할 것인가?"라는 질문에는 "기회만 있으면 또 할 것이다."라 대답했다.

심훈은 일제가 삼일운동에 참가한 사람들에게 무더기로 내린 언도공판에서 실형을 선고받고 서대문 형무소에서 8개월을 복역했다. 이때 감옥에서 심훈이 비밀리에 그의 어머니에게 써 보낸 "감옥에서 어머님께 올린 글월"에는 그의 독립을 염원하는 마음과 각오가 잘 나타나 있다.

"어머님! 오늘 아침에 차입해 주신 고의적삼을 받고서야 제가 이 곳에 와있는 것을 집에서도 아신 줄 알았습니다. 잠시도 엄마의 곁을 떠나지 않던 막내둥이의 생사를 한 달 동안이나 아득히 아실길 없으셨으니 그 동안에 오죽이나 애를 태우셨겠습니까? 그러하오나 저는 이 곳까지 굴러오는 동안에 꿈에도 생각지 못했던 고생을 겪었지만 그래도 몸 성히 배포 유하게 큰집에 와서 지냅니다. 구랑을 차고 용수는 썼을망정 난생 처음으로 자동차에다가 보호 순사를 앉히고 거들먹거리며 남산 밑에서 무학재 밑까지 내려긁은 맛이란 바로 개선문으로 들어가는 듯 하였습니다. 어머님! 날이 몹시도 더워서 풀 한포기 없는 감옥 마당에 뙤약볕이 내려 쪼이고 주황빛의 벽돌담은 화로 속처럼 달고 방속에는 똥통이 끓습니다. 밤이면 가뜩이나 다리도 뻗어보지 못하는데 빈대 벼룩이 다투어가며 진물을 살살 뜯습니다. 그래서 한 달 동안이나 쪼그리고 앉은 채 날밤을 새웠습니다. 그렇건만 대단히 이상한 일이 있지 않습니까? 생지옥 속에 있으면서 하나도 괴로워하는 사람이 없습니다. 누구의 눈초리에나 뉘우침과 슬픈 빛이 보이지 않고 도리어 그 눈들은 샛별과 같이 빛나고 있습니다. 더구나 노인네의 얼굴은 앞날을 점치는 선지자처럼, 고행하는 도승처럼 그 표정조차 엄숙합니다. 날마다 이른 아침 전등불 꺼지는 것을 신호삼아 몇 천 명이 같은 시간에 마음을 모아서 정성껏 같은 발원으로 기도를 올릴 때면 극성맞은 간수도 칼자루 소리를 내지 못하며 감히 들여다보지도 못하고 발꿈치를 돌립니다. 어머님! 어머님께서는 조금도 저를 위하여 근심하지 마십시오. 지금 조선에는 우리 어머님 같으신 어머니가 몇 천 분이요, 또 몇 만 분이나 계시지 않습니까? 그리고 어머님께서도 이 땅에 이슬을 받고 자라나신 공도 많고 소중한 따님의 한 분이시고, 저는 어머님보다도 더 크신 어머님을 위하여 한 몸을 바치려는 영광스러운 이 땅의 사나이입니다.(이하 생략)"

심훈은 1919년 11월에 집행유예로 석방되었다. 그러나 이 사건으로 인해 학교에서 퇴학당하자 집에서 문학수업을 하면서 선배이며 국문학자인 이희승에게서 한글 맞춤법을 배웠다. 그해 겨울 일본으로 유학하려 했지만 집안의 반대로 중국으로 갔다. 거기서 기회를 보아 미국이나 프랑스로 가서 연극공부를 하고자 하는 것이 그의 희망이었다. 그러나 항주 지강대학에서 공부하던 중 서대문 형무소에서 복역할 때의 후유증으로 중퇴하고 1923년에 귀국하였다. 중국에 있는 동안 심훈은 여러 독립 운동가들과 만날 수 있었으며, 이회영, 신채호, 이동녕 등 임시정부 수립자들과의 만남을 통해 독립에 대한 의지를 굳건히 했다. 이회영 선생의 집에 두 달 동안 머물 때 심훈은 그가 독립을 위해서 무엇을 해야 할 것인가를 곰곰이 생각했다. 그 때 얻은 결론은 일제의 탄압 속에서 신음하며 고통 받는 동포들을 위로하고 격려하며 그들에게 독립정신을 심어주기 위해 글을 써야겠다고 마음먹게 되었다.

서울로 돌아온 심훈은 안석주, 최승일, 김영환 등과 신극연극 단체인 "극문회"를 조직하여 문학 활동을 했다. 그러다 1924년에 이해영과 이혼했다. 이해영은 왕족인 후작 이해승의 누이로 심훈 보다 2살 위였다. 심훈의 아버지인 심상정과 이해승은 죽마지우였기에 심훈과 이해영의 결합은 부모들의 뜻에 의한 것이었다고 생각된다. 이것은 후일 이해영이 "그때만 해도 50년 전 옛날이라 요즘 같이 연애니 사랑이니 하는 말은 입 밖에도 내지 못하던 때였다."고 회고한 사실에서 확인할 수 있다. 그녀가 본 심훈은 "자기 마음대로 행동하면서도 다정다감하여 남에게 호감과 믿음을 주는 사람이었으며", 그는 그녀를 사랑하고 그녀도 그에 대한 믿음이 날이 갈수록 굳어졌다고 술회했다. 그녀는 심훈이 워낙 잘생겼고, 활달한 성품의 소유자였을 뿐 아니라 활동적이었기에 여러 여자들과 교제가 있었지만 그 때문에 남편을 못살게 굴거나 질투하지도 않았다. "그 분이 연애를 하신 것은 한 여자가 상대가 아니라 그때의 사회요 시대였다. 아무도 그를 막을 수 없었고, 그 분에겐 당연한 일인지도 모른다."가 이해영의 남편 심훈에 대한 자세였던 것이다.

그런데 중국에서 돌아온 심훈이 어느 날 갑자기 이혼을 청했다. 그가 집안 어른들을 설득하여 그녀를 진명학교에 입학시켰고, "해영"이라는 이름까지 지어준 심훈이었다. 그녀는 그의 모든 것을 이해하며 그와 시집에 충실했다. 따라서 심훈이 그녀에게 별다른 불만이 있었던 것은 아니었다. 그녀가 싫어진 것은 더욱 아니었고, 특별히 그가 함께 하고 싶은 다른 여자가 생긴 것은 더더욱 아니었다. 아마도 왕족의 후예인 까닭에 여러 가지 구습에 억매인 처가가 자유화를 갈망하는 심훈에게 좀 못마땅하게 생각되었는지는 모른다. 심훈이 이혼을 원하자 그녀는 "아내로서 자식을 못 낳아드리는 자책도 있어 그대로 받아드렸다."고 회고했다.

이혼을 한 후에도 그녀는 그 집에 남아서 시어머니를 친어미니처럼 모셨다. 심훈은 1930년에 12살 연하인 안정옥과 재혼한 후에도 가끔 집에 들렀으며, 그때마다 그녀와 마주치게 되면 퍽 어색해 했다. 그녀를 향한 미안한 마음 때문이었을 것이다. 어느 날 그녀는 심훈에게 다시는 오지 말아달라고 청했고, 그 후 심훈이 세상을 떠날 때까지 그들을 다시는 만나지 못했다. 심훈이 장질부사로 갑자기 타계한 후에도 그녀는 슬픔을 간직한 채 그 집을 떠나지 않았고, 가끔 그의 산소를 찾았으며, 제삿날 마다 그의 아들집을 방문하여 함께 제사를 드리곤 했다. 그녀는 "그 분이 나를 떠난 것이 아니라, 사회가 배반을 했고, 또 어떻게 보면 시대가 그 분마저도 배반한 것인지도 모른다."란 생각으로 이혼당한 후 42년을 절개를 지키며 지내다 자식도 없이 쓸쓸하게 생을 마감했다.

중국에서 돌아온 1923년에 "극문회"를 조직한 심훈은 1924년에 동아일보 학예부 기자로 입사했다. 심훈은 그의 생애에 세 신문사에서 기자로 일 했는데 동아일보가 그의 기자생활의 출발 처였던 것이다. 그 당시 신문기자들을 월급을 제대로 받지 못했다. 따라서 안정된 생활을 원하는 사람들에겐 기자란 직업은 선망의 대상이 되지 못했다. 그러나 자유를 사랑하고 민족의 장래를 생각하는 젊은이들은 신문기자가 되기를 원했다. 기자로 일하면 국내외의 각종 정보들을 많이 접할 수 있었기에 독립운동에 도움이 될 수 있는 일들을 직접적으로 또는 간접적으로 할 수 있었기 때문이었다. 동시에 그들은 창작활동을 통해 문학에도 기여할 수 있었던 것이다. 일제강점기에 언론계에 종사하면서 문학 활동을 한 문인들을 살펴보면 이광수, 주요한, 염상섭, 이익상, 김기진, 김동환, 안석주 등 헤아릴 수 없을 정도로 많다.

문인들이 신문사를 찾기도 했지만, 신문사에 몸을 담은 후에 붓을 든 문인들도 있었는데, 그 중의 하나가 심훈이었다. 심훈이 수집한 정보들은 기사로 신문에 게재되기도 했지만 시나 소설이나 시나리오 또는 수필과 평론으로 다양하게 활용되었다. 이처럼 기자로서 또 문인으로서 활약하던 심훈은 급료인상을 위해 파업에 들어간 기자들이 사표를 제출하며 강경하게 투쟁한 소위 "철필구락부" 사건으로 동아일보를 그만 두게 되었다. 직장을 읽은 심훈은 일본으로 건너가 평소에 관심이 많던 영화를 공부했다, 귀국한 후 심훈은 직접 집필하고 감독한 영화 "먼동이 틀 때"를 제작했다. 이 영화의 본래 제목은 "어둠에서 어둠으로"였는데, 제목이 겨레의 비운을 암시하는 것이라 하여 조선총독부의 검열에 걸려 말썽이 생기자 심훈은 "먼동이 틀 때"로 바꾸어 버렸다. 이 때문에 "어둠"이란 단어는 없어졌지만 먼동이 트는 광명한 날을 기다리는 민족의 염원은 더 확실하게 나타나게 된 것이다.

단성사에서 상영된 이 영화는 영화다운 영화로서 그때까지 제작된 한국영화 중에서 가장 뛰어난 작품으로 호평을 받았다. 그러나 날로 심해지는 일제의 탄압과 각종 사회의 부정과 부조리를 바라볼 수만은 없었던 심훈은 1928년 조선일보에 들어갔다. 그는 조선일보에서 변절되거나 묻혀 지는 사실과 진실을 찾아내어 바로 보도하며, 부정과 위선의 인물들을 "고발문학"를 통해 들추어냈다. 이 시기에 그가 쓴 영화소설 "탈춤"이 그런 작품으로서, 서두에 그의 의도가 너무도 잘 나타나 있다.

"사람은 태고로부터 탈을 쓰고 춤을 추는 법을 배워왔다. 그리하여 제각기 가지각색의 탈바가지를 뒤집어쓰고 날뛰고 있으니 아랫도리 없는 도깨비가 되어 백주에 큰길을 걸어 다니기도 하고 때로는 제웅 같은 허수아비가 물구나무를 서서 괴상스러운 요술을 부려

인간의 눈을 현혹케 한다. '돈'이란 탈을 쓴 놈, '권세'란 탈을 쓴 놈, '명예', '지위'의 탈을 씀 놈…….

이 시기에 심훈은 시도 여러 편 썼으며, 조선일보에 1930년 10월부터 "동방의 여인"을 연재했지만 불온한 내용이라는 이유로 검열에 걸려 중단해야 했다. 이듬해인 1931년 8월에 역시 조선일보에 "불사조"를 쓰기 시작했지만 이 또한 검열에 걸려 중단해야 했다. 그렇게 되자 심훈은 모든 것에 환멸을 느끼게 되어 술에 취한 나날을 보내게 되었다. 심훈은 사실과 진실은 왜곡되거나 은폐되고, 사람들은 각종 탈을 쓰고 본모습을 감추고 살며, 일제의 통치하에서 품은 생각조차 마음대로 털어놓을 수 없는 상황이 너무도 답답하여 장안의 선술집을 순회하며 술잔을 기우리며 마음의 슬픔과 좌절을 떨쳐버리고 위로와 희망을 찾으려 했는지도 모른다. 그 시기에 쓴 "그 날이 오면"은 일제 강점기에 쓰인 저항시의 금자탑이기에 독립 운동사를 말함에 있어 빼놓을 수 없는 작품이다.

그 날이 오면

그 날이 오면, 그 날이 오면은
삼각산이 일어나 더덩실 춤이라도 추고
한강 물이 뒤집혀 용솟음칠 그 날이
이 목숨이 끊어지기 전에 와 주기만 하량이면
나는 밤하늘에 나르는 까마귀와 같이
종로의 인경을 머리고 들이받아 울리오리다.

두개골이 깨어져 산산조각이 나도
기뻐서 죽사오매 오히려 무슨 한이 남으오리까.

그 날이 와서, 오오, 그 날이 와서
육조 앞 넓은 길을 울며 뛰며 딩굴어도
그래도 넘치는 기쁨에 가슴이 미어질 듯하거든
드는 칼로 이 몸의 가죽이라도 벗겨서
커다란 북을 만들어 들쳐 메고는
여러분의 행렬에 앞장을 서오리다.
우렁찬 그 소리를 한 번이라도 듣기만 하면
그 자리에 거꾸러져도 눈을 감겠소이다.

무력으로 나라를 빼앗은 후 일본의 한국 통치는 참으로 잔인하고 가혹했다. 하지만 일제가 아무리 혹독한 신민통치를 했어도 반만년 역사를 통해 삼천만의 가슴마다 스며든 민족혼마저 말살시킬 수는 없었다. 그 시대의 문인들은 문학이란 매개체를 통해 민족정신을 일깨워주며, 우리민족이 나가갈 길을 암시하며 제시했던 것이다, 그 결과 철저한 억압과 핍박을 받으면서도 한국의 근대문학은 싹트고 자라나서 꽃 피고 열매 맺을 수 있었던 것이다. 그 열매 중의 하나가 민족의 해방을 향한 불타는 갈망을 부르짖은 시 "그 날이 오면"이었던 것이다. 심훈은 이 시를 통해 그 날이 올 것을 확실히 믿었기에 그 감격의 날을 생생하게 묘사할 수 있었던 것이다.

"그 날이 오면"을 발표한 후 그를 향한 일제의 감시가 더욱 심해지자 심훈은 조선일보를 그만두고 1930년 12월 24일에 재혼한 안정옥과 함께 부모님이 계신 충남 당진으로 내려갔다. 특별히 사랑하는 여자가 있어서 첫 부인 이해영과 헤어진 것도 아니었기에 그녀와 갈라선 후에도 심훈은 홀로 지내며 술과 친구들 사이에서 그만의 인생을 살았다. 워낙 미남이고 활발한 성격이었기에 주변에 여자도 여럿 있었고, 구애를 받기도 했다. 하지만 그에게는 여자보다는 술과 친구가 더 매력적이었다. 후일 세계적인 무용가가 된 최승희가 그를 연모했고, 그녀와의 염문과 결혼설이 퍼졌던 것도 이때였다. 그러든 그가 유주영의 소녀 합창단 "따리아회" 후원회장이 되면서 만나게 된 안정옥과 재혼했고, 그녀와 더불어 서울을 떠나 당진으로 내려갔던 것이다.

심훈이 서울을 떠난 것은 일제의 끈덕진 감시와 방해로 인한 좌절감에서 벗어나 자유롭게 지내려는 의도도 있었지만 "브나로드" 운동을 염두에 두었기 때문이기도 했다. "브나로드" 운동은 "민중 속으로 들어가다."란 뜻으로 러시아에서 시작된 것인데, 젊은 귀족들과 학생들이 주축이 되어 농민을 주체로 사회개혁을 이루고자 하는 계몽운동이었다. 이 운동은 1920년 대 이후 우리의 민족운동에도 영향을 미쳐 농촌계몽운동이 활성화되는 계기가 되었다. 구체적으로 일제의 식민통치를 받던 우리나라에서는 "브나로드" 운동은 농민들의 문맹퇴치, 농촌 여인들이나 청년들을 위한 야학설치, 농촌사람들의 의식개혁 및 권익보호를 위한 조합의 설치 등의 방향으로 전개되었다. 따라서 이 운동의 밑바닥에는 민족의 각성과 단결을 촉구하는 의도와 정신이 깔려있었다. 1930년대에 동아일보가 앞장서서

이 운동을 주도하자 많은 지식인들이 호응한 것은 이 같은 이유 때문이었다.

"브나로드" 운동을 생각하며 충남 당진으로 낙향한 심훈은 자신이 직접 설계하여 지은 집 "필경사"(붓으로 밭을 간다는 의미)에서 살며 독서와 창작에 몰두하여 "영원의 미소", "직녀성" 등의 신문소설을 썼다. 그러던 중 동아일보에서 창간 15주년 기념으로 500원 상금을 내걸고 장편소설을 공모했다. 응모작품의 구비조건은 세 가지였다. 첫째는 한국의 농어촌을 배경으로 하여 한국특유의 색채와 정서가 들어가야 하며, 둘째로는 작품 속에 진취적인 한국의 젊은이가 등장해야 하고, 마지막으로 신문에 연재될 소설인 만큼 모든 계층의 독자들이 흥미롭게 읽을 수 있는 내용이어야 한다는 것이었다. 이 같은 취지와 응모요령에 따라 신인과 기성문인들이 심혈을 기우려 써 보낸 52 편의 작품들을 놓고 동아일보에서 선정한 6명의 심사위원들이 12일에 걸쳐 신중하고 엄정하게 심사한 결과 심훈의 "상록수"가 당선작으로 결정되었다.

동아일보는 "상록수"를 당선작으로 발표하면서 "모든 조건에 부합할 뿐 아니라 그밖에 여러 가지 점으로는 근래에 보기 어려운 좋은 작품이다. 본사는 이런 좋은 소설을 얻어 한편으로는 농어촌 문화에 기여하고 한편으로는 독자 제씨의 애독을 받게 될 뿐만 아니라 문단적으로도 수확하게 될 것을 끔찍한 자랑으로 생각하는 바입니다."란 주를 달았다. 이광수, 최남선, 유진오 등의 천재들에 버금가게 명석한 작가 홍명희도 '조선문단'의 귀중한 유업으로 먼 장래에까지 전하게 될 작품이라며 "상록수"의 문학적 가치를 높이 평가했다. 심훈이 이처럼 문학적으로 높은 가치를 지녔고, 일제에 대한 저항정신이 녹아있는 작품을 쓸 수 있었던 것은 그가 당진으로 내려가면서 마음에 두었던 "브나로드" 운동정신이 큰 작용을 했다고 사료된다. "브나로드" 운동에 관한 사람들의 관심이 높아지는 시점에 동아일보가 이 운동을 주도하기 시작했고, 그때 동아일보 편집국장이던 이광수가 농촌운동을 소재로 한 소설 "흙"을 연재하기 시작했다. 이와 때를 같이 하여 동아일보가 창간 15주년을 기념하여 장편소설을 현상공모하자 당진 "필경사"에 머물던 심훈이 "브나로드" 운동정신에 입각하여 쓴 "상록수"가 신문사가 요구하는 세 조건에 부합했을 뿐 아니라 시대적 요구까지 충족시키는 문학적 향기를 풍기는 작품으로 인정된 것이다.

이 작품에 등장하는 두 주인공은 박동혁과 채영신이다. 이들 주인공들은 심훈이 만들어 낸 가공의 인물이 아니라 실존인물들을 모델로 삼은 것이다. 박동혁은 심훈의 큰조카 심재명이고, 채영신은 한국의 "브나로드" 운동의 선구자 최용신이 그 모델이었다. 최용신은 1931년 10월 수원군 반월면 사리에 "천골학술강습소"를 세우고 농촌 사람들의 문맹퇴치와 무산아동 교육에 혼신의 힘을 기울이다 과로로 23세 젊은 나이에 요절했다. 작품속의 동혁과 영신은 "절망과 탄식 속에 살아가는 우리민중에게 힘을 주어야 한다. 그것이 계몽대원의 사명이다."란 신념으로 농촌계몽운동을 하면서 만나게 되어 서로 사랑하는 사이가 된다.

학교를 마친 후 동혁은 고향인 한곡리로, 영신은 기독교 청년연합회 농촌사업부 특파원으로 두메산골인 경기도 청석골로 내려간다. 서로가 하는 일에 기반이 다져지기 전에는 만나지 말자고 약속한 그들이었다. 하지만 주고받는 편지를 통해 그들의 마음과 마음은 연결되고 있었다. 한곡리에서 동혁은 30세 미만의 청년들로 농우회를 조직하는 한편 회관건립과 마을 개량사업을 추진해 나간다. 그러나 지주인 강도사의 아들 강기천과 일제의 방해공작으로 갖기지 난관에 봉착하게 된다. 청석골로 간 영신이 예배당을 빌려서 가난한 농촌 아이들에게 한글을 가르치기 시작하자 얼마 안 되어 학생수가 130명에 달하게 되었다. 그러자 주재소 주임은 장소가 좁아 화재 위험성이 있다며 학생 수를 80으로 줄이라고 통보한다. 하는 수 없이 오는 순서대로 80명만 들어오게 하고 교회 문을 닫자 들어오지 못한 아이들은 울음을 터뜨리며 돌아가지 않고 뽕나무 위로 올라가 창을 통해 안을 들여다보며 배우려고 했다. 이를 본 영신은 온갖 수모를 당하며 기부금을 거두는 등 청석골 회관을 짓는 일에 매달린다.

청석학원 낙성식을 하는 날 여비 10원이 없어 삼백리 길을 걸어서 청석골까지 온 동혁의 눈에 학원 교단 벽에 붉은 잉크로 영신이 쓴 표어가 눈에 들어왔다.

> 갱생의 광명은 농촌으로부터
> 아는 것이 힘 배워야 산다.
> 우리의 가장 큰 적은 무지다.
> 일하기 싫은 사람은 먹지도 말라.

우리를 살릴 사람은 결국 우리뿐이다.

그 앞에서 학원건립 경과를 보고 하던 영신이 갑자기 쓸어 진다. 급히 병원으로 데려 가니 급성맹장염에 대장과 소장이 서로 꼬여있어 조금만 늦었으면 생명이 위험할 뻔 했다는 의사의 말이었다. 청석학원을 짓노라 연약한 여자의 몸으로 무리하며 여기저기를 뛰어다녔기 때문이 생긴 병이었다. 동혁이 청석골에 있는 동안 한곡리에서는 강기천이 빚을 갚아주고, 취직을 시켜준다며 회원들을 회유하여 농우회 회장이 된다. 급히 한곡리로 돌아간 동혁은 긴급조치를 통해 어려운 사태를 잠재웠지만 회장 직은 강기천이 그대로 맡았다. 그러자 동혁의 동생 동화가 술을 먹고 회관에 불을 지른다. 방화범을 잡으려 왔다 동화를 찾지 못한 순사들은 동혁을 잡아간다.

청석골의 영신은 허약해진 건강을 회복하며 공부를 더 하려고 일본으로 건너간다. 그러나 음식도 맞지 않을 뿐 아니라 청석골에 대한 걱정과 동혁을 향한 그리움으로 점점 더 몸이 쇠약해져서 학업을 포기하고 귀국한다. 하지만 몸은 날도 쇠약해지고, 각기가 심장까지 침투하고, 수술 받았던 맹장염이 재발하여 자기가 죽은 후에도 청석학원을 계속해 달라는 유언을 남기고 숨을 거둔다. 청석학원이 보이는 곳에 묻힌 그녀의 무덤 앞에 "우리의 천사 채영신지묘"라 쓰여 진 비석이 세워졌다.

뒤늦게 달려온 동혁은 영신의 무덤 앞에서 통곡하며 "영신씨, 안심하세요. 나는 이렇게 꿋꿋하게 살아있소이다. 내가 죽는 날까지 영신씨가 못 다하고 간일까지 두 몫을 하리다."라 결단한다. 그리고는 조상 나온 사람들을 향해 "여러분! 이 채영신 양은 연약한 여자의 몸으로 농촌의 개발과 무산아동의 교육을 위하여 과로한 일을 하다 둘도 없는 생명을 바쳤습니다. 채 선생은 결코 죽지 않았습니다. 살과 뼈는 썩을지언정 저 가엾은 아이들과 가난한 동족을 위하여 흘린 피는 벌써 여러분의 혈관 속에 섞였습니다. 지금 이 사람의 가슴 속에도 그 뜨거운 피가 끓고 있습니다…."

"상록수"는 '브나로드' 운동의 시범작품인 이광수의 '흙'보다 이 운동을 한국에서 더 활성화시킨 작품이다. '흙'에서 미흡하게 다루어졌던 농촌의 현실을 "상록수"는 보다 세세하게 들추어냈기 때문이다. 따라서 이 작품은 1930년 대 한국의 농촌계몽 운동과 농민문학이 배합되어 조화를 이룬 걸작인 것이다. 당시의 문학평론가 홍효민이 "상록수"의 작가 심훈은 "문학사적 위치에 있어 누구보다도 못지 않는 불후의 선구자적 위치에 있으며, 자연주의 문학 작가로서 확고한 존재를 긍정하지 않으면 안 된다고 생각한다."라 한 평가한 것은 이 때문일 것이다.

1936년 봄에 대한의 남아 손기정 선수가 베를린 올림픽 마라톤 경기에서 우승하자 일제의 탄압 하에서 암울한 나날을 보내고 있던 모든 국민들은 흥분의 도가니 속으로 빠져들었다. 조선중앙일보 편집국에서 이 소식을 전하는 호외를 읽은 심훈은 벅차오르는 감격을 억제하지 못하고 통곡했다. 그리고는 그 호외 뒷장에 "오오, 조선의 남아여"란 즉흥시를 쓰고 축배의 맥주를 연거푸 들이켰다.

그대들의 첩보를 전하는 호외 뒷등에
붓을 달리는 이 손은 형용 못할 감격에 떨린다!
이역의 하늘 아래서 그대들의 심장 속에 용솟음치던 피가
2천 3백만의 한 사람인 내 혈관 속을 달리기 때문이다.
〈이겼다〉는 소리를 들어보지 못한 우리의 고막은
깊은 밤 전승의 방울소리에 터질 듯 찢어질 듯
침울한 어둠 속에 짓눌렸던 고토의 하늘도
올림픽 거화를 켜든 것처럼 화닥닥 밝으려하는 구나

오늘 밤 그대들은 꿈속에서 조국의 전승을 전하고자
〈마라톤〉 험한 길을 달리다가 절명한 병사를 만나보리라
그보다도 더 용감하였던 선조들의 정령이 가호하였음에
두 용사 서로 껴안고 느껴 느껴 울었으리라

오오, 나는 외치고 싶다! 마이크를 쥐고
전 세계의 인류를 향해서 외치고 싶다!
"인제도, 인제도 너희들은 우리를
약한 족속이라고 부를 터이냐!"

올림픽의 말미를 장식하는 마라톤 경기에서 1등과 3등을 차지한 손기정, 남승룡 두 선수의 쾌거를 듣고 심훈이 1936년 8월 10일 새벽에 쓴 이 절필을 읽고 유석중은 "시로 토해 놓은 그의 마지막 통곡이었다. 통곡이라기보다는 차라리 토혈이었다."고 말했다. 참으로 적절한 표현이 아닐 수 없었다. 대한의 아들 손기정이 시상대에서

금메달을 받을 때 그의 가슴엔 태극기 아닌 일장기가 선명했으며, 올림픽경기장엔 애국가 아닌 일본국가가 울려 퍼졌을 것을 생각하며 호외 뒷장에 "오오, 조선의 남자여"를 써 내려 간 심훈은 시를 쓴다기 보다는 피를 토하는 아픔으로 기쁨과 슬픔이 뒤범벅 된 울음을 울었을 것이기 때문이다. 그날 새벽 즉흥시를 통해 울부짖은 심훈의 절규는 우리민족에게 남긴 그의 유언이기도 했다. 그로부터 한 달 조금 더 지난 9월 16일 아침 심훈은 경성제국대학 대학병원에서 장질부사로 세상을 떠났기 때문이다.

그날 이후 심훈은 한성도서출판사에서 곧 출판하게 될 "상록수"의 교정을 보느라 바쁜 나날을 보냈다. 심훈은 그 작업을 안국동 한성도서회사 2층에서 잠도 책상 위에서 자며 무리하다 장질부사에 걸린 것이다. 급히 경성제대 대학병원에 입원하여 치료받았지만 회복하지 못하고 9월 16일 새벽에 타계하고 만 것이다. 그의 갑작스런 죽음은 아무도 예상하지 못했기에 주위의 놀라움은 크기만 했다. 풍운아이며, 호남아였으며, 훤출한 키에 잘생긴 얼굴, 활발하고 쾌활한 성격의 다재다능했던 문인 심훈이 36세의 아까운 나이에 세상을 등진 것은 문학계는 물론 우리민족의 손실이었다. 저항문인으로 문학으로 독립운동을 펼친 항일투사가 심훈이었기 때문이다. 장례식에서 조사를 하면서 여운형은 "그가 간 자리를 다시 메울 사람이 누가 있으랴?"며 통곡했다

1936년 9월 16일 아침 경성제대 대학병원에 입원해 있던 심훈이 운명하기 전에 그의 형 심명섭 목사는 요한복음 14장 1절에서 6절

까지의 말씀을 읽어주었다. "너희는 마음에 근심하지 말라. 하나님을 믿으니 또 나를 믿으라. 내 아버지 집에 거할 곳이 많도다. 그렇지 않으며 너희에게 일렀으리라. 내가 너희를 위하여 거처를 예비하려 가노니, 가서 너희를 위하여 거처를 예비하면 내가 다시 와서 너희를 내게로 영접하여 나 있는 곳에 너희도 있게 하리라. 내가 어디

소설 상록수 단행본과 심훈

상록수를 집필한 필경사

로 가는지 그 길을 너희가 아느니라. 도마가 이르되 주여 주께서 어디로 가시는지 우리가 알지 못하거늘 그 길을 어찌 알겠사옵니까? 예수께서 이르시되 내가 곧 길이요 진리요 생명이니 나로 말미암지 않고는 아버지께서 올 자가 없느니라."

읽기를 마친 심명섭 목사는 심훈에게 세례를 주었다. 심 목사는 그가 동생에게 베푼 세례에 대하여 다음과 같이 술회했다. "네가 빈손으로 떠나려 할 때 물질은 아무것도 소용없었고 다만 내가 목사생활 이십 년 동안 가장 경건하게 베푼 세례식! 그날 새벽 소독수에 내 손을 잠가 네 머리에 얹어 세례를 준 것이 마지막 선물이었고, 하늘나라에서 다시 만나기로 원한 나의 기도는 내 평생에 간절한 것이었다."

형님 목사에게서 세례를 받고 길 되신 예수님을 따라간 심훈은 그의 형님 목사가 기도했던 대로 하나님의 품 안에서 편히 쉬고 있을 것이다. 좀 더 오래 살며 이 땅의 젊은이들에게 민족혼을 심어주고 일깨워주며, 그들이 나아갈 길을 제시해 주어야 할 심훈은 그가 그처럼 확신하던 "그 날이 오기 전에" 우리 곁을 떠나갔다. 그러나 심훈은 아주 가버린 것이 아니라 우리의 가슴 속에 상록수로 살아있다. 그 상록수 잎들이 더욱 푸르러지게 해야만 우리는 우리의 조국 대한민국의 무궁한 번영과 발전에 기여하는 대한의 아들딸들이 될 수 있을 것이다.

윤동주

윤동주尹東柱 (1917, 12, 30 ~ 1945, 2, 16)

일제 강점기의 한국시인이다. 본관은 파평(坡平), 아호는 해환(海煥)이다. 1941년 연희전문학교 문과를 졸업하였고, 작품집을 내려했으나 뜻을 이루지 못하였다. 1942년 일본으로 유학을 떠났다가 1943년 사상범으로 체포되어, 1945년 후쿠오카 형무소에서 옥사하였다. 1948년 유고시집《하늘과 바람과 별과 시》가 출판되었다. 특히 그는 자신의 뜻을 굽히지 않은 저항시인, 삶의 고뇌에 대한 시로 유명하다. 윤동주는 민족의 길과 다른 길을 걸어가는 자신의 행적을 반성하고 이에 대해 부끄러움을 느끼기도 한 진정한 민족시인이였으며, 그는 순수하게 시를 사랑했던 청년이었다. 그가 사망한 지 6개월 이후에 일제로부터 독립했으므로 생전에 조국의 독립을 보지는 못했다.

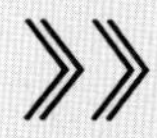

죽는 날까지 하늘을 우러러 / 한 점 부끄럼이 없기를, / 잎새에 이는 바람에도 / 나는 괴로워했다.

- 윤동주의 서시 중에서

독립을 염원한 민족시인 윤동주

김 대 억

숱한 고난과 역경 속에 살아온 우리민족에게 1910년부터 36년간의 일제 식민통치기간처럼 암울한 시기는 없었다. 이 이간동안 일제는 갖가지 교묘하고 악랄한 수단과 방법을 동원하여 평화를 사랑하는 한민족의 후예들을 괴롭히고 핍박하며, 우리의 자랑스러운 전통과 문화를 짓밟았으며, 우리의 민족혼까지 말살시키려 시도했다. 이 괴롭고 슬펐던 민족의 암흑기에 태어나서 자신의 꿈과 이상은 펼쳐보지도 못하고, 그처럼 원했던 조국의 광복도 보지 못한 채 일본의 후쿠오카 감옥에서 외롭게 죽어간 젊은 시인이 있었으니, 그가 민족시인 윤동주다.

윤동주는 1917년 12월 30일 당시 북간도 간도성 화룡면 명동 촌에서 아버지 윤영석과 어머니 김용 사이에서 3남 1녀 중 장남으로 태어났다. 그의 처음 이름은 "해처럼 빛나라."라는 소원이거나 "해처럼 빛나고 있다."란 의미로 여겨지는 "해환"이었다. 그가 태어난 1917년에는 제1차 세계대전의 포성이 울리고 있었고, 러시아 공산주의 대혁명이 일어난 해이기도 했다. 같은 해 3월 22일에는 1907

년 대한제국 황제 고종의 특명으로 이준, 이위종과 함께 헤이그에서 열린 만국평화회의에 갔던 이상설이 시베리아 니콜리스크에서 병사했다. 이 같은 격동의 시기에 윤동주가 태어난 북간도의 명동촌은 일찍이 신문학과 기독교를 받아들인 개화된 마을 이었다. 북간도의 보잘 것 없는 작은 촌락이 일찍부터 시대의 조류에 편승하여 근대적인 마을이 된 데는 그럴만한 까닭이 있었다.

19세기 말, 복잡한 국내외 정세와 함경도와 평안도 일대를 휩쓴 기근으로 살기가 힘들어진 많은 사람들이 국경을 넘어 만주로 이주하기 시작했다. 이 시기인 1899년 2월 18일에 두만 강변에 자리 잡은 회령과 종성에 살던 네 집안 가족 141명이 함께 고향을 떠나 두만강을 건너 집단이민의 길에 올랐다. 그 네 가족의 가장들은 문병규, 남도천, 김하규, 김약연 이었으며, 그들은 모두 학자들이었다. 그들은 집단이민을 감행하기에 앞서 자금을 모아 청나라 여주족의 땅이었으며, 명동 촌이라 불리었던 지대에 땅을 마련해 두었었기에 곧바로 그리로 들어가서 한 마을을 이룰 수 있었다. 그들은 그곳에 정착하면서 투자한 액수에 비례하여 땅을 분배했는데, 땅을 나누기 전에 공동부담으로 "학전"(교육전)이란 명목의 땅을 따로 떼어 놓았다. 그 땅에서 나오는 모든 수입을 교육기금으로 사용하기 위하여 그 같은 준비를 한 것이다.

그들이 이 같은 방법으로 교육기금을 마련하기 원한 것은 그들이 집단이민을 단행한 세 가지 목적과 직접적인 관계를 지니고 있었다. 첫째는 북간도의 기름진 땅을 많이 사들여 잘살아보자는 것이었다. 둘째는 북간도를 단순한 삶의 거처가 아닌 우리 땅으로 만드는 것이었고, 셋째는 나라의 운명을 바로잡을 인재를 기르자는 것이었다.

조선에서 보다 더 잘살아 보자는 첫 번째 목적은 그들의 피나는 노력으로 성취되었다. 북간도를 우리 땅으로 만들자는 두 번째 목표도 이루어졌다. 그들과 같은 생각을 품고 북간도로 이주한 모든 동포들이 힘을 합해 중국 안에 존재하는 "조선 땅"을 실제로 만들어 냈기 때문이다. "인재를 기르자"는 세 번째 목적도 학전에서 나오는 교육기금에 힘입어 성사되었다. 그 구체적인 증거 중의 하나가 "윤동주" 같은 민족시인이 명동 태생이라는 사실이다.(송우혜 : 〈윤동주 평전〉 PP. 38-39)

이렇게 형성된 명동 촌에 윤동주의 조부 윤하연이 들어온 것은 1900년이었다. 1866년에 이미 북간도로 이주하여 자동에 자리 잡고 살던 윤씨 가문이 어째서 명동 촌으로 삶의 터전을 옮겼는지에 관해서는 알려진 바 없다. 아무튼 윤씨 집안은 자동에 있는 모든 재산을 정리하며 명동 촌으로 들어왔고, 그곳에 정착한 윤하현의 아들 윤영석이 명동 촌 여인 김용과 결혼하여 낳은 첫 아들이 윤동주였다. 김용은 명동 촌으로 집단이주한 네 가장 중의 한 명인 김약연의 이복동생이었다. 김약연의 생모는 일찍 세상을 떠났고, 계모가 3남 1녀를 생산했는데, 김용은 외동딸이었다. 윤동주의 어머니 김용은 인품이 너그러웠고 손재주가 좋았으며, 특히 바느질 솜씨가 뛰어나서 시집가는 동네 처녀들의 혼례의상을 만들어 주곤 했다. 한

가지 문제가 있었다면 그녀는 몸이 약해서 평생을 건강 때문에 고생했다.

윤동주가 태어난 명동 촌은 일찍부터 신문학을 받아들였고, 주민들의 3대 목표 중의 하나가 “인재를 기르자”는 것이었기에 교육열이 높았다. 게다가 명동 촌에는 1909년에 교회가 세워져서 기독교 문화가 형성되어 있었으며, “모든 사람은 다 같은 하나님의 자녀”라는 기독교의 기본정신까지 주민들에게 주입되어 있었다. 그 결과 명동 촌은 모범 마을로서의 면모를 갖추게 되었고, 그곳에 설립된 명동학교 또한 교과내용과 교사진이 우수하다는 것이 널리 알려지면서 북간도의 여러 지역은 물론 국내와 시베리아에서까지 유학생들이 찾아왔다.

세월이 흐름에 따라 명동학교에 여러 면으로 변화가 일어났다. 그 변화는 급변하는 시대의 변천과 직접적인 관계를 지니고 있었다. 1918년 제1차 세계대전이 종식되면서 조선인들의 독립운동의 열기가 타오르기 시작하더니 1919년 3월 1일에 삼일만세운동이 일어났으며, 중국에서의 독립군들의 결사적인 투쟁은 일본군을 당황하게 만들며 그들의 간담을 서늘하게 했다. 1920년 봉오봉 전투를 거쳐, 같은 해 10월에 있었던 청산리 전투에서는 김좌진, 나중소, 이범석이 지휘하는 북로군정서군과 홍범도가 이끄는 대한독립군이 일본군을 대파하여 북간도 전역을 독립군 세상으로 만들었다. 이때 명동학교 출신들이 활약상은 눈부셨다. 때문에 대대적인 북간도 토벌에 나선 일본군은 명동학교를 불태워 버렸다.

명동학교는 1918년 낙성된 서구식 벽돌건물이었는데 북간도 토벌군에 의해 화염 속에 사라져 버렸다. 그들이 명동학교건물을 없애버린 것은 교장 김약연을 선두로 그가 양성한 많은 인재들이 여러 가지 방법으로 독립운동을 지원하며, 때로는 직접 참가한 것이 그 원인이었다. 일본군은 명동학교를 "불량 조선인들의 소굴"로 간주하고 호시탐탐 기회를 노리고 있었던 것이다. 다행스러웠던 것은 학교건물은 불타버렸지만 인명피해는 없었던 점이다.

명동 촌에는 교회가 있었고, 학교도 서양 선교사들의 영향력 아래 있어서 그 지역 주민들을 학살하면 일본과 서구 국가들 간에 외교적 갈등이 일어날지도 모른다는 고려 때문에 일본군은 명동학교 건물만 없애는 선에서 보복행위를 끝낸 것이다. 그때 일본군이 불태운 학교건물은 2년 후에 일본정부가 원상대로 복구해 주었다. 그러나 1920년을 전환점으로 명동학교는 서서히 빛을 잃어가지 시작했다.

북간도에서 활동하는 캐나다 선교사들이 용정에 은진중학교와 명신여학교를 세웠다. 용정에는 이미 영신학교, 동흥학교 대성학교 등이 세워져 있었다. 거기에 은진과 명신 두 학교가 세워지고 보니 용정은 명실공이 북간도의 신교육 중심지가 되었다. 그렇게 되자 명동학교로 유학 오던 타 지역의 학생들이 용정으로 가기 시작했다. 뿐만 아니라 청산리 전투 후에 일본군의 북간도 토벌작전으로 독립군의 기세가 약화되었고, 독립군들과 그 지도자들이 북간도를 떠나 중국본토로 들어간 것도 명동 촌이 쇠퇴해진 요인 중의 하나가 되었다. 설상가상으로 윤동주가 명동소학교에 입학하던 1925년에 명동중학교는 자금난으로 운영이 어려워져서 문을 닫고, 소학교만이 명동 촌 출신 학생들을 대상으로 간신이 그 명맥을 유지하고 있었다. 윤동주는 이같이 변화 많고 어려운 시기에 명동소학교에 다녔지만 그 시절은 참으로 아름답고 풍요로우며 의미 있는 시기였다. 27년을 조금 넘는 그의 짧은 생의 절반이 넘는 14년을 그곳에서 살았다는 사실 외에도 그 기간 동안 그의 인격과 시적감수성이 올바르게 형성되어 성숙해졌기 때문이다.

누구나 어릴 때 살던 고향이 세상에서 제일 좋다고 생각하겠지만 윤동주의 고향인 명동 촌이야 말로 그의 가슴 판에 깊이 새겨져 지워지지 않는 한 폭의 그림이었다. 사방이 산으로 둘러싸인 아늑한 마을 명동 촌은 봄이 되면 앞산에 각종 꽃들이 만개했고, 마을을 뚫고 흐르는 강변에는 버들강아지가 만발하는 무릉도원이 되곤 하였다. 명동 촌의 여름은 싱그러움과 푸르름의 세계였고, 가을로 접어들면 원근 산야의 울긋불긋한 단풍과 황금물결 치며 낫을 기다리는 들판풍경은 바라보는 것만으로도 황홀했다. 명동 촌의 겨울경치는 더욱 환상적이었다. 앙상한 나뭇가지들이 몰아치는 북풍에 불어질 듯이 흔들거렸고, 흰 눈으로 뒤덮인 산과 들은 눈이 시어 바라볼 수 없을 정도로 백색 찬란했다. 폭설이 내리면 노루 떼와 멧돼지 떼들이 먹이를 찾아 마을로 내려왔고, 아이들은 얼음판 위에서 팽이를 돌리고 썰매를 타며 괴롭고 어려운 세월 속에서도 겨울의 낭만을 만끽했다. 이런 아름다운 자연환경 속에서 자라면서 소년 윤동주의 가슴에는 사람들의 심정에 파고드는 시를 쓸 수 있는 시인의 마음이 자연스럽게 형성되어 다져질 수 있었을 것이다. 명동소학교 시절 윤동주는 교가와 찬송가를 부르면서 나라와 민족을 사랑하는 마음과 전능자 하나님께 자신을 의탁하는 신앙심도 갖게 되었으리라 생각된다.

> 흰뫼가 우뚝코 은택이 호대한
> 한배검이 깃치신 이 터에
> 그 씨와 크신 뜻
> 넓히고 기르는 나의 명동
> (흰뫼: 백두산, 한배검 단군왕검, 깃치신: 등우리를 틀다. 그 씨: 후손)

명동소학교의 교가 속에 숨겨진 뜻은 북간도는 "옛날 우리 조상들이 살았던 땅이기에 지금 우리는 그곳에 살면서 후손들을 기르며 그 땅의 주권을 다시 찾으련다."는 것이다. 따라서 윤동주를 이 교가를 부를 때마다 그가 한민족의 후예로서 감당해야 할 민족적사명이 무엇인가를 생각하게 되었을 것이다. 모태신앙으로 태어나서 열심히 교회에 다니면서 그가 즐겨 부르던 찬송은 "피난처 있으니"였다.

> 피난처 있으니 환난을 당한 자 이리오라
> 땅들이 변하고 물결이 일어나
> 산 위에 넘치되 두렵잖네

이방이 떠들고 나라들 모여서 진동하나
우리 주 목소리 한번 발하시면
천하에 모든 것 망하겠네

만유 주 여호와 우리를 도우니 피난처요
세상에 난리를 그치게 하시니
세상에 창검이 쓸 데 없네

높으신 여호와 우리를 구하니 할렐루야
괴롬이 심하고 환난이 극하나
피난처 있으니 여호와요

이 찬송을 4절까지 부르면서 소년 윤동주는 전능하신 하나님의 인도와 보호하심으로 나라를 일본에게 빼앗기고 슬픔과 절망에 잠겨있는 동포들에게 희망과 용기를 안겨주며, 잃어버린 나라를 되찾겠다고 다짐했을 것이다. 일찍이 마르틴 루터가 이 찬송을 부르며 모든 사람들이 불가능하다고 믿었던 종교개혁을 성공적으로 이루어 낼 수 있었던 것처럼 말이다.

명동소학교를 마친 윤동주는 1932년에 명동 촌에서 북쪽으로 30리 정도 떨어진 용정의 기독교계통 학교인 은진중학교에 입학하였다. 이때부터 그는 "해환" 아닌 "동주"라 불리게 되었다. 그의 집안이 14년 동안이나 살던 명동 촌을 떠나 용정으로 옮겨간 까닭이 무엇때문인지는 알 수 없다. 그러나 명동 촌이 여러 면으로 위축되기 시작하고, 그 지역에 좌익사상을 가진 사람들이 늘어감에 따라 공산당의 테러에 대한 공포가 커지면서 그곳 보다 치안이 잘 유지되고 안전하다고 생각되는 용정으로 거처를 옮겨갔을 가능성이 크다고 볼 수 있다.

윤동주의 제2의 고향이라고 볼 수 있는 용정에 대해 좀 더 자세히 알아보려면 독립투사들을 생각할 때 제일 먼저 생각하는 노래 "선구자"의 가사를 살펴보면 된다.

일송정 푸른 솔은 홀로 늙어 갔어도
한 줄기 혜련강은 천년 두고 흐른다
지난날 강가에서 말 달리던 선구자
지금을 어느 곳에 거친 꿈이 깊었나

용두레 우물가에 밤새 소리 들릴 때
뜻 깊은 용문교에 달빛 고이 비친다
이역 하늘 바라보며 활을 쏘던 선구자
지금을 어느 곳에 거친 꿈이 깊었나

용두사 저녁종이 비암산에 울릴 때
사나이 굳은 마음 깊이 새겨 두었다
조국을 찾겠노라 맹세하던 선구자
지금을 어느 곳에 거친 꿈이 깊었나

작사자 윤해영이 이것을 썼을 때의 노래 제목은 "용정의 노래"였다. 따라서 윤해영은 용정이란 곳에 대한 노래를 작사한 것이지 선구자를 생각하며 쓴 것은 아니었다. 용정에는 가 본 일도 없는 작곡가 조두남은 청년 윤해영이 가져온 "용정의 노래"를 보고 용정이 어떤 곳인 가를 선명하게 머릿속에 떠올릴 수 있었다고 회상했다. 그러면서 그는 1절 가사는 전혀 손대지 않았지만 2절과 3절은 조금 바꿨다고 했다. 즉 원래 있던 "눈물 젖은 보따리"와 "흘러 흘러온 신세"란 구절을 삭제하고 "활을 쏘던 선구자"와 "조국을 찾겠노라 맹세하던 선구자"로 고쳤으며 제목도 "선구자"로 바꿨다는 것이다. 이같이 제목과 가사의 일부가 바꿨기에 이 노래를 듣거나 부를 때마다 독립투사들이 지녔던 높은 기개와 조국애와 민족애를 생각하게 되는 것이다. 그러나 원래의 노랫말을 자세히 살펴보면 "선구자" 속에 스며있는 용정이란 곳과 그 곳에서 독립운동과 관련되어 일어난 일들도 알 수 있게 되는 것이다.

용정은 19세기 말 급변하는 국내외의 정세로 인해 살길이 막막해진 조선 사람들이 국경을 넘어 북간도도 들어가서 개척한 고장이다. 인적 드문 넓은 들판에 원주민들의 채소밭이 군데군데 펼쳐져 있었던 지역에 물을 대기 위해 파놓은 듯이 보이는 우물이 하나 있었다. 그 우물에서는 두레박대신 용두레를 사용하여 물을 길어 올렸다. 우물가에 큰 기둥을 세우고, 거기 긴 장대를 매달고는 한쪽 끝엔 두레박을 달고, 다른 쪽 끝엔 무거운 돌을 매달고는 두레박줄을 우물 밑으로 내려 물이 담기게 한 후에 손을 놓아 다른 쪽 끝의 돌무게로 두레박이 위로 올라오게 하여 물을 길었던 것이다 "용두레

우물"을 중심으로 마을이 이루어지면서 자연스럽게 그 지역이 "용정"으로 불리게 된 것이다.

"용정의 노래" 중에 "지난날 강가에서 말 달리던 선구자/ 지금은 어느 곳에 거친 꿈이 깊었나"란 대목은 고종의 밀사로 헤이그 만국평화회의에 파견되었다가 1917년 3월 12일 시베리아의 니콜리스크에서 병사한 애국지사 이상설을 비롯한 많은 독립투사들의 숭고한 기백과 정신이 스며들어 있음을 말해준다. 그러나 "활을 쏘던 선구자"란 구절은 조남두 작곡가의 문학적 창작이지 용정에서 독립운동을 하면서 활을 쏜 독립투사는 없었다. 활을 쏘며 싸우던 시대는 이미 역사 속으로 사라져버린 때였기 때문이다.

그 당시 중국의 주요 행정기관들을 비롯한 많은 공공기관들은 연길에 집중되어있었다. 그러나 중국은 연길 아닌 조선인들의 본거지로 알려진 용정에 새로 생기는 주요 기관들을 설치했다. 이에 따라 일본도 주재국의 행정기관들이 모이는 용정에 간도 한국 통감부 파출소를 설치했으며, 그것이 없어진 후에는 일본 간도 총영사관을 용정에 두었다. 따라서 독립투사들이 용정을 근거지로 항일투쟁을 하기가 전보다 힘들어졌다. "용정의 노래" 1절에 명기된 "지난날 강가에서 말 달리던 선구자/ 지금은 어느 곳에 거친 꿈이 깊었나"는 이 같은 상황을 말해주는 것이다.

용정에 일본 간도 총영사관이 있었기에 용정에서의 일본의 영향력은 대단했다. 그러나 용정에는 일본의 힘이 미치지 못하는 특수

지역이 있었다. 캐나다 선교부가 관리하던 용정 동쪽 구능지대가 거기였다. 그곳엔 캐나다 선교사들이 설립하고 운영하는 학교와 병원을 비롯하여 여러 기관들과 그들의 주택이 있었는데, 그 곳은 중국이나 일본이 들어갈 수 없는 치외법권 지역이었다. 거기 윤동주가 입학한 은진중학교, 명신여학교, 제창병원 들이 자리 잡고 치외법권의 특권을 누리며 캐나다 선교사들에 의해 운영되고 있었다. "영국덕"이라 불렸던 이 지역의 치외법권은 대단한 위력을 지니고 있어서 이 구역에 있는 학교들은 일본의 간섭을 받지 않고 민족주의 교육을 실시할 수 있었다. 그런 까닭에 명동소학교 시절에 윤동주의 마음에 싹트기 시작한 조국애와 민족을 사랑하는 마음과 항일정신은 은진중학에 다니면서도 흔들리지 않고 자라날 수 있었던 것이다.

제창병원을 운영한 캐나다 선교사 마틴 박사(Stanley H. Martin)는 조선인들을 정성껏 돌보며 치료해 주었을 뿐만 아니라 독립 운동가들을 여러 면으로 지원해주며, 그의 병원을 그들을 위한 피신 장소로도 제공해 줌으로 독립운동에 많은 도움을 주었다. 때문에 그는 북간도 최대의 독립운동 단체인 "북간도 대한국민회"로부터 표창장을 받기도 했다.

북간도의 실질적인 중심지인 용정 치외법권 지역에 있었던 은진중학에 다니면서 윤동주는 다방면에 걸쳐 재능을 보여주었다. 운동신경이 발달하여 축구선수로 활약하기도 했고, 교내 잡지를 만들어내기도 했다. 수학, 특히 기하를 잘했으며, 응변에도 능하여 2학년

때 교내웅변 대회에서 1등을 차지하기도 했다. 은진중학 재학 시에 윤동주는 동양사와 국사와 한문을 열심히 공부했다. 그러는 과정에서 그는 오랜 세월에 걸쳐 우리민족이 당한 역사적 수난과 그 당시 대한제국이 일본에게 국권을 강탈당할 수밖에 없었던 슬픈 내막들을 알게 됨에 따라 조국의 독립을 갈망하는 마음이 날로 간절해 졌을 것이다.

윤동주가 다닐 때 은진중학교에서는 행사 때마다 애국가를 자유로이 부를 수 있을 정도로 일본의 눈치를 보지 않았다. 그런데도 그 학교에서 사용하던 모든 교과서는 일본어로 된 것들이었다. 치외법권의 자유 속에서도 어쩔 수 없이 감수해야 할 슬픈 현상이었다. 그러나 은진중학 선생들이 일본말로 되어있는 교과서를 펴들고 즉석에서 우리말로 번역해 읽으며 가르칠 수 있는 능력을 지니고 있었다는 사실은 참으로 놀랍고 자랑스러운 일이 아닐 수 없었다. 민족정신을 고취시키는 은진중학에 다니는 동안 윤동주은 〈삶과 죽음〉, 〈초한대〉, 〈내일은 없다〉 3편의 시를 썼는데, 셋 다 상당수준의 작품으로 평가되고 있다.

윤동주는 명동소학교를 마치고 용정의 은진중학교에 입학하기 전에 명동 촌에서 10리 정도 떨어진 대랍자에 있는 중국인 소학교에 편입하여 1년을 다녔는데, 그때 송몽규가 매일 10리 길을 걸어 그와 함께 그 학교에 다녔다.

송몽규는 아버지 송창희와 어머니 윤신영의 장남으로 1917년 9

월 28일 북간도 명동 촌에서 태어났다. 그의 어머니 윤신영은 윤동주의 큰 고모다. 따라서 송몽규는 윤동주의 고종사촌형이다. 이 같은 인척관계였지만 윤동주와 송몽규는 서로의 분신처럼 항상 같이 다녔다. 같은 해에 내어나서, 같은 해에, 같은 장소인 일본 후쿠오카 형무소에서 옥사한 그들이기 때문이다. 이처럼 밀착된 관계로 지낸 그들이었기에 윤동주와 송몽규가 어깨를 나란히 하여 은진중학에 입학한 것은 하나도 이상한 일이 아니었다. 이때 나중 목사가 된 문익환도 그들과 함께 은진중학교에 입학하였다.

그들 셋이 은진중학에 다닐 때 송몽규가 〈숟가락〉이란 콩트로 1935년 동아일보 신춘문예에 당선되었다. 중학 3학년생이던 송몽규가 당시 조선일보와 더불어 국내 최대의 일간지였던 동앙일보 신춘문예를 통해 문단에 등단한 것은 획기적인 일이었다. 송몽규에게는 참으로 자랑스러운 이 일은 윤동주에게는 큰 자극제가 되었다. 그는 "대기는 만성이다."라며 그때부터 그가 쓰는 모든 작품에 날짜를 명기하기 시작했다. 앞서 언급한 그가 은진중학 재학 시 쓴 3편의 시 〈삶과 죽음〉, 〈초한대〉, 〈내일은 없다〉가 1934년 12월 24일에 쓴 것으로 기록된 것은 1935년 첫 주에 송몽규가 신춘문예에 당선되자 윤동주가 이미 써놓은 작품들에 실제로 쓴 날을 명기했기 때문일 것이다. 송몽규는 신춘문예에 당선된 후 중국으로 떠나갔는데, 이일로 윤동주와 송몽규 두 사람 모두에게 엄청난 결과를 가져왔다, 그 당시에는 송몽규가 중국에 간 목적이 밝혀지지 않았지만 그 때문에 후일 윤동주와 송몽규가 일본에서 체포되어 기소되었고, 실형을 언도받아 후쿠오카 형무소세서 복역하다 한 달 차이로 죽었기 때문이다.

1935년 봄 학기가 시작되자 송몽규는 중국으로, 문익환은 평양 숭실중학으로 갔다. 윤동주도 숭실중학으로 전학하고 싶었지만 부모의 허락을 얻지 못해 은진중학에 남아 4학년으로 진학했다. 그러나 끈덕지게 어른들을 설득하며 9월 학기부터 숭실중학교 4학년으로 전학할 수 있게 되었다. 그런데 어처구니없게도 윤동주는 숭실중학 4학년 편입시험에 실패했다. 윤동주가 그의 생애에서 처음 당하는 좌절이었기에 본인은 물론 집안 어른들까지 큰 충격을 받았다. 은진중학에서 함께 공부했으며, 모든 면에서 그에게 뒤진다고 자타가 인정하던 문익환도 합격한 편입시험에 떨어진 사실은 윤동주를 참담하게 만들었다 그러나 그는 참기 어려운 수치심을 극복하고 그 자신을 정복하는 장한 사나이가 되었다. 그 결과 그는 "죽는 날까지 하늘을 우러러 / 한 점 부끄럼이 없기를 / 잎새에 이는 바람에도 / 나는 괴로워했다."로 시작되는 진정한 부끄러움이 무엇인가를 알려주는 〈서시〉를 써낼 수 있었다.

1935년 9월 1일 숭실중학 3학년 2학기에 편입한 윤동주는 10월에 학생회에서 발행하는 〈숭실활천〉 제15호에 "공상"을 발표했는데, 이 시는 최초로 활자화된 그의 작품이다. 이 시외에도 윤동주는 숭실학교에 들어가서 불과 7개월 동안에 〈남쪽 하늘〉, 〈창공〉, 〈거리에서〉 등 10편의 시와 그의 최초의 동시인 〈조개껍질〉을 비롯한 5편의 동시를 썼다. 윤동주가 갑자기 동시를 쓰게 된 것은 그가 좋아하고 존경한 정지용이 1935년 10월 27일에 출간한 〈정지용 시집〉에 수록된 동시들을 보고 그 영향을 받아서였다. 윤동주가 편입 시험 실패자라는 쓰라린 아픔을 지니고 시작한 숭실하교 생활은 7개월밖에 지속되지 못했다. 우리 근대사의 쓰라린 상처로 남는 일제의 "신사참배" 강요 때문이었다. 일제는 조선인들을 신사에 참배하게 함으로서 천황을 신격화시키고, 우리민족을 정신적으로 완전하게 지배하며, 식민통치와 전쟁체제를 강하게 구축하려 했다. 따라서 일제는 조선 사람들에게는 물론 서양 선교사들이 세우고 운영하는 기독교계통의 학교들에게까지 신사참배를 의무화 시키려 시도했다.

교회들은 물론 서양 선교사들이 운영하는 기독교 학교들은 강하게 반발했다. 그러자 1935년 11월 14일에 평남 도지사 야스다게는 도내의 모든 학교들은 신사에 참배하라는 명령을 내렸다. 대부분의 학교들을 울며 겨자 먹기 식으로 지시에 따랐다. 하지만 숭실중학교, 숭의여자중학교, 의명중학교는 신사참배를 거부했다. 그러자 일제와 서양선교사들 간에 심한 갈등이 생겼다. 그 결과 의명중학교는 그들의 압력에 굴복했지만 숭실과 숭의는 끝까지 반항했으며, 두 학교 교장들을 파면당하고 말았다. 파면당한 숭실학교 교장 윤단온(George McCune)이 미국으로 돌아간 후 숭실전문학교 교수 정두현이 교장으로 취임하자 학생들은 일제의 부당한 압력과 강요에 더욱 강하게 저항했다. 그들은 강한 반발의 표시로 집단으로 퇴학을 감행하기도 했다. 이때 윤동주와 문익환도 숭의중학에서 자퇴했다.

용정으로 돌아온 윤동주와 문익환은 1936년 새 학기에 광명학원에 4학년과 5학년으로 편입했다. 그 당시 용정에는 은진, 대성, 동흥, 광명 등 4개 중학교가 있었는데 광명은 친일계 학교였다. 그런데도 윤동주와 문익환이 그 학교에 편입한 까닭은 광명이 용정에서 유일한 5년제 학교였기 때문이었다. 숭실에서 자퇴하고 광명 5학년에 편입한 문익환은 자신의 처지가 "솥에서 뛰어 숯불에 내려앉은 격"이 되고 말았다고 말했다. 광명에서는 전 과목을 일본어로 가르쳤다. 그리고 똑똑한 학생들에게는 일본외무성 순사나 되거나 만주육군사관학교에 가도록 권유했다. 실제로 광명 출신들 중에는 정일권을 비롯하여 적지 않은 이들이 만주군관학교에 진학하여 만주군 장교가 되었다. 광명에서 2년 동안 공부하는 동안 윤동주는 그의 마음속에 자리 잡은 민족혼을 지키며 〈정지용 시집〉, 변영로의 〈조선의 마음〉, 한용운의 〈님의 침묵〉, 양주동의 〈조선의 맥박〉 등을 비롯한 많은 책들을 읽으며 문학수업에 몰두했다.

5학년이 되자 윤동주는 상급학교 진학문제로 고민하게 되었다. 그 자신은 연희전문학교 문과에 가서 문학을 공부하길 원했지만 그의 아버지는 아들이 의사가 되기를 바랐기 때문이다. 이 문제로 부자간에 심한 갈등이 시작되었는데, 윤동주는 온순하고 부드러운 성품의 소유자였지만 한 번 결단하면 물러서지 않는 성격이기도 했기에 부친의 요구에 응하지 않았다. 이처럼 대학진학 문제로 윤동주가 아버지와 대립하고 있을 때 중국에 갔다 돌아온 송몽규가 대성중학을 마치고 연희전문 문과에 들어가기로 결정했다.

아들의 연전 문과진학을 허락하면서 송몽규의 아버지 송창규는 "아이들은 그들이 하고 싶은 것을 하도록 해주어야 한다."며 아들 윤동주를 의사로 만들려는 그의 아버지를 은근히 비난했다. 그러나 윤동주의 아버지 윤영석은 "문학을 하면 기껏해야 신문기자"라며 고집을 버리지 않았다. 그러자 윤동주의 할아버지가 개입하여 "당사자인 동주가 문학을 하겠다는데 어쩌겠느냐?"며 손자의 손을 들어 주어 연전에 가서 문학을 공부하려는 윤동주의 바람은 이루어졌다. 1938년 봄 윤동주와 송몽규는 연희전문 문과에 입학했다.

연희전문학교는 1915년 4월에 개교한 학교로서 미국 기독교 북장로교, 남북감리교와 캐나다 장로교 선교부 연합위원회의 관리 아래 우리나라 기독교 교육의 중추적인 역할을 감당해 오고 있었다. 초대 교장은 언더우드 1세였으며, 윤동주가 입학했을 때는 원한경 박사(언더우드 2세)가 교장이었다. 일제가 신사참배를 밀어붙이자 원한경 박사는 "신사참배" 아닌 "신사참례" 선에서 그들과 타협했다. 연희전문학교를 숭실전문학교처럼 일제에게 빼앗기지 않으려고 한 발 물러선 것이다.

연전 교수진은 국내외의 쟁쟁한 학자들로 구성되어 있었다. 교장인 언더우드 1세를 위시하며 여러 명의 선교사들과 외국인 교수들, 조선인 교수들로서는 유억겸, 이양하, 이묘묵, 현제명, 최현배, 최규남, 김선기, 백낙준, 신태환, 정인섭 등이 그들이었다. 연전교정에는 무궁화가 만발하였고, 곳곳에 태극마크가 새겨져 있었으며, 강의도 우리말로 진행되었다. 이 모든 것이 가능할 수 있었던 것은 연전을 설립하고 운영하는 선교사들이 서양국적자들이었고, 자유와 평등을 원칙으로 삼는 기독교 윤리의 기반위에 학교가 서 있었기 때문이었다. 하지만 이런 점들 때문에 연전은 "당시 식민지의 가혹한 학정아래서 일제의 증오의 대상이었다."라는 것이 윤동주의 입학동기생인 전 연세대 유영 교수의 증언이다.

입학과 동시에 기숙사에 입주한 윤동주는 송몽규, 강처중과 한방을 썼다. 그들에게 배당된 방은 제일 꼭대기 층인 3층에 있었는데 천정이 지붕의 경사와 같이 기울어진 다락방 형태의 방이었다. 하지만 그런 것은 윤동주에게는 전혀 문제되지 않았다. 오히려 그는 1938년 10월에 쓴 산문 〈달을 쏘다〉에서 그 방 창문으로 내려다 본 가을달밤 풍경을 "가을 하늘은 맑고 우거진 송림은 한 폭의 묵화다. 달빛은 술가지에 쓸어지게 쏟아져 바람인 양 솨 - 소리가 날 듯하다."라 묘사하고 있다. 다락방 같은 협소한 방에서 세 젊은이가 함께 거하면서도 불만과 불평에 사로잡히지 않고 만족스럽고 행복한 학창생활을 했음을 알 수 있게 해주는 글이 아닐 수 없다. 누군가가 연전에서의 4년이 윤동주에게는 "가장 풍요로웠던 시기, 가장 자유로웠던 시기"라고 말한 것은 참으로 올바른 관찰이라 생각된다. 윤동주는 연전에 입학하던 해에 산문 〈달을 쏘다〉 외에 동시 5편과 여러 편의 시들을 썼는데 그 중 〈슬픈 족속〉은 연전시절에 무엇이 그의 마음을 사로잡고 있었는지를 말해주고 있다.

흰 수건이 검은 머리에 두르고
흰 고무신이 거친 발에 걸리우다

흰 저고리 치마와 슬픈 몸집을 가리고

흰 띠가 가는 허리를 질끈 동이다

두 연으로 되어있는 이 짧은 시는 한 여인에 대한 단순하고 서글픈 묘사처럼 보인다. "검은 머리"와 "거친 발"을 지녔으니 늙지는 않았지만 온갖 고초를 다 겪으며 살아온 슬픈 여인의 모습이다. "슬픈 몸집"의 소유자이니 지금도 괴롭고 고달프게 살아갈 것이고, "가는 허리"이니 고난과 고통으로 초라하게 야윈 몸매다. 윤동주은 이 슬픈 여인에게 백의민족의 상징인 "흰 수건"을 두르게 하고, "흰 고무신"을 신기고, "흰 치마"를 입힌 후 "흰 띠"를 띠게 하여 일제의 핍박받고 있는 우리민족을 대변하게 한 것이다. 그는 일제의 통치를 받으며 진통하는 우리민족을 이 슬픈 여인과 같이 "슬픈 족속"으로 본 것이다. 그렇다면 그의 마음속엔 이 슬프기만 한 민족을 향한 깊고도 뜨거운 사랑이 담겨져 있다고 보아야 한다. 그는 우리민족에 대한 사랑의 실현은 해방임을 말하고 있었는 지도 모른다.

연전 교수들 중에서 윤동주에게 특별한 감화를 주며 큰 영향을 끼친 세 명을 꼽는 다면 최현배, 손진태, 이양하를 들 수 있다. 한글학자인 외솔 최현배 선생은 소위 "흥업구락부사건"에 연루되었다 하여 총독부의 압력으로 교수직에서 파면되었지만 연전은 과감하게 그에게 "도서관 촉탁"이라는 특별 직분을 주어 강의를 계속하게 했다. 최현배 선생에게서 조선어 강의를 듣고, 손진태 교수에게서 역사를 배우며 윤동주는 그의 내부에 잠겨있는 민족정기를 되새김과 동시에 민족문화의 귀중한 가치를 재확인 할 수 있었다. 영문학의 대가 이양하 교수에게 영시를 배우면서 윤동주는 그의 문학관을 정립하며 보다 성숙한 시들을 쓸 수 있게 되었다. 연전 문과 2학년에 들어서면서 그는 기숙사를 나와 하숙생활을 하며 당대의 대표적인 시인 정지용의 가르침을 받았다. 그의 대표작 중의 하나인 〈자화상〉이 쓰여 진 것도 그때 쯤 이었다.

그가 3학년이 되던 1940년이 시작되면서 일제의 탄압은 더욱 심해지기 시작해서 "창씨개명"까지 강요하였다. 조상과 가문을 생명처럼 귀하게 여기는 우리민족에게 성까지 일본식으로 바꾸도록 했으니 너무나 가혹하고 야만적인 처사였다. 그러나 일제는 그것은 조선 사람들을 황국시민으로 만들기 위한 필수적인 조처라며 창씨개명을 강행했으며, 힘없는 조선 사람들은 복종할 수밖에 없었다. 그들은 동아일보와 조선일보도 폐간시켰다. 민족의 눈을 가리고 귀를 막아버린 것이다. 거기서 그친 것이 아니라 그들은 각종 생활필수품 배급을 통해서만 공급했으며, 그들에게 비협조적이거나 반항하면 배급대상에서 제외시켜 버렸다. 조선인들의 생활 자체를 위협하는 악랄한 처사였다.

그 해에는 윤동주 개인에게도 몇 가지 중요한 일들이 일어났는데 그 첫째는 그가 진정 믿고 신뢰할 수 있는 정병욱을 만난 것이었다. 정병욱은 그보다 다섯 살이나 어린 후배였지만 윤동주는 그와 흉금을 털어놓고 지내는 사이가 되었으며, 그에게 그의 자선시집 필사본 1부를 맡겼을 정도로 그를 신뢰했다. 정병욱은 그 필사본을 필사적으로 보관했다 해방 후에 세상에 내놓아 윤동주를 한국문학사에 우뚝 서게 하는 중요한 역할을 해냈다. 만일 정병욱이 그 필사본을 자신의 안전을 위해 없애버렸다면 시인 윤동주의 존재는 세상에 알려지지 못했을 지도 모른다. 따라서 윤동주가 그 해에 정병욱이란 평생의 지기를 만난 것은 크나 큰 행운이 아닐 수 없었다.

같은 해에 그에게 일어난 또 하나 중대한 사건은 그가 기독교 신앙에 회의를 느낀 것이었다. 그는 기독교 집안에 태어났으며, 은진중학 시절부터 주일학교 교사로서, 또 여러 분야에서 성심껏 교회를 섬긴 충실한 신자였다. 그런 그가 어쩐 일이지 연전 3학년이 되면서부터 기독교에 대한 열정이 식어지기 시작했다. 그의 인도로 교회에 나가게 된 정병욱은 그의 신앙이 흔들리는 것을 느끼게 되었고, 점차적으로 주위의 모든 사람들까지 그 사실을 알아차리게 되었다. 윤동주의 신앙심이 이처럼 허물어지기 시작한 까닭을 알아보려면 당시의 시대적 상황을 살펴보아야 한다.

그는 우리민족이 일제로부터 당하는 치욕적이고 잔인한 박해를 바라보며 절망하고 슬퍼할 수밖에 없었다. 자랑스러운 단군의 자손들이 우리말을 하지도, 쓰지도 못하게 되었을 뿐만 아니라 부모로부터 받은 이름과 성까지 바꿔야 하는 비참한 현실 앞에서 무력할 수밖에 없는 자신의 초라한 모습이 너무도 불쌍하고 처량하게 느껴졌던 것이다. 그러기에 그는 하나님께서 그에게 힘주시고 용기주시며 고통당하는 민족에게 구원의 손길을 내미시길 기대했을 것이다. 애급의 압제를 받으며 신음하던 이스라엘 백성을 구원해 주셨던 하나님께서 한민족의 후예들에게도 광명한 빛을 비춰주시리라 믿었던 것이다. 그러나 하나님은 침묵하셨다. 그러기에 그는 예수께서 십자가에 달리셔서 "나의 하나님, 나의 하나님, 어찌하여 나를 버리셨나이까?"라 외치셨듯이 "하나님, 어째서 착하고 선한 이 민족의 슬픔과 고통의 신음소리를 못 들은 척 하십니까?' 부르짖었는지도 모른다.

시대적인 상황에서 오는 절망과 고뇌로 인해 하나님에 대한 신뢰를 상실한 윤동주. 그에게는 생명과 같은 펜을 던져버리기까지 했다. 그러나 그의 절필과 하나님을 향한 반항은 오래 계속되지는 않았다. 1년 3개월 동안 내던졌던 펜을 다시 집어 들고 1940년 12월에 〈팔복〉, 〈병원〉, 〈위로〉 3편의 시를 써냈다. 그 중 〈팔복〉에서 그의 마음에 찾아든 심경의 변화를 잘 읽을 수 있다.

> 슬퍼하는 자는 복이 있나니
> 슬퍼하는 자는 복이 있나니
> 슬퍼하는 자는 복이 있나니
> 슬퍼하는 자는 복이 있나니
> 슬퍼하는 자는 복이 있나니
> 슬퍼하는 자는 복이 있나니
> 슬퍼하는 자는 복이 있나니
> 슬퍼하는 자는 복이 있나니
>
> 저희가 영원히 슬플 것이요

이것은 예수님의 산상수훈 중 마태복음 5장 3절에서 10절까지 기록된 "여덟 가지 복"을 윤동주가 풍자로 바꾼 것이다. 예수님께서 말씀하신 팔복을 성경에서 인용하면 아래와 같다.

> "심령이 가난한 자는 복이 있나니, 천국이 저희 것임이요.
> 애통하는 자는 복이 있나니, 저희가 위로를 받을 것임이요.
> 온유한 자는 복이 있나니, 저희가 땅을 기업으로 받을 것임이요.
> 의에 주리고 목마를 자는 복이 있나니, 저희가 배부른 것임이요.
> 긍휼히 여기는 자는 복이 있나니, 저희가 긍휼이 여김을 받을 것임이요.
> 마음이 청결한 자는 복이 있나니, 저희가 하나님을 볼 것임이요.
> 화평케 하는 자는 복이 있나니, 저희가 하나님의 아들이라 일컬음을 받을 것임이요.
> 의를 위하여 핍박을 받은 자는 복이 있나니, 천국이 저희 것임이라."

윤동주는 예수께서 들려주신 복 있는 사람 중의 하나인 "애통하는 자"를 같은 의미의 "슬퍼하는 자"로 바꿨는데, 그 슬퍼하는 사람은 〈슬픈 족속〉에서처럼 우리민족인 것이다. 따라서 "1940년에 쓴 시 〈팔복〉은 한민족이란 거대한 민족공동체가 겪고 있는 처참한 고난의 현장에서 그런 고난에 침묵하고 있는 신(하나님: 필자 주)에게 저항한 시였다."(송우혜: 〈윤동주 평전〉 P. 266)

윤동주는 예수님께서 말씀하신 복 있는 사람들의 여덟 가지 품성들을 다 지녔다 할지라도 일제의 통치를 받는 한 우리민족은 "슬퍼하는 자"일 수밖에 없다고 판단한 것이다. 따라서 그는 "슬퍼하는 자"를 여덟 번이나 되풀이 한 것이다. 그리고는 우리는 "영원한 슬픔"을 맛보며 살아야 할 민족이라고 못 박은 것이다. 엄청난 불신앙의 표현이요, 하나님을 향한 불경스러운 항의가 아닐 수 없다. 하지만 윤동주는 이처럼 강한 불신과 반항을 통해 슬플 수밖에 없는 우리민족에게 참된 "복"인 해방의 그날을 속히 허락해 달라고 간구한 것이다.

해가 바뀌어 1941년이 되었고, 윤동주는 졸업반인 4학년이 되었다. 이 해에도 민족적으로 또 윤동주 개인적으로 중요한 일들이 숱하게 일어났다. 전쟁이 장기화 되면서 일제의 핍박은 더욱 심해졌고, 거기 따른 필연적인 영향으로 연전의 원한경 교장이 1941년 2월 15일부로 사퇴했다. 후임으로 윤치호가 부임했지만 그도 다음해 8월 17일에 총독부가 연전을 접수하면서 용도폐기 되어 물러나야 했다. 국제정세 또한 날로 복잡하고 어지러워 져서 세계의 여러 강대국들이 전쟁의 소용돌이 속으로 빠져 들어갔다.

그런 상황에서 일본이 하와이 진주만을 기습공격하자 미국이 제2차 세계대전에 뛰어들게 되었다. 이 같은 격동의 시기에 윤동주는 그의 쓰라린 고난과 아픈 체험과 자기성찰과 사색의 열매인 여러 편의 시를 썼다. 〈서시〉, 〈또 다른 고향〉, 〈십자가〉, 〈별 헤는 밤〉, 〈새벽이 올 때까지〉, 〈자화상〉, 〈새로운 길〉 등 16편의 시와 1편의 산문이 그것들이었다. 그의 아버지는 "기껏해야 신문기자" 밖에 못

될 문학을 공부해선 무엇 하느냐며 그의 연전 문과진학을 반대했었지만 윤동주는 불과 4년 만에 한국문학사의 한 장을 차지할 시인으로 성장한 것이다.

그는 1941년에 쓴 시들 위에 몇 편을 더해 19편의 시를 묶어 〈하늘과 바람과 별과 시〉를 77부 한정판으로 출간하려 했다. 그는 이 시집에 수록될 시들을 일일이 원고지에 옮겨 써서 똑 같은 필사본 3부를 만들어 하나는 자기가 갖고, 나머지 둘은 존경하는 스승 이양하 교수와 아끼고 신뢰하는 후배 정병욱에게 하나씩 주었다. 이양하 교수는 이 시집의 출판을 보류하라고 권고했다. 〈십자가〉, 〈슬픈 족속〉, 〈또 다른 고향〉 같은 시들은 검열에 걸릴 확률이 높을뿐더러 시집이 출판되면 윤동주에게 다가올 신변의 위험을 염려했기 때문이었다. 윤동주는 단념하지 않고 졸업 후 용정에 돌아가 아버지에게 시집출판에 관해 상의했다. 그러나 경제적인 문제를 비롯한 여러 가지 사정으로 인해 시집은 나오지 못하고 말았다.

1941년 12월 8일에 진주만을 불시에 공격함으로 미국과 전쟁을 시작한 일본은 모든 것을 강화된 전시체제로 바꾸었다. 그 때문에 1942년 3월로 예정되었던 연전 졸업식이 석 달 앞당겨진 1941년 12월 27일에 거행되었다. 윤동주와 송몽규는 사각모를 쓰고 졸업장을 받음으로 4년간 그들의 보금자리였던 연전과 작별하고 용정으로 돌아갔다. 윤동주의 생애에서 연전시절처럼 보람되고, 행복하고, 의미 있었던 시기는 없었다. 연전에서 4년간 공부하면서 그는 가장 활발하게 시작활동을 했으며, 그때 쓴 작품들이 그의 대표작

들로 인정되기 때문이다. 〈윤동주 평전〉을 저술한 송우혜는 “윤동주는 연전이 가꾸고 길러 수확해낸 열매들 중에서 가장 충실한 이삭 중의 하나였다.”라 기술하고 있다.

졸업 후에 윤동주와 송몽규는 일본유학을 계획했다. 그런데 그 당시 일본유학을 가려면 “창씨개명”이 필수였다. 그것을 안 하면 현해탄을 건널 수 있는 “도항증명서”을 발급 받을 수 없었다. 때문에 졸업 후 집에 갔다 서울로 돌아온 윤동주와 송몽균은 연전에 가서 “창씨 개명계”를 제출하고, 윤동주는 “히라누마”로 송몽규는 “소무라”로 성울 바꿨다. 윤동주는 이 굴욕적인 창씨개명을 하면서 〈참회록〉을 썼다.

파란 녹이 낀 구리거울 속에
내 얼골이 남아 있는 것은
어느 왕조의 유물이기에
이다지도 욕될까.

나는 나의 참회의 글을 한 줄에 줄이자.
- 만 24년 1 개월을
 무슨 기쁨을 바라 살아 왔던가.

내일이나 모래나 그 어느 즐거운 날에
나는 또 한 줄의 참회록을 써야 한다.
- 그 때 그 젊은 나이에

왜 그런 부끄런 고백을 했던가.

밤이면 밤마다 나의 거울을
손바닥으로 발바닥으로 닦아 보자.

그러면 어느 운석 밑으로 홀로 걸어가는
슬픈 사람의 뒷모양이
거울 속에서 나타나온다.

윤동주가 절박한 현실 속에서 가장 처절하게 참회하며 쓴 시다. 일본유학이란 포기할 수 없는 목적을 달성하기 위하며 일본에게 국권을 강탈당한 대한제국이란 왕조의 후예로서 이름을 바꾸는 자신을 처절하게 자학하며 슬프고 아픈 심정을 고백한 시이기 때문이다. "내일이나 모래나 그 어느 즐거운 날"을 다짐함은 어쩔 수 없어 성을 바꾸는 수치스러움에 대한 변명이라기보다는 기쁨의 그 날을 바라는 그 자신의 간절한 소망의 표현이라 볼 수 있다. 그렇다면 윤동주와 송몽규는 어째서 그처럼 수치스러운 창씨개명을 하면서까지 일본에 유학하기를 원한 것일까? 그들이 체포되어 재판받을 때 상세히 밝혀지지만 그들은 "조선독립을 위하며 민족문화를 연구하려면 전문학교 정도의 문학연구로서는 부족하다고 생각했기 때문에" 일본유학을 단행한 것이다.

1942년 3월에 현해탄을 건넌 그들은 송명규는 4월 1일에 경도제국대학 사학과에, 윤동주는 4월 2일에 동경에 있는 입교대학 문학부 영문과에 각각 입학했다. 윤동주의 동경생활은 길지 못했다. 3월부터 7월 하순까지 불과 다섯 달만 그곳에 머물렀기 때문이다. 그러나 동경은 그에게 아주 큰 의미를 지닌 곳이다. 그가 1942년 봄부터 1945년 2월에 옥사할 때까지 일본에 있으면서 쓴 시들 중 지금 남아있는 것은 5편인데, 그 5편 모두가 그가 동경에 있는 동안 쓴 것들이다. 1942년 7월에 첫 학기를 끝낸 그는 용정 집으로 돌아와 몸이 약해 병환 중이던 어머니를 돌보아 드렸다. 그러다 동경제국대학에 전입할 수속을 밟으라는 전보를 받고 15일 정도밖에 고향에 머물지 못하고 급히 일본으로 돌아가야 했다. 그러나 일본으로 간 그는 동경제대 아닌 경도 동지사대학으로 편입했다. 사립인 입교대학에서 동경제대로의 편입이 용이하지 않았던 것 같다. 어쨌든 입교대학에서 경도의 동지사대학으로 옮겨감으로 그는 동경생활에 종지부를 찍었다.

동경에서 5개월을 지내는 동안 윤동주는 박춘혜란 여자를 만나게 되었다. 박춘혜는 함북 온성에 있는 박 목사의 막내딸로서 동경에서 그녀의 막내오빠와 자취하면서 성악을 공부하고 있었는데, 그 오빠가 윤동주의 친구였다. 윤동주는 가끔 그들의 자취방을 찾아가서 식사를 하곤 하였는데 박춘혜의 오빠는 그의 동생을 윤동주의 배필로 생각하고 있었고, 윤동주도 그녀를 결혼대상으로 마음에 두었던 것 같다. 입교대학 1학년 여름방학에 집에 왔던 윤동주는 그들 남매와 찍은 사진을 누이동생 윤혜주에게 보여주었다. 그때 그녀는 오빠가 박춘혜를 좋아하는 것을 눈치 채고 부모에게 그녀에 대해 말해주었다. 윤동주의 아버지와 어머니는 그녀가 가문 좋은 집의 딸이니 잘 추진해 보라며 사실상 그들의 결혼을 허락했다. 그러나 자세한 사연은 밝혀지지 않았지만 박춘혜가 법을 전공한 남자와 결혼하는 바람에 윤동주와 그녀는 결합은 성사되지 못하고 말았다. 박춘혜 전에도, 후에도, 사랑한 여자가 없었던 윤동주는 후쿠오카 형무소에서 옥사할 때까지 독신이었다.

1942년 가을 학기가 시작되기 전에 경도로 옮겨 간 윤동주는 고종사촌형이며 그와는 숙명적인 관계를 지닌 송몽규를 다시 만나게 되었다. 그때 송몽규는 일경에게 감시당하고 있었다. 송몽규는 1935년 4월 은진중학 3학년 때 중국에 갔던 적이 있다. 그때에는 그가 왜 중국에 갔었는지 아는 사람이 없었다. 그러나 그는 남경에 가서 김구 선생을 만났으며, 낙양군관학교에서 교육까지 받았다. 그 때문에 제남에서 체포되어 함북 웅기경찰서에서 고초를 겪다 거주제한을 조건으로 풀려났다. 그때부터 일제의 송몽규에 대한 감시는 계속되었다. 1942년 그가 경도에서 공부할 시기에 일경은 언론, 출판, 집회, 결사 등의 임시 단속법과 각종 법률을 내세워 사상범죄의 적발과 예방에 주력하고 있었다. 따라서 일본 특고경찰은 송몽규에 대한 감시를 더욱 강화했다. 그런 시점에 경도에 간 윤동주가 송몽규와 만나기 시작했으니, 스스로 그 자신을 일경의 감시대상자로 만들어 버린 것이다.

10월 1일부터 동지사대학에 다니기 시작한 윤동주는 그 해 겨울 방학에 집에 가지 않고 경도에 머물렀다가 다음 해인 1943년 여름 방학은 집에 가서 지내기로 했다. 그런데 귀향준비를 하던 7월 14

일에 그는 체포되어 하압경찰서에 구금되었다. 나중에 밝혀진 일이지만 송몽규는 이미 7월 10일에 체포되어 있었다. 해방 후 유족들은 윤동주를 일경이 체포한 것은 "조선독립운동" 때문이라고 밝혔다. 당시에는 그 말을 모두가 그대로 믿었지만 1970년 후반에 들어서면서 거기 대해 반론을 제기하는 사람들이 나오기 시작했다. 조용하고 내성적인 성품을 지닌 윤동주가 독립운동을 했다는 혐의로 체포되었을 가능성은 희박하다는 것이 그들이 내세운 반론의 주요 골자였다. 윤동주가 걸어온 길을 살펴보더라도 그가 항일투쟁을 했다는 외적흔적은 찾아볼 수 없다. 뿐만 아니라 그의 유해를 후쿠오카 형무소에서 가져온 유족들도 윤동주가 독립운동 혐의로 체포되어 형을 받고 복역하다 옥사했다는 말은 들었지만 그것을 증명할 수 있는 구체적인 증거들은 갖고 있지 않았다. 따라서 순진한 문학청년 윤동주는 일경의 과잉단속의 희생물이 되어 형무소에서 죽었다는 추론이 설득력을 얻기 시작했다.

그런데 윤동주가 "조선독립운동" 혐의로 체포되고 기소되어 유죄판결을 받았다는 구체적인 문서들이 발견되었다. 뒤늦게 공개된 일본정부 극비문서들인 "특고월보"(일본 내무성 정보국 보안과 발행의 특고경찰 기록) 1943년 12월 치와 "사상월보"(일본 사법성 형사국 발행의 법원기록) 제 109호(1944년4.5.6월 치)에 윤동주 사건 관련기록들에 의하면 "경도에 있는 조선인 학생 민족주의 구금 사건"이 윤동주와 송몽규 사건에 붙여진 명칭이었다. 그들에게 적용된 혐의가 "조선독립운동"이란 사실도 확인되었다. 뿐만 아니라 "사건의 중심인물은 송몽규이고 윤동주가 거기 동조했고, 그 사건으로 검사국에 송치된 사람은 송몽규, 윤동주, 고희옥이었다"는 등 사건의 전모와 경찰수사 종결의 결과도 밝혀졌다.

검사국에 넘겨진 사건관련자 세 사람 중 고희옥은 1944년 1월 19일 체포 된지 6개월 6일 만에 기소유예로 석방되었다. 나머지 둘은 1944년 2월 22일에 기소되어 재판받은 결과 두 사람 모두 3년 징역형이 구형되었다. 1944년 3월 31일 경도 지방재판소 제2 형사부는 윤동주에게 "징역2년"(미결구류일수 삽입)을 선고했으며, 경도 재판소 제1 형사부는 4월 13일에 열린 선고공판에서 송몽규에게 미결구류일수 삽입이 따르지 않는 "징역2년"을 확정 시켰다. 두 사람에 대한 선고량은 같았지만 미결구류일수 삽입과 재판 날짜의 차이로 인해 윤동주의 출감예정일은 1945년 11월 30일 이었고, 송몽규는 1946년 4월 12일이었다.

형이 확정된 윤동주와 송몽규는 후쿠오카 형무소로 이송되었다. 윤동주는 후쿠오카 형무소에서 독방에 있으면서 성경은 읽을 수 있었지만 중노동을 해야 했다. 그러나 그런 고통스럽고 처참한 생활을 하면서도 그는 "별을 노래하는 마음으로 모든 죽어가는 것을 사랑"하려는 착하고 맑은 마음을 유지하고 있었다고 믿어진다. 그가 써 보낸 글 가운데 한 마리 가을 귀뚜라미 소리를 귀담아 들으며 고마워했다는 문구가 발견되었기 때문이다. 윤동주는 1945년 2월 26일 새벽 3시 36분에 후쿠오카 형무소에서 숨을 거두었다. 그의 마지막을 지켜보았던 일본인 간수는 "윤동주가 외마디 소리를 높이 지르면서 운명했다."고 전했다.

27년 2개월 이란 짧은 인생을 살다 이국땅의 감옥에서 절명한 그의 죽음에 관해서는 커다란 의문이 남는다. 건강하고, 혈기왕성 하던 청년이 형무소에 수감된 지 1년도 못되어 사망했다는 사실을 쉽게 납득하기 힘들기 때문이다. 윤동주의 부친과 함께 그의 시신을 가지러 갔었던 당숙 윤영춘이 중요한 증언을 했다. 윤동주의 시신을 인계받기 전에 그는 송몽규를 만나기 위해 면회신청을 했다. 그때 그는 형무소 직원이 뒤적이는 송몽규의 서류위에 "독립운동"이란 한문글자가 찍혀 있는 것을 보았다. 감옥 안으로 들어서니 죄수복을 입은 한국청년 50여 명이 주사를 맞으려고 시약실 앞에 줄지어 서 있었다. 그때 송몽규가 깨어진 안경을 눈에 걸친 채 그에게 달려왔다. 무언가를 중얼거리는데 알아들을 수가 없어서 "왜 그 모양이냐?" 물었더니 "저놈들이 주사를 맞으라고 해서 맞았더니 이 모양이 되었고, 동주도 이 모양으로……."라며 말을 흐렸다. 윤영춘의 증언은 두 가지 면에서 상당히 중요하다. 하나는 송몽규의 죄명이 "독립운동"이었다는 것이고, 또 다른 하나는 윤동주와 송몽규가 형무소에서 알 수 없는 주사를 맞았다는 것이다.

윤동주와 송몽규가 "조선독립운동"으로 체포되고, 기소되어, 유죄판결을 받았다는 사실은 그들의 판결문에 명확하게 나타나 있다. 그러나 그들이 형무소에서 놓아준 주사 때문에 죽었다는 사실은 아직까지 증명되지 못했다. 그런데도 그들 둘이 모두 일제가 실행한 생체실험의 대상이 되어 죽었을 것이란 심증은 크다. 다만 그 심증을 법적으로 증명한다는 것은 불가능할지도 모른다. 용서받지 못할 비인간적이고 악랄한 범죄를 저지른 자들이 그 증거를 남겼을 리도 없거니와 그들이 자기들의 범죄행위를 밝히고 나설 까닭은 더욱 없기 때문이다. 그러나 한 가지 확실한 것은 윤동주와 송몽규는 이상한 주사를 맞고 죽었다는 것이다.

나중에 알려진 일이지만 동국대학교 대학원에서 국문학을 전공한 일본인 고노오 에이찌가 윤동주가 맞았던 그 이상한 주사는 "당시 구주제대에서 실험하고 있었던 현장대용 생리식염수 주사였을 가능성이 크다."고 말해 비상한 관심을 불러일으켰던 사실도 기억할 필요가 있다. 뿐만 아니라 후쿠오카 형무소에서 재소자들을 대상으로 대규모의 생체시험을 시행했으리라는 사실을 뒷받침하는 신빙성 있는 통계수치도 나타났으며, 그 형무소에서 윤동주를 직접 보았고, 그 자신이 생체실험을 당했다는 실존인물의 증언도 있다. 어쨌든 윤동주는 후쿠오카 형무소에서 알 수 없는 주사를 맞아 죽었고, 같은 주사를 맞았던 송몽규도 윤영춘이 그를 면회한지 9일 만인 1945년 3월 7일에 사망했다. (윤동주와 송몽규의 체포로부터 재판에 이르기까지의 모든 자료들은 송우혜 저 〈윤동주 평전〉에서 발췌했음. PP. 369-436)

윤동주의 유해는 아버지 윤영석의 품에 안겨 고향으로 돌아와 3월 6일 가족과 친지들에 의해 북간도 용정동산의 중앙교회 묘지에 안장되었다. 그의 장례식에서 〈우물가의 자상화〉과 〈새로운 길〉이 낭독되었다. 가족들이 그의 묘소에 "시인 윤동주지묘"라 새겨진 비석을 세운 것은 그해 6월 14일이었다.

윤동주가 시인으로서 세상에 알려지기 시작한 것은 해방 후부터였다. 그의 시를 세상에 알림으로 그가 "민족시인"이 되는 데 앞장섰던 사람 중의 하나는 윤동주의 친구 강처중이다. 강처중은 해방 후에 경향신문 기자로 있으면서 1947년 2월 13일자 신문에 윤동주의 〈쉽게 쓰여진 시〉를 게재했다. 그 시와 더불어 경향신문 주간이었으며, 그 당시 한국문단의 정상급 시인이었던 정지용이 윤동주를 소개하는 글도 함께 실었다. 그때부터 무명의 시인 윤동주는 널리 알려지기 시작했다. 1년 후인 1948년 1월에는 윤동주의 유고시집 〈하늘과 바람과 별과 시〉가 정음사에서 출판되었다. 그 시집에 수록된 31편의 유고 중 19편은 정병욱이 윤동주에게서 받아 가지고 있던 필사본에 들어있던 것들이었고, 나머지 12편은 강처중이 보관하고 있던 것들 이었다. 당시의 대시인 정지용을 비롯하며 윤동주의 평생지기 정병옥과 친구 강처중이 묻혀있던 시인 윤동주를 민족의 시인으로 만드는 중추적인 역할을 했던 것이다.

윤동주의 시에는 우리민족을 잔인하고 가혹하게 식민통치한 일제와 조선 총독부를 향한 은근하면서도 날카로운 비판이 깔려있고, 민족을 사랑하고 빼앗긴 나라를 되찾기 원하는 간절한 마음이 짙게 녹아있다. 그러기에 윤동주는 민족의 시인일 뿐 아니라 진정한 애국자요 혁혁한 독립투사이기도 하다. 윤동주가 독립운동가인 것은 일본 경도재판소에 보관된 그에 대한 재판 판결문에 명시되어 있다. 1990년 광복절에 대한민국 정부가 윤동주에게 "건국공로훈장 독립장"을 추서한 것은 그가 조국의 광복에 기여한 공로를 국가적으로 인정한 조처였던 것이다.

윤동주 생가

대성중학교의 윤동주 시비

윤동주. 그는 29세 젊은 나이에 일본 후쿠오카 형무서세서 요절했지만 그는 결코 불행한 인생을 살다 외롭고 쓸쓸하게 가버린 것이 아니다. 그의 짧았던 삶은 우리에게 어떻게 사는 것이 보람된 인생이며, 무엇을 하는 것이 민족을 사랑하고 나라를 구하는 길인 가를 보여주었기 때문이다. 그리고 그는 아직도 우리들의 가슴 속에서 살아 숨 쉬고 있다. 죽는 날까지 하늘을 우러러 한 점 부끄러움 없이 산 삶, 잎새에 이는 바람에도 괴로워하며 아름답고 깨끗하게 산 삶, 별을 노래하는 마음으로 모든 것을 사랑하며 주어진 인생길을 걷는 삶을 살다 간 윤동주는 인간다운 삶이 어떤 것인가를 선명하게 보여주었다.

윤동주가 걸어 간 인생의 발자취를 바라보며 착하고, 선하고, 올바르고, 정의롭게 그리고 나라와 민족을 위해 헌신하며 살 수 있다면 우리들도 맡겨진 인생의 몫을 감당할 뿐 아니라 자랑스러운 우리의 조국 대한민국의 무궁한 발전과 번영에 이바지 하게 될 것을 믿어 의심치 않는다.

주기철 목사

주기철朱基徹 목사

일제 강점기 경상남도 창원시 진해구 출신으로 장로교 목사로 신사참배를 거부하고 신앙을 지키다 일제에 목숨을 잃은 독립운동가이자 순교자이다. 한상동 목사와 더불어 일제강점기 신사참배 거부운동의 대표적인 인물이다. 아울러 손양원 목사와 더불어 한국교회에서 가장 존경받는 목회자 중에 한 사람으로 손꼽힌다. 일제의 신사참배 강요를 거부하고 반대운동을 하여 일제로부터 10년형을 선고받아 복역 중 순교했다. 원래 이름은 주기복(福) 아호(雅號)는 소양(蘇羊)이다.

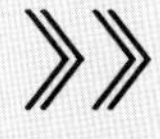

오늘날 목사님 여러분들은 강단 앞에서 하고자 하는 말을 왜 못하는가? 몰라서 말을 못하는가? 알고도 모른 채 하고 있는 것인가? 왜 벙어리가 되어 떨고만 있는가?

- 주기철 목사의 중지된 설교 중에서

민족의 반석 주기철 목사

- 삼천만의 가슴에 민족혼을 불러일으킨 순교자

김 대 억

1945년 8월 15일 어둡고 캄캄하던 삼천리금수강산에 광명한 새벽이 찾아왔다. 삼천만 동포 모두가 손과 손에 태극기를 들고 기쁨의 환호성을 외치며 거리로 뛰쳐나왔다. 에스켈 골짜기에 누어있던 마른 뼈들이 새로운 생명을 부여받아 일어났듯이 일제의 탄압을 당하며 숨조차 제대로 쉬지 못하던 한민족의 후예들이 고개를 들고 일어나 넓고 광명한 세계를 향해 나갈 수 있는 해방의 날이 찾아온 것은 결코 우연이 아니었다. 수많은 독립투사들이 투쟁하며 흘린 피의 대가로 얻어진 것이 우리의 독립이기 때문이다.

강탈당한 나라를 되찾기 위해 우리의 선조들이 일본과 맞서 투쟁한 방법은 다양했다. 열세인 병력과 빈약한 무장으로 막강한 일본군과 정면으로 대결했는가 하면, 적진 깊숙이 파고들어 그들의 진지를 파괴하는 게릴라 전법을 사용하기도 했고, 정치적으로 또는 군사적으로 영향력 있는 일본의 지도자들을 제거하는 요인암살을 감행하기도 했다. 군사작전과는 정반대인 외교적인 방법으로 세계열강에 호소하며 독립을 쟁취하고자 시도한 분들도 있었고, 힘이 없어 나라를 잃었기에 힘을 길러야 한다며 교육을 통해 국권을 회복하고자 그들의 생을 불태운 독립 운동가들도 있었다. 이 밖에도 나라와 민족을 사랑하는 수많은 애국동포들이 그들의 재산을 독립운동자금으로 사용했는가 하면, 위험을 감수하고 비밀리에 자금을 모금하여 독립투사들에게 전해주는 등 여러 가지 방법으로 국권을 되찾기 위해 헌신한 사람들은 일일이 열거할 수 없을 정도로 많기만 하다. 그런데 표면상으로는 독립운동과는 관계없는 것 같은 삶을 살면서도 우리민족이 하나로 뭉쳐서 잔인한 일제에게 항거하며 그들에게 빼앗긴 나라를 되찾는데 크게 공헌한 분이 계시니 그가 곧 주기철 목사시다.

주기철은 1897년 11월 25일 경상남도 창원시 진해구 북부동에서 태어났다. 그의 어린 시절에 관해서는 소상하게 알려진 바 없으나 주기철은 창원에 있는 웅천보통학교을 졸업한 후 평안북도에 있는 오산학교에 입학했다. 16세의 어린 소년 주기철이 고향에서 1,500리나 떨어진 먼 곳까지 가게 된 데는 그만한 까닭이 있었다. 그의 아버지 주기현 장로는 오산학교를 설립하신 남강 이승훈 선생을 무척 존경하였다. 이승훈 선생은 독실한 기독교인이었을 뿐만 아니라 나라와 민족을 사랑하며 일본에게 강탈당한 국권을 찾으려는 깊은 뜻을 간직한 애국자요 민족의 지도자였다. 주기현 장로는 "빼앗긴 나라를 회복하려면 힘을 길러야 한다."는 도산 안창호 선생과 뜻을 같이 하여 이승훈 선생이 세운 오산학교에서 그의 아들 주기철이 "대한의 아들"이 되는 교육을 받기를 원했던 것이다.

아버지의 뜻에 따라 오산학교에 입학한 주기철은 그가 다녔던 웅천보통학교에 와서 그를 감동시킨 연설을 한 춘원 이광수를 만나게 되었다. 이광수가 했던 연설의 요지는 "젊은이는 큰 뜻을 품고 열심히 배우고 일하며 자기의 뜻을 펼쳐나가야 한다."였다. 이광수에게서 영어와 문학을 배우며 학업에 몰두하고, 체력을 단련한 주기철은 적극적인 사고방식과 매사에 자신감을 지니게 되었다. 1915년 일본 유학에서 돌아온 고당 조만식 선생이 33세의 젊은 나이로 교장에 취임하자 오산학교는 더욱 민족정신을 배양하는 학교의 면모를 갖추게 되었다. 학생들과 함께 기숙사 생활을 하며 교장, 교사, 사감, 사환으로 1인 4역을 담당했으며, 나중에는 교목까지 맡아 한 조만식 선생은 "사람을 사랑하고, 겨레를 사랑하며, 옳은 사람을 양성하는 교육"에 중점을 두었던 것이다. 그 같은 조만식 선생의 교육방침 밑에 오산학교에서 수학한 학생들 중 한경직 목사, 함석헌 선생, 김홍일 장군을 비롯하며 시인 김억, 의사 백인제 같은 인재들이 배출된 것은 결코 우연히 아니었다.

이승훈 선생이 나라를 구할 인재들을 양성할 목적으로 설립한 오산학교에서 춘원 이광수, 고당 조만식 같은 민족의 지도자들에게서 신학문을 배우며 "나라사랑"과 "민족정신"에 관한 철저한 교육을 받은 주기철은 1916년 오산학교를 졸업했다. 이승훈 선생 자택에서 열린 졸업축하 잔치에서 이승훈 선생과 조만식 선생은 제7회 졸업생 19명에게 "고상한 인격과 굳건한 믿음을 갖추고 하나님의 뜻에 따라 훌륭한 민족의 지도자가 되라."고 격려해 주셨다. 두 분 선생님의 말씀을 "오산정신"으로 받아들인 주기철은 웅천으로 돌아가 연희전문학교(지금의 연세대학교)에 입학할 준비를 하기 시작했다. 이를 알게 된 아버지 주기현 장로는 "너를 오산학교에 보낸 것을 투철한 민족정신을 지니고 나라와 민족을 위해 헌신하게 하기 위함이었는데 상과에 들어가서 장사꾼이 되겠다는 말이냐?"며 아들을 책망했다. 주기철은 차분하게 아버지에게 말씀드렸다. "아버지, 지금 우리가 일제와 투쟁하려면 경제권부터 장악해야 합니다. 경제권이 일본에게 있은 한 독립운동을 하기도 힘들고, 독립을 한다 해도 여러 가지 난관에 봉착하게 될 것입니다. 제가 상과에 가려는 것은 우리나라 상업의 지도자가 되기 위해서입니다." 주기현 장로는 아들의 말을 듣고 주기철의 상과 진학을 허락했다.

하지만 연희전문학교 상과에 입학한지 1년 만에 주기철은 학교를 그만 두어야 했다. 입학하면서부터 앓게 된 눈병이 점점 심해져서 공부를 할 수 없게 되었기 때문이다. 느닷없이 돌아온 아들을 맞이하는 그의 어머니와 아버지의 놀라움을 컸다. 하지만 아들이 학업을 포기할 수밖에 없었던 사연을 들은 주기현 장로가 말했다. "네가 낙향한 것은 하나님의 뜻으로 보아야 한다. 요나가 니느웨로 가라는 하나님의 명을 거역하고 다시스로 가다 풍랑을 만나 3일을 물고기 뱃속에서 지내야 했듯이 너도 하나님의 원하시지 않은 길을 가다 이렇게 된 것이니 하나님의 뜻이 어디 있는지 함께 기도하자." 아버지의 말씀을 듣고 용기를 얻은 주기철은 고향에 있는 교남학교에서 학생들을 가르치는 한편 이상재 선생이 회장으로 계신 신간회에 가입하여 여러 곳을 다니며 청년운동을 전개했다. 주기철은 청년들에게 "지금 우리나라는 국권을 빼앗긴 상태지만 민족혼마저 빼앗겨서는 안 된다."라 일러주며, 그들이 나아갈 길을 제시해 주었다. 삼일운동이 일어나자 앞장서서 만세운동을 주도하다 한 달 간 감옥에서 고생하다 나온 후 주기철은 전국 각지를 다니며 부흥성회를 하던 김익두 목사가 마산 문창교회에서 인도하는 부흥회에 참석하게 되었다. 그가 김익두 목사의 집회에 가게 된 동기는 다음과 같다.

삼일운동을 주관한 민족대표 33인 중 16명이 기독교인이었으며, 그 중에 그가 다녔던 오산학교를 세운 이승훈 선생이 끼어 있다는 사실은 주기철로 하여금 기독교와 민족의 해방을 연관시켜 생각하게 해주었다. 어쩌면 주기철은 일제의 식민통치 밑에서 신음하는 우리민족은 다니엘 같이 믿음과 지혜와 애국심을 모두 구비한 인물과 죽으면 죽으리라는 각오로 이스라엘 민족을 구한 에스더와 같은 신앙의 지도자를 필요로 한다고 생각했는지도 모른다.

집회에 참석한 청년 주기철은 한국의 무디로 알려진 김익두 목사의 설교를 듣던 중 성령의 불길이 가슴 속에서 타오르는 것을 느꼈다. 그날 밤 김익두 목사를 찾아가 그 앞에 엎드린 주기철에게 김익두 목사는 무엇을 어떻게 해야 너의 삶이 열매 맺으며, 이 나라에 서광이 빛일 수 있을 가에 대한 해답은 성경 속에 있으니 글자 하나하나를 음미하며 성경을 읽으라고 권면해 주었다. 그 말씀을 듣고 주기철은 성경에 매달렸다. 연회전문학교를 자퇴할 수밖에 없게 만들었던 눈병도 언제 그랬느냐는 듯이 나았기여 마음과 뜻과 정성을 다하여 성경을 읽었다. 날마다 새로운 진리를 깨닫게 되면서 주기철은 더욱 성경 속으로 빠져들었다. 그러든 어느 날 “너희는 먼저 그의 나라와 그의 의를 구하라. 그리하면 이 모든 것을 너희에게 더 하시리라.”란 말씀에 접했을 때 주기철은 그가 나아가 길을 발견했다. 주기철은 김익두 목사처럼 하나님의 종이 되는 것이 그가 걸어야 할 인생의 길이라 판단한 것이다.

그때 주기철은 24세의 신앙의 여인 안갑수와 결혼하여 한 가정의 가장이 되어있었다. 그럼에도 불구하고 그는 평양신학교에 들어가 신학을 공부하기로 결심하고, 그 준비에 착수했다. 1년 후인 1921년 4월에 평양신학교에 입학한 주기철은 그 다음 날부터 40일 금식기도를 시작했다. 하나님의 사람이 되기로 한 자신의 신앙적 결단과 인내심을 시험하기 위해서였다. 어렵고 힘든 40일 금식기도의 마지막 날 조만식 선생이 그를 찾아오셨다. 조만식 선생이 옛 제자 주기철를 찾은 까닭은 그에게 우리나라가 필요로 하는 인재들을 양성하는 일을 해달라는 부탁을 하기 위해서였다. 그러나 기도실에서 거의 의식을 잃고 쓸어져있는 주기철을 보는 순간 조만식 선생은 생각을 바꿨다. 주기절이 수행해야 할 민족적 사명은 교육가로서가 아니라 하나님의 종으로서 임을 깨닫게 되었기 때문이다. 존경하는 스승이 그를 찾아온 목적과 그가 자기의 생각이 잘못된 것임을 알게 되었다는 말을 들은 주기철은 용기백배하여 40일 금식기도를 은혜 가운데서 마칠 수 있었다.

성령으로 충만해진 주기철은 새로운 각오와 결단으로 학업에 정진했다. 그 당시 평양신학교 교수진은 신약에 나부열 박사, 구약에

어드만 박사, 역사신학에 부두일 박사와 엄아석 박사, 언어학에 왕길지 박사 등으로 구성되어 있었다. 학문적으로나 신앙적으로나 책잡을 수 없는 훌륭한 교수들 밑에서 공부하며 주기철은 깊고 폭넓은 신학적 지식과 굳건한 믿음과 신앙심을 지니게 되었다. 그런데 그 당시 평양신학교는 지방별 기숙사 제도를 채택하고 있어서 같은 지방 출신 학생들끼리 지내도록 방을 배정해 주고 있었다. 주기철은 이 같은 제도는 학생들 간에 분열이 생기고, 지방색이 강화 될 수 있다고 생각했다. 그는 교장 나부열 박사를 찾아가 이 제도의 시정을 건의했다.

나부열 박사는 난색을 표명했다. 평양신학교가 지방별 기숙사 제도를 채택한 이유는 학생들을 교파별로 분리시키기 위한 것이었기 때문이다. 즉 그때 한국에 온 선교사들을 서로 지역을 나누어 선교활동을 하기로 합의했다. 그러기에 특정 선교사가 맡은 지역은 그 선교사의 교단을 대신했던 것이다. 이런 까닭에 총회에서는 지방별 기숙사 제도를 결의했고 그에 따라 평양신학교도 그 제도에 따라 기숙사를 운영했던 것이다. 이런 사연을 나부열 박사가 설명했지만 주기철은 신학교는 하나님의 말씀을 가르치고 배우는 곳이지 교단을 위한 곳이 아니라며 강하게 그 제도의 수정을 요구했다. 난처해진 나부열 박사가 지금 제도는 오랫동안 실시되어온 것이고, 아무도 그 시정을 요구하지 않았는데 지금 손대기는 힘들다는 입장을 고수했다.

주기철은 종교개혁을 예로 들며 더욱 강경하게 바람직하지 못한 이 제도는 시정되어야 한다며 물러서지 않았다. 마르틴 루터는 1,000년 이상을 유지해온 교황권에 도전하여 종교개혁을 성공시켰는데 몇 년 밖에 안 된 기숙사 제도를 바꿀 수 없다는 것은 말이 안 된다며 "신학교에서부터 교파별 교육을 실시한다면 기독교는 한국 국민들을 주 안에서 한 형제자매로 만들지 못할 것이니 이 같은 모순이 어디 있겠습니까?"라 열변을 토하자 나부열 박사는 지방별 기숙사 제도를 바꾸도록 총회에 건의하기로 결심했다. 그 결과 지방별, 교파별 기숙사 제도가 평양신학교에서 자취를 감추게 되었다. 양심과 하느님의 뜻 안에서 옳다고 생각되면 굽히지 않는 주기철의 결단과 용기와 지혜를 보여주는 사건이었다.

주기철이 옳다고 판단한 일 즉 지방별 기숙사 제도는 폐지되어야 한다는 주장은 주기철의 스승 조만식 선생이 일본에 유학할 때 연합교회를 세운 것과 맥락을 같이 한다. 그때 동경의 한국 유학생들은 장로교인들과 감리교인들이 교파별로 예배를 드렸다. 조만식 선생은 한국 기독교인들이 일본에 와서까지 분열된 모습을 보여선 안 된다며 두 교파 대표들을 설득하여 동경조선예수교 연합교회를 세웠다. 이 뿐만이 아니다. 그 당시 동경의 유학생들은 지방별로 유학생회를 결성하여 운영했다. 조만식은 이를 못 마땅히 여겨 전라도 출신 송진우와 경기도 태생 안재홍과 협의하여 1911년에 지방별로 운영되던 유학생회를 하나로 통합했다. 조만식과 주기철이 한 일은 때와 장소와 시기는 달랐지만 어떤 경우에도 우리 민족끼리 파벌을 만들고 분열을 조성하는 일은 삼가야 한다는 취지는 같은 것이었다. 그 스승에 그 제자였든 것이다.

주기철이 나부열 박사에게 지방별 기숙사 제도의 시정을 건의한 일이 있은 후에 오산학교의 설립자이신 이승훈 선생이 그를 찾아오셨다. 여러 차례 옥고를 치루시고 연세도 60이 넘으신 존경하는 스승님을 뵙는 순간 주기철의 눈에는 감격과 감사의 눈물이 흘러내렸다. 이승훈 선생도 사랑하는 제자를 보며 미소를 지으셨지만 눈에는 이슬이 맺히고 있었다. 한동안 반가움과 감격 속에 서로를 바라보다 이승훈 선생이 찾아온 목적을 말씀하셨다. 그는 주기철을 일본에 유학시켜 우리나라에 필요한 일꾼들을 길러내기를 원하셨다. 조만식 선생이 주기철에게 가졌던 기대와 똑 같은 바람이었다. 주기철은 퍽 난처해졌다. 존경하는 선생님의 간곡한 청이지만 이미 그의 삶을 하나님께 바치기로 결심한 그였기 때문이다. 머뭇거리는 주기철에게 이승훈 선생이 "내 청을 들어주지 않겠나?"라 다시 물어오자 주기철은 용기를 내어 "전 이미 저의 생을 하나님께 바치기로 결단했습니다. 선생님의 뜻에 따를 수 없음을 용서해 주시기 바랍니다." 이승훈 선생은 대인이었다. 주기철의 대답을 듣고는 "마음 정한 대로 하나님의 충성된 일꾼이 되시게. 그렇게 되기를 진정 바라네."라 주기철을 격려하고 발길을 돌렸기 때문이다.

조만식, 이승훈 두 민족의 지도자는 모두 주기철이 대한의 일꾼들을 길러내는 주역이 되어 주기를 원했다. 주기철이 하나님의 사람이 되기 위해 그들의 청을 받아드리지 못하자 그들이 보인 반응도 같았다. 멀리 보는 안목과 상대를 존중하며 포용하는 넓은 가슴을 지닌 두 분 선생님 밑에서 배운 주기철이 "일사각오"의 뜻을 세우고 끝까지 그 길을 갈 수 있었던 것은 너무도 당연한 일이였든 것이다.

1926년 30세의 나이로 평양신학교를 19회로 졸업한 주기철은 곧 바로 목사 안수를 받고 부산 초량교회의 위임목사가 되었다. 슬하에 네 아들을 거느린 가장이었지만 주 목사는 초량교회에 부임하여 사랑과 눈물과 겸손으로 맡겨진 양떼들을 돌보았다. 그 결과 100여 명에 불과했던 교인이 얼마 안 되어 300여 명으로 늘어나는 교회로 성장했다. 주 목사는 진주성경학교와 경남성경학교에서도 성경을 가르쳤는데, 손양원 목사를 비롯하여 이정심, 박손혁, 권재신, 한상동 목사들이 그에게서 성경을 배운 제자들이었다.

주 목사가 초량교회에서 사역할 때 한국기독교사에 빼놓을 수 없는 "신사참배" 문제가 본격화되기 시작했다. "신사"란 일본인들이 섬기는 태양신전을 말하는데, 일제가 전국 각지에 이 신사를 세워 놓고 한국인들에게 참배하도록 강요했으며, 심지어는 학교나 개인 집에까지 신사를 설치하도록 했다. 일제가 이처럼 신사참배를 강요한 것은 이를 통해 "황민화 정책"을 촉진하기 위해서였다. 하지만 한국의 기독교인들은 신사 앞에서 절하는 것은 우상숭배이기 때문에 신사에 참배하기를 거부했으며, 기독교 계통의 학교들도 일제의 신사참배 강요에 반발했다. 1930년에 들어서면서 일제가 신사참배를 더욱 강하게 밀어붙이자 한국교회들의 반발 또한 커지기 시작했다. 이런 상황을 직시한 주 목사는 "신사참배 거부안"을 경남노회에 제출했다. 일제에 대한 정면 도전이었다. "신사참배 거부안"이 경남노회에서 가결되자 주 목사의 이름이 한국교계에 널리 알려지게 되었다. 하지만 이로 인해 일제는 주 목사의 거동을 주목하기 시작했다.

일제의 식민통치 밑에서 그 누구도 엄두도 내지 못했던 "신사참배 거부안"을 주 목사가 노회에 제출했고, 그 안이 통과되자 유서 깊은 마산 문창교회에서 주 목사를 청빙하게 되었다. 문창교회가 그런 결정을 한 것은 교회내의 심각한 문제들을 해결하기 위해서기도 했지만 날로 심해지는 일제의 신사참배 강요에 항거할 수 있는 지도자가 필요했기 때문이었다. 박경조, 현완준 두 장로가 찾아와 문창교회의 결의를 전했을 때 주 목사는 어째서 문창교회 같은 큰 교회가 그와 같이 젊은 목사를 원하는 가 의아함과 동시에 막 자리가 잡혀가는 초량교회를 떠날 수 없다는 생각 때문에 무척 주저했다. 하지만 두 장로들로부터 문창교회가 주 목사를 원하는 진정한 이유는 신사참배를 거부하기 위함임을 알게 되자 그들의 청빙들 받아드리기로 결심했다.

부산 초량교회에서 6년을 시무한 후 문창교회로 사역지를 옮긴 주 목사는 진리의 말씀으로 교인들을 무장시킴으로 교회의 갈등과 분열의 문제를 해소하고 하나로 뭉친 교회로 만들었다. 이렇게 된 것은 주 목사가 그의 진실 된 삶을 통해 들려주는 설교와 가르침에 모든 성도들이 감동되어 그를 신뢰하며 그에게 순종했기 때문이었다. 특별히 교인 중에 오정모라는 여 성도는 주 목사를 누구보다 존경하여 그가 하는 모든 일을 돕기 위해 헌신적인 수고와 봉사를 아끼지 않았다. 그녀는 평안남도 강서 태생으로 정의여학교를 졸업하고 기독교 계통인 의신여학교에서 교편을 잡고 있으면서 문창교회에 다니고 있었는데 새로 오신 주 목사의 참된 사랑의 마음과 깊은 신앙심에 감동되어 기쁜 마음으로 그의 진실한 동역자가 된 것이다.

주 목사가 모든 교인들의 신뢰와 존경을 받으며 목양에 몰두할 때 안갑수 사모가 세상을 떠났다. 그때 주 목사 슬하에는 영진, 영만, 영해, 광조 네 아들이 있었으며, 막내 광조는 젖도 떼지 못했을 때였다. 그런 상황에서 아내가 유명을 달리했으니 주 목사는 참으로 난감했다. 하지만 주 목사는 열다섯 된 맏아들 영진이의 도움을 받아 막내를 돌보며 목회를 계속해야 했다. 담임 목사의 딱한 사정을 잘 알고 있었던 교인들은 주 목사에게 재혼을 권하기 시작했다. 특히 돌아가신 안갑수 사모의 언니 안음전 여사가 주 목사에게 재혼하라고 간곡하게 권유했다. 어린 조카들이 어머니 없이 고생하는 것을 보기 힘들었던 것이다. 그런데 안갑수 사모는 운명하면서 오정모 성도의 손을 꼭 잡고 주 목사와 어린 아이들을 부탁하는 유언을 남겼다. 이 때문인지 아니면 오정모 성도의 신앙이 워낙 깊고, 주 목사에 대한 존경심이 강해서인지 장로들이 주 목사와 그녀사이에 다리를 놓아 1935년 여름에 주 목사는 오정모 성도와 부부가 되었다.

같은 해 5월에 주 목사는 금강산 온정리 장로교수양관에서 있었던 목회자 수련회에 강사로 초빙되었다. 주 목사는 전국에서 모여든 250여 명의 목사들 앞에서 “예언자의 권위”란 제목으로 다음과 같은 설교를 하였다.

"선지자 예레미야는 자기의 조국 유다가 망하는 것을 보면서 눈물을 흘리며 회개하라고 목청이 터져라 외쳐댔건만, 오늘의 목사님들은 현세의 권력에 아부만 하고, 일본의 태평성대를 찬양하며 눈물은커녕 오히려 이 사악한 시대와 어두운 현실에 아첨을 하고 있는가? 세례 요한은 동생의 아내와 간통한 헤롯 왕을 그 면전에서 책망하였다. 죽이고 살리는 권세를 한 손에 들고 있는 임금 앞에서 그 죄를 책망하는 세례 요한은 물론 "일사각오"였고, 그 일사각오 연후에 할 말을 다 하였고, 그 일사각오 연후에 선지자의 권위가 섰던 것이다. 그런데 오늘날 목사님 여러분들은 강단 앞에서 하고자 하는 말을 왜 못하는가? 몰라서 말을 못하는가? 알고도 모른 채 하고 있는 것인가? 왜 벙어리가 되어 떨고만 있는가?"(주광조: "나의 아버지 순교자 주기철 목사" 페이지 25-26)

주 목사의 설교는 감시하고 있던 일본 경찰에 의해 중단되었다. 주 목사는 강단에서 끌려 내려왔고, 그 자리에 있던 250여 명 목사들도 강제로 해산 당했다. 이 설교는 오랫동안 세상에 빛을 보지 못하고 있다가 1979년 4월 주 목사의 35주년 추모 예배를 드릴 때 강신명 목사가 오래된 기독교 잡지에서 읽고 발표함으로 세상에 알려지게 되었다. 주 목사가 처음 할 때의 설교 제목은 "예언자의 권위"였지만 지금은 "중지된 설교"로 널리 알려져 있다.

주 목사의 또 하나의 역사적인 설교는 1936년 7월 1일 그가 모교인 평양신학교 대강당에서 한 "일사각오"(고난의 십자가를 질 각오) 이다.

"오늘은 7월 1일 도마가 순교한 날입니다."로 시작된 이 설교는 예수께서 죽은 나사로를 살리시려 베다니로 가시려 하자 제자들이 예루살렘과 인접한 그곳에 가시면 그들 죽이려는 무리들이 기다리고 있으니 가시지 말라고 만류했지만 도마 홀로 "우리도 주와 함께 죽으러 가자."고 나섰으며, 예수께서 승천하신 후 도마가 페르시아와 인도까지 가서 선교하다 창에 찔려 순교한 사실을 상기시키며 우리들도 그와 같은 일사각오로 십자가로 향하는 길을 걸어야 한다고 외쳤다. 이 설교를 할 때 주 목사는 이미 신사참배를 거부하다 순교할 것을 결심하고 있었던 것이다.

1936년 초여름 조만식 장로가 주기철을 찾아오셨다. 사제 간에 반가운 인사를 나눈 후 조만식 장로는 그가 온 까닭을 말했다. 그가 시무장로로 섬기는 평양 산정현교회가 정통 보수신앙을 지키려는 장로들과 현실과 타협하려는 목회자와의 갈등으로 진통을 겪고 있으니 보수신앙의 든든한 버팀목인 주 목사가 와서 산정현교회를 지켜달라는 것이었다. 주 목사는 어리고 부족한 그가 감당하기에는 너무 벅찬 일이라며 극구 사양했다. 그러나 조만식 장로는 일제의 신사참배 강요가 날로 심해지는 시점에서 한국교회를 대표하여 일제와 싸울 수 있는 믿음의 용장으로 주 목사만한 인물이 없다며 산정현교회의 청빙을 수락해 달라고 간곡하게 청했다. 그 당시 평양은 "한국의 예루살렘"으로 알려져 있었다. 따라서 일제는 어떻게 하든지 평양교회를 일본의 태양신 앞에 굴복시키는 것이 한국교회를 정복하는 길이요, 한국교회를 정복하면 한국인의 신앙심은 물론 민족혼까지 말살시킬 수 있다고 믿었다.

이런 상황에서 산정현교회는 신앙의 순수성을 지키며 신사참배를 거부할 강력한 영적 지도자로 주 목사를 선택한 것이다. 그 사실을 조만식 장로가 설명하자 주 목사의 마음이 움직이기 시작했다. 부산 초량교회에서 문창교회로 부임할 때 처음에는 주저했지만 문창교회가 신사참배에 끝까지 응하지 않으려고 그를 원한다는 것을 알고 사명감을 느꼈던 것처럼 말이다. 하지만 그가 돌보아야 할 문창교회의 양떼들을 생각하니 쉽게 결정할 문제가 아님을 깨달았다. 한편 조만식 장로가 온 까닭을 알게 된 문창교회의 교인들의 반발이 의외로 컸다. 이렇게 되자 조만식 장로는 일단 평양으로 되돌아갔다. 그가 떠난 후에도 주 목사는 신사참배를 강요받으며 신앙적인 갈등을 겪고 있는 산정현교회로 가는 것이 그의 사명이라는 생각을 떨쳐버릴 수가 없었다. 한편 평양에서는 더 험악한 사태가 벌어지기 시작했다. 신사참배를 통해 평양교회를 장악하기 위해 평남도지사가 강경책을 쓰기 시작하여 신사참배를 거부하는 서양 선교사인 숭실전문학교 교장을 해임하고 감금했다 추방시켜 버린 것이다.

이렇게 되자 조만식 장로는 다시 문창으로 가서 주 목사에게 상황을 설명하고 그의 결단을 촉구했다. 기도하며 하나님의 뜻을 묻던 주 목사는 다시 오신 조만식 장로의 말을 듣고 평양을 지키려 가겠다는 결의를 밝혔다. 하지만 문창교회 제직들의 반발을 무마하는 일은 결코 쉽지 않았다. 교인들도 결사적으로 주 목사를 보낼 수 없다고 막아섰다. 조만식 장로는 그들 앞에 서서 주 목사가 평양으로 가지 않으면 안 되는 까닭을 설명했다. "내가 주 목사님을 모시러

온 것은 평안도 교인들을 신앙의 위기에서 건져내고, 악랄한 일제와 맞서 싸워 이 나라 기독교를 구해내기 위해서입니다. 주 목사님이 아니고는 평양의 위기를 구해낼 영적 지도자가 없습니다. 주 목사님이 평양으로 가시는 것은 하나님의 뜻입니다. 사랑하는 문창교회 성도 여러분, 하나님의 뜻에 순복하여 주 목사님을 평양으로 보내주시기를 부탁드립니다." 민족의 지도자요, 덕망 높으신 조만식 장로의 호소를 듣고 문창교회 교인들은 눈물을 머금고 주 목사를 산정현교회로 보내기로 허락했다. 1936년 여름 주 목사가 40세 되던 해였다.

산정현교회 담임목사로 부임한 후 주 목사는 "신사참배는 십계명의 첫째와 둘째 계명을 범하는 것인 만큼 신사에 참배하는 교인은 교적에서 삭제되고, 출교 당함이 마땅하며, 이로 인해 발생하는 모든 문제에 대한 책임은 당회장인 제가 질 것입니다."라 신사참배에 대한 산정현교회의 공식입장과 담임목사인 그의 책임한계를 분명히 밝혔다. 거기서 그치지 않고 주 목사는 설교를 통하여 신사참배가 계명위반임을 계속하여 강조했다. 그러자 그때까지 신사참배에 관해 모호한 태도를 취해오던 교인들의 태도가 단호해지며, 흔들리던 그들의 신앙도 확고해 졌다. 하지만 일경의 주 목사에 대한 경계와 감시는 더욱 심해졌다.

주 목사는 교인들의 신앙심을 굳건히 함과 동시에 교회증축에 착수했다. 건물이 노후하여 교회신축이 필요하기는 하지만 시국이 험난하고 건축에 필요한 자금도 없다며 반대하는 사람들도 있었다.

그러나 주 목사는 이럴 때 일수록 하나님의 집을 높고 화려하게 지어야 하며, 교회건축을 통하여 성도들의 마음이 하나로 뭉쳐질 수 있다며 교회건축을 추진해 나갔다. 처음에는 반대하거나 방관적이던 이들도 성전건축에 대한 주 목사의 설교를 듣고 감동되어 마음을 바꾸어 많은 액수의 건축헌금까지 바치게 되었다. 그 당시 조만식 장로가 관여하는 물산장려회 본부가 평양에 있었던 관계로 힘있는 기업인들 중 기독교인들이 많았다는 점도 건축기금을 마련하는 데 큰 도움이 되었다. 모든 교인들이 하나로 뭉쳐 노력한 결과 1937년 9월 800평 대지위에 새 교회가 우뚝 서게 되었다. 그때 한국에서 제일 큰 교회건물로서 5층이었다.

모든 교우들이 기뻐하며 헌당예배를 드릴 날이 되었다. 그런데 예배가 시작되기 전에 갑자기 들이닥친 경찰들이 주 목사를 연행해갔다. 이 같이 주목사가 헌당예배를 드리기 직전에 연행된 까닭은 평북 신천에서 열린 평북노회의 결의사항 때문이었다. 평북노회에서 일경의 강압에 못 이겨 신사참배에 응하기로 가결한 사실이 알려지자 평양신학교 학생들은 분노했다. 그들은 평북 노회장이던 김일선 목사가 평양신학교 교정에 기념식수한 소나무를 도끼로 찍어버렸다. 경찰은 학생들의 신사참배 반대운동이 확대되지 못하게 하기 위해 소나무를 찍어버린 학생들을 모두 체포하여 감금한 후 주동자와 그 배후를 캐기 시작했다. 그 과정에서 그들은 주 목사를 배후인물로 단정하고 구속해 버린 것이다. 이렇게 되자 산정현교회 헌당예배는 담임목사가 없는 가운데 교인들끼리 눈물을 흘리며 드려야 했다. 이 같은 슬픈 현상은 그 후 7년 동안 산정현교회가 당해야 할 고난의 시작이었고, 주 목사에게는 순교로 향하는 첫 발걸음이었다.

수감된 주 목사에 대한 심문의 핵심은 그가 신사참배에 참여하도록 설득하는 것이었다. 주 목사가 죽더라도 신사 앞에 절하지 않을 것이며, 교인들에게도 그렇게 가르칠 것임을 분명히 밝히자 그들은 주 목사에게 혹독한 고문을 가했다. 그러나 주 목사는 굴하지 않았다. 그러던 어느 날 그들은 아무런 설명도 없이 주 목사를 석방했다. 주 목사가 돌아오자 조만식 장로를 비롯한 교인들의 기쁨은 컸다. 그러나 본인인 주목사와 오정모 사모의 얼굴은 어둡기만 했다. 주 목사는 그를 갑자기 풀어준 것은 또 다른 음모를 꾸미기 위해서일 것이라 믿었고, 오정모 사모는 남편이 혹시라도 신사참배를 하기로 합의하고 나오게 된 것이 아닌가 염려스러웠던 것이다. 오 사모의 이 같은 염려를 알게 된 조만식 장로는 주 목사를 모독하는 생각이라며 펄쩍뛰었고, 주 목사도 자기는 이미 죽기로 결심한 몸이라며 그의 굳은 의지를 다시 한 번 다짐하였다.

일경은 주 목사를 방면하기는 했지만 그에 대한 감시는 더욱 철저하게 실시했다. 그러면서 그들은 평양에서 열리는 27회 예수교장로회 총회에서 신사참배 결의안을 통과시키기 위한 치밀한 준비공작을 하기 시작했다. 일단 총회에서 신사참배를 하기로 결의하면 개교회들은 그 결정에 따라야 했기 때문이다. 그들은 친일파 목사들을 모아 협의한 결과 총회에서 그 안에 반대할 만한 목사들을 "예비검속" 하기로 결정했다. 그러고는 총회가 열리기 2달 전에 주기철,

채정민, 이기선 목사 등을 검거하여 평양경찰서에 수감시켰다. 주 목사기 1938년 7월에 두 번째로 구속된 것은 이런 까닭에서였다.

27회 총회에 참석하기 위해 각 도에서 총대들이 평양으로 모여들자 일경은 목사와 장로 한 명에 형사 둘씩을 배당하여 그들을 감시하며 협박했다. 27회 총회에는 목사 86명, 장로 85명, 선교사 22명 총 193명이 참석하였는데, 고등계 형사 97명이 그들 사이사이에 끼어 앉았다. 이 같은 상황에서 진행된 총회는 일사천리로 신사참배 참여를 결의했다. 그러고는 다음과 같은 성명서를 발표했다.

"우리들 목사는 신사참배가 종교적인 신앙문제도 아니요, 기독교 교리에 위반되는 것도 아니라고 이해하고 신사참배를 솔선 이행할 뿐만 아니라 더 나아가 국민정신 총동원에 참가하여 비상시국 하에서 대일본 제국의 황국시민으로서 충성을 다하기로 행세합니다."
("나의 아버지 순교자 주기철 목사" 페이지 34)

27회 총회에서 신사참배 동의안이 의결되자 일경은 주 목사를 비롯하여 예비 검속했던 목사들을 석방했다. 경찰서를 나와 그가 혹독한 고문을 당하는 동안 일어난 일들을 알게 된 주 목사는 참담한 심정으로 집에 들어섰다. 주 목사를 대하는 순간 오정모 사모가 던진 첫 질문은 "이겨냈습니까?"였다. 주 목사가 일경에게 굴복하고 풀려난 것이 아니냐고 물은 것이었다. 말없이 고개를 끄덕이는 남편을 바라보며 오 사모는 안도의 숨을 내쉬었다. 그녀는 남편이 모진 고문을 당하면서 받은 고통보다 혹시라도 그가 고문의 고통을 이기지 못하고 항복했나를 걱정했던 것이다. 순교자 주기철 목사 옆에 반석보다 굳건한 믿음을 소유한 오정모 사모가 있었다는 사실을 우리는 기억해야 할 것이다.

주 목사가 돌아오자 산정현교회 교인들은 너무도 기뻐 그와 함께 석방된 채정민, 이기선 두 목사까지 초청하여 즐거운 잔치를 베풀고 하나님께 감사했다. 하지만 한국교회를 그들의 손아귀에 넣으려는 일제의 시도는 더욱 노골화 되었고, 그들의 박해를 견디지 못하고 신사에 절하는 믿는 자들이 늘어나기 시작했다. 그들 중에는 주 목사와 함께 투쟁하던 목사와 장로들도 있었다. 주 목사는 한없이 외롭고 슬펐다. 하지만 죽기까지 일제의 신사참배 강요에 항거하려는 그의 굳건한 의지는 조금도 흔들리지 않았다. 이럴 즈음에 "농우회" 사건이 터지면서 주 목사는 또다시 구속되었다.

농우회는 1930년대에 평양신학교 학생들을 중심으로 조직된 일종의 농촌계몽운동 단체였다. 하지만 그 내부에는 민족의 독립과 민족운동의 정신이 깔려있었고, 신앙운동도 포함되어 있었다. 농우회 운동에 참여한 학생들은 졸업 후 목사안수를 받고 각 지역으로 흩어져서 사역하면서도 이 운동을 계속해서 펼쳐나갔다. 그러던 중 의성교회에서 시무하던 유재기 목사가 이 운동에 관련된 혐의로 체포되면서 그 교회의 젊은이들도 모두 붙잡혀 들어갔다. 일경은 농우회 회장이 조만식 장로라는 점에 착안하여 주 목사를 그 배후인물로 여겨 검거 조처한 것이다. 평양에서 경상북도 의성까지 압송된 주 목사는 7개월 간 모진 고문을 받았다. 그들은 농우회 사건에 연류 되었다는 누명에 신사참배 문제까지 결부시켜 주 목사를 얽어 넣으려고 수단과 방법을 가리지 않았다. 그러나 주 목사는 무너지지 않았고, 7개월 후 석방되어 평양으로 돌아왔다. 돌아온 후 주 목사는 의성에서의 고통을 다음과 같이 술회하고 있다.

“7개월 동안 의성에서 받았던 육체적인 고통은 그래도 견딜 수가 있었는데 정신적인 고독감은 정말 견디기가 어려웠다. 70여 명의 동지가 하루아침에 다 잡혀왔지만 하룻밤 자고 나면 한 동지가 두 손을 번쩍 들고 일본에 항복하곤 했다. 또 하룻밤 자고나면 두 사람의 동지가 나가 버리고, 또 하룻밤 자고 나면 또 나가 버리고…. 12월이 다 돼 가니까 그 수많던 동지들이 다 나가 버리고, 마지막 네 명만 남아 끝까지 항거했는데, 그때 받았던 정신적인 고독감, 외로움은 정말, 정말 견디기 어려웠다.”(“나의 아버지 순교자 주기철 목사”, 페이지 48)

육신의 고통 앞에 무력한 인간의 나약한 모습과 믿음과 신앙의 사람 주 목사의 위대함을 알 수 있는 고백이 아닐 수 없다.

죽음의 시련을 이겨낸 주 목사는 1939년 2월 첫 주일 아침에 평양으로 돌아왔다. 그날 산정현교회로 그의 설교를 듣기 위하여 산정현교회 교인 1천여 명과 이웃 교회의 성도들과 평양시민들을 포함한 2천여 명이 모여들었다. 평양 주변의 여러 경찰서에서 보낸 형사대가 교회 주변을 포위한 가운데 진행된 예배에서 주 목사는 설교를 시작하기 전에 성경 두 곳을 읽었다. “나로 말미암아 너희를 거슬러 모든 악한 말을 할 때에는 너희에게 복이 있나니, 기뻐하고 즐거워하라. 하늘에서 너희의 상이 큼이라. 너희 전에 있던 선지자들도 이같이 박해하였느니라."(마 5:11-12) "생각하건데 현재의 고난은 장차 우리에게 나타날 영광과 비교할 수 없도다."(롬 8:18) 이들 말씀을 읽은 후 주 목사가 한 설교는 "다섯 제목의 나의 기도"였다.

"내 기도의 첫 번째 제목은 '죽음의 권세로부터 이기게 하여 주옵소서'입니다. 주님을 위하여 열 번 죽어도 좋지만 주님을 버리고 백 년, 천 년을 산들 그것이 무슨 삶이겠습니까? 오직 '일사각오'가 있을 뿐이오니 이 목숨 아끼다 우리 주님 욕되지 않게 사망의 권세에서 나를 이기게 하여 주옵소서. 둘째, 나의 기도는 '장시간의 고난을 이기게 하여 주옵소서'입니다. 이제 받는 고난을 오래가야 70년이요, 장차 받을 영광은 주님과 더불어 영생불사의 몸이 될 것이라. 오직 주님의 십자가를 보고 나아가오니 이 몸을 붙들어 주사 이 환난을 이기게 하여 주옵소서. 셋째, 나의 기도는 '내 어머니와 나의 처자를 주님께 부탁합니다.'입니다. 나에게는 70이 넘은 어머니와 병든 아내와 아들 넷이 있습니다. 연로하신 어머니와 병약한 아내와 네 어린 자식들을 남겨 두고 죽음의 길을 가야하는 이 마음 한없이 괴롭습니다. 자비로우신 내 주님께 부탁하오니 인정에 억매이지 않게 하며 주옵소서. 순교자로서 갖추어야 할 초인적인 용기를 제게 주옵소서. 넷째, 나의 기도는 '의에 살고 의에 죽게 하옵소서.' 입니다. 어떤 환난이나 곤고나 핍박이나 기근이나 적신이나 위험이나 칼 앞에서도 내 주 그리스도와의 사랑은 끊을 수 없으니 오직 의에 살고 위에 죽게 하옵소서. 다섯째, 나의 마지막 기도는 '내 영혼을 내 주님께 부탁합니다.'입니다. 주님이 지신 십자가를 붙잡고 내가 쓸어 질 때 내 영혼을 내 주님께 의탁합니다. 더러운 땅을 밟던 이 제 발을 씻어서 나로 하여금 하늘나라의 황금 길을 걷게 하옵소서. 죄악에 오염된 이 세상에서 나를 온전케 하사 하늘나라의 영광의 존전에 서게 하여 주옵소서. 내 영혼을 오직 내 주님께 부탁합니다."("나의 아버지 순교자 주기철 목사, 페이지 52-58)

순교를 각오한 주 목사의 이 설교를 들으면서 2천여 성도들 모두가 울음을 터뜨렸다. 그러면서 그들은 주 목사의 유언과 같은 이 말씀을 듣고 굳건한 믿음 위에 서서 영원한 하늘나라를 향해 전진할 결의를 굳게 했다. 하지만 이 설교는 일제에게 주 목사는 결코 그들의 회유나 협박이나 고문에 굴하지 않을 것이란 확신을 주었기에 그들은 산정현교회 당회에 주 목사를 해임하라고 강요했다. 그때 산정현교회의 당회원 이었던 조만식, 오윤선, 김동원, 유계준 등의 장로들은 모두가 애국지사요, 민족주의자요, 독립운동가 들이었다. 따라서 그들은 일경의 강요나 협박에 눈 하나 깜박하지 않았다. 그러자 그들은 주 목사를 네 번째로 평양경찰서에 감금시키고 평양노회로 하여금 주 목사를 산정현교회 담임목사직에서 파면하는 결의를 하도록 했다. 동시에 조만식 장로를 비롯한 일곱 장로들을 정직 처분해 버렸다. 석 달 후에는 산정현교회 자체를 폐쇄하고 말았다. 때문에 주 목사가 평양경찰서에서 석방되었을 때 그는 목사직에서 파면되어 있었고, 교회는 폐쇄되었고, 가족들은 목사관에서 쫓겨나 있었다. 하지만 이것으로 일제의 주 목사와 그의 가족들에 대한 핍박이 끝난 것은 아니었다. 그들은 주 목사에 대한 식량배급마저 금지시켰던 것이다. 그렇지만 신사참배를 거부하는 주 목사의 자세에는 조금도 흔들림이 없었다. 일경은 주 목사를 또다시 구속했다. 마지막으로 구속되면서 주 목사는 어머니의 손을 잡고 기도했다. "오 주님! 내 어머니를 내 주께 부탁합니다. 불의한 이 자식의 봉양보다 자비하신 주님의 보호하심이 더 나은 줄로 믿고, 내 어머니를 전능하신 당신께 부탁하옵고, 이 몸은 주님이 지신 십자가를 지고 주님의 발자취를 따라갑니다."("나의 아버지 순교자 주기철 목사", 페이지 74)

기도를 마친 후 주 목사는 그날 그 자리에 있던 20여 명의 산정현교회 제직들과 함께 그가 제일 좋아하는 찬송 "저 높은 곳을 향하여"를 불렀다.

> "저 높은 곳을 향하여 날마다 나아갑니다.
> 내 뜻과 정성 모아서 날마다 기도합니다.
> 내 주여, 내 발 붙드사 그 곳에 서게 하소서.
> 그 곳은 빛과 사랑이 언제나 넘치옵니다."

찬송을 마친 후 주 목사는 마지막 설교를 하였다. "주님을 위하여 당하는 이 수욕을 내가 피하여 이 다음 주님이 '너는 내 이름과 내 평안과 내 즐거움을 다 받아 누리고 내가 준 그 고난의 잔을 어찌하고 왔느냐?'고 물으시면 내가 무슨 말을 하겠습니까? 주님을 위하여 져야 할 이 십자가, 주님이 주신 이 십자가를 내가 피하였다가 주님이 이 다음에 '너는 내가 준 십자가를 어찌하고 왔느냐?'고 물으시면 내가 어떻게 주님의 얼굴을 뵈올 수 있겠습니까?' 오직 나에게는

'일사각오'가 있을 뿐입니다."("나의 아버지 순교자 주기철 목사" 페이지 78)

평양경찰서에 구속된 주 목사는 1년 4개월 동안 별의별 악독한 고문을 수없이 당했지만 끝내 굴하지 않았다. 1941년 8월 25일 평양형무소로 이송된 후에도 주 목사가 당한 수모와 고난은 말로 표현할 수 없을 정도였다. 그런 주 목사를 향해 오정모 사모는 "당신은 꼭 승리하셔야 합니다. 결단코 살아서는 이 붉은 문밖을 나올 수 없습니다."를 되풀이했다. 그러면 주 목사는 "그렇소, 내 살아서 이 붉은 벽돌문 밖을 나갈 것을 기대하지 않소. 내 죽음이 한 알의 썩은 밀알이 되어서 조선교회를 구해주기 바랄뿐이요."라 답하곤 했다. 그 아내에 그 남편이었다.

평양형무소에서 2년 8개월 동안 계속된 혹독한 고문에 시달린 주 목사는 너무도 심신이 약해져서 1944년 4월 13일 병감으로 옮겨졌다. 하지만 그의 건강은 회복할 수 없게 악화되어 있었다. 그런데도 그의 얼굴에는 알 수 없는 광채가 빛나고 있었으니 놀라운 일이었다. 1944년 4월 21일 저녁 9시 30분 주 목사는 "나의 하나님이시여, 나를 붙드시옵소서."라 기도하며 조용히 숨을 거두었다. 48년의 짧은 삶이었지만 빛나고 영광된 승리의 삶이었다.

주 목사가 운명한 후 슬피 우는 성도들에게 오정모 사모가 엄숙하게 말했다. "지금은 울 때가 아닙니다. 지금은 기도할 때입니다. 주 목사님은 나약해서, 힘이 모자라서, 부족해서 죽은 것이 아닙니다.

당연히 말해야 할 때, 벙어리가 될 수 없어서, 당연히 가야할 길을 도망치거나 피하고 싶지 않아서, 그리고 당연히 죽어야 할 시간에 살아남을 수 없어 죽었을 뿐입니다. 그리스도와 함께 십자가를 지는 자만이 그리스도와 더불어 영광을 나눌 수 있습니다."

주기철의 순교의 발걸음을 살펴보면 그는 예수님을 닮은 죽음으로 순교한 것을 발견하게 된다. 예수께서 십자가 위에서 그의 육신의 어머니 마리아를 요한에게 부탁하셨듯이 그는 어머니를 하나님께 맡기었으며, 예수님이 운명하시면서 그의 영혼을 하나님께 의탁하신 것처럼 주 목사도 숨지면서 그의 영혼을 받아달라고 하나님께 기도했기 때문이다.

예수님을 닮은 죽음으로 생을 마감한 주기철 목사가 흘린 순교의 피는 일제의 식민통치를 받으며 움츠러들었던 한국교회에 활력을 불어넣어 주었다. 뿐만 아니라 그의 순교는 사람들의 마음에 민족혼을 불러일으키며 항일정신을 고취시켰다. 신사참배 거부는 우상숭배를 금하는 하나님의 계명을 지키기 위함임과 동시에 일본제국에 머리 숙일 수 없다는 단호한 항일정신의 발로였던 것이다. 그런 까닭에 대한민국 정부는 주기철 목사에게 1963년에 건국훈장 독립상을 수여했다.

이 같은 정부의 처사에 의아심을 품는 이들도 있다. 주기철 목사가 신사참배를 거부하다 순교한 것은 사실이나 그는 직접 독립운동을 하지는 않았다는 것이 그네들의 생각이다. 그들이 그런 견해를 표명하는 근본적인 이유는 주기철 목사가 신사참배에 항거한 것은 하나님의 계명을 지키기 위해서였지 독립운동을 하기 위한 데 그 목적이 있지는 않았다는 것이다. 주기철 목사가 청년시절에 삼일만세 운동에 참여했고, 청년운동도 했지만 그가 실제로 독립운동에 뛰어들었거나 독립운동자금을 모금하거나 지원한 적은 없다는 것이 그들이 주기철 목사를 독립운동가로 인정하지 않으려는 근거이기도 하다. 어떤 이는 주기철 목사는 신사참배와 더불어 일제가 우리민족에게 강요한 창씨개명에 대하여는 적극적으로 반대하지 않았다는 점을 지적하며 그는 순교자일 뿐이지 독립투사는 아니라고 생각하기도 한다.

주기철 목사가 어떤 형태로든 독립운동에 앞장 선 일도 없고, 독립운동을 지원한 적도 없는 것은 사실이다. 그러나 주기철 목사가 죽기까지 신사참배에 불응한 것은 독립운동과 직접적으로 연관되어 있다. 일제가 신사참배 정책을 강하게 실시한 것은 우리민족에게 일본의 정신을 주입시키고, 그들의 침략전쟁에 우리 젊은이들을 참전시키기 위함이었다. 때문에 주기철 목사가 목숨을 걸고 신사참배를 거부한 것은 일본 정책에 순응하기를 거부한 것이다. "신사참배는 일본 천황과 국가에 절대 충성을 맹세하고 그 전쟁에 복종을 맹세하는 것이기 때문에 이를 거부한다는 것은 일본 국책에 따르지 않는 것이 된다. 따라서 당시 신사참배를 완고하게 거부했던 조선의 기독교는 조선통치의 암적인 존재였다." 동경성서교회 담임목사 노데라 히로무매가 "주기철 목사의 신사참배 저항운동의 의미"에서 한 말이다. 일본 목사가 한 이 말에 의하면 주기철 목사의 신사참배 거부는 "최강의 민족운동이며 최강의 독립운동"이었다고 말 할 수 있는 것이다. 이런 의미에서 유주경 독립기념관 관장은 "우리나라의 독립운동사를 말함에 있어 주기철 목사님을 비롯한 기도교계의 공헌은 정말로 크다."고 말하는 것이다.

죽기까지 하나님께 충성하다 그를 위해 예비 된 생명의 면류관이 기다리는 저 높은 곳을 향해 가신 주기철 목사가 우리들의 가슴에 심어준 "하나님 사랑"과 "조국애와 민족애"를 발휘하며 살아갈 때 우리의 삶은 풍성한 열배를 맺으며, 우리 조국은 선진대열의 선두에 우뚝 서는 자랑스러운 나라가 될 것이다.

주기철 목사의 일사각오와 기도바위

▶ 비전의 사람, 한국의 친구 헐버트

호머 헐버트

호머 헐버트 Homer Bezaleel Hulbert

미국의 감리교회 선교사이자, 목사로 육영공원 교수로 근무하여 영어를 가르쳤던 교육인으로 대한제국의 항일운동을 적극 지원하였다. 그의 한국어 이름은 헐벗 또는 흘법(訖法), 허흘법(許訖法), 할보(轄甫), 허할보(許轄甫)였다. 대한민국 정부로부터 외국인으로서는 최초로 건국공로훈장 태극장(독립장)이 추서됐다.

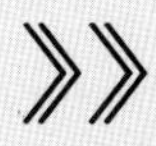

중국인들은 익히기 어려운 한자를 그만 버리고 한글을 채택해 사용하는 것이 좋을 것이다.

- 호머 헐버트

비전의 사람, 한국의 친구 헐버트

김 정만

19세기 말에서 20세기 초 세계는 대격변의 시대를 맞았다. 영국의 빅토리아 여왕이 세계를 지배하던 빅토리아시대(1837-1901)가 저물며 그 자리를 서서히 미국을 중심으로 한 서방세계와, 중국, 소련 그리고 극동에서 세력을 확장시켜 나가는 일본이 채우고 있었다. 그 사이 대영제국의 세력은 예전만 못했지만 자유주의, 개인주의를 표방하면서 자유무역을 기초로 한 자본주의를 발달시킨 빅토리아리즘은 세계로 퍼져 나갔다. 이 시기 국력이 차츰 강대해진 미국은 비록 제국주의 경쟁에선 유럽국가 들에 비해 한 발 뒤쳐졌으나 무역확대를 꾀하며 태평양 건너편 시장에 도전했다. 그 첫 신호탄을 쏘아 올린 것은 1853년 일본에 흑선을 끌고 상륙한 메튜페리 제독 이었다. 그리고 평화 통상 아니면 전쟁을 택일하라며 강제로 1858년 미일수호통상조약을 이끌어 냈다. 일종의 불평등 조약이었다. 이 사건으로 일본은 할 수 없이 서양에 항구를 열고 근대화를 시작했고 메이지유신으로의 정치체제의 변화와 함께 급격한 산업발전이 이뤄졌다. 이러한 산업발전은 부국강병으로 이어지고 결국 약소국 아시아와 이웃국가들에 대한 침략으로 이어졌다. 일본은 미일수호통상조약에서 과거 미국에게 당했던 수모와 방법들을 동원해 군함을 이끌고 한국에 와 강제로 한국의 문호를 열어젖혔다. 그것이 1876년 강화도 조약이다.

강화도조약 이후 6년 되던 1882년, 한국과 미국은 조미수호통상조약(朝美修好通商條約)을 체결했다. 우리나라 역사상 처음으로 서구열강과 맺은 근대적조약체계로, 이는 지난 100여년 넘는 격동의 한미관계의 첫시작을 알렸다. 총14개조로 구성된 이조약의 제1조는 거중조정(居中調停) 항목이라고도 부르는, 만약 타국이 불공경모(不公輕侮 -부당하게 업신여김)하는 일이 있게 되면 일차조치를 거친 뒤에 필수 상조하여 잘 조치한다는 내용이 포함되었다. 또한 제 10조는 양국간 문화교류를 도모하는 내용을 담았다. 이 조약 제 10조에 의거해 1886년 우리나라 최초의 국립 서양교육기관인 육영공원(育英公院 - 한국 최초의 근대적 명문 귀족 공립학교)이 설립되었다. 호머 헐버트(Homer B. Hulbert)는 당시 이 학교의 교사로 초빙된 세 명 중 한 사람이었다.

서구문물과 세계정세에 나름 관심이 높았던 고종임금은 이 육영공원의 운영에 지대한 관심을 표명하고 때로는 그자신이 직접 시험관이 되어 미국교사 3인이 지켜보는 가운데 원생들을 선발하곤 했다. 이러한 인연으로 고종과 헐버트와의 상호신뢰적인 유대관계가 형성되기 시작했다. 특히 고종은 헐버트에게 깊은 신뢰를 보냈는데 1895년 말 벌어진 명성황후가 일제에 의해 시해당하는 을미사변이후, 신변의 위협을 느낀 그는 매일 밤 헐버트에게 불침번을 부탁해

왕의 신변보호를 요청했다. 이때 고종을 옹위한 외국인은 헐버트뿐만 아니라 미국인 선교사 언더우드, 아펜젤러, 게일, 존스, 캐나다인 에비슨 등이 있다. 언더우드, 아펜젤러 등은 개신교 선교사로서 비교적 널리 알려져 있지만 헐버트는 한국에서 펼친 여러 괄목할만한 활동에 비해 생소하여 본 글을 통해 소개하고자 한다.

"역사는 무엇인가"를 저술한 에드워드 카(EdwardHalletCarr)교수는 "역사는 현재와 과거사이의 끊임없는 대화."라고 정의했다. 우리는 헐버트라는 한 미국인의 생애를 통해, 당시 한국과 세계의 모습을 이해하고 이를 바탕으로 현재 우리가 마주한 세계의 도전들을 헤쳐 나가는 기회로 삼을 수 있다.

1886년 약관 23세에 고종의 초청으로 인천 제물포에 도착했을 때, 헐버트에게는 조선의 모든 것이 낯설었다. 하지만 그는 한국의 문화와 정서를 금세 꿰뚫어 보는 능력을 가졌다. 그에게 조선은 중국과 일본의 정치, 문화적 영향을 받고 있으나 이들과 다른 독특한 역사와 전통을 가진 무한한 가능성의 나라였다. 그러나 조선은 보수적인 관료체제로 국제적인 변화와 개방에 적응하지 못하고 열강들 사이에 끼어 비극적인 처지에 있는 것으로 보였다.

비록 이방인이었으나 1949년 8월 5일 86세에 한국에서 생을 마감할 때까지, 헐버트는 한국과 미국을 오가며 교육자, 역사가, 한글학자, 언론인, 출판인, 기독선교사이자 한국의 주권을 위해 싸운 독립투사로 활동했다. 특히 그는 고종이 가장 신임했던 외국인이자 외교고문으로 세 차례에 걸쳐 고종의 비밀특사로 활동하면서 일제의 강제병합을 막기 위해 끝까지 힘쓴 인물이었다. 1905년 헐버트는 미국을 방문해 루즈벨트 대통령을 만나 고종의 친서를 전달하고 을사늑약의 부당성을 알리려고 했다. 1907년 왕의 밀령을 받아 이준, 이상설, 이위종 등의 헤이그 특사활동을 측면에서 지원했다. 비록 일본의 방해로 실패했지만 고종의 뜻에 따라 상하이 독일계 은행인 덕화은행(德華銀行)에 예치되었던 고종의 내탕금(비자금)을 찾아 독립운동지원자금으로 활용하고자 했다. 1910년 한일병합이후 미국에 거주하는 동안 서재필, 이승만과 독립운동을 함께했다.

또한 기독교선교 및 한국문화의 발전과 관련해 우리가 주목할 점은 헐버트가 YMCA의 초대회장을 역임했으며 한글의 맞춤법과 띄어쓰기를 정립했다는 것이다. 한국인에게 기독교문서선교를 전개하면서 언더우드와의 치열한 논쟁 끝에 조선인들에게 생소한 "여호와" 대신 "하나님(하느님)"이라는 명칭을 한국어 번역 성경에 싣기도 했다. 그는 심지어 구전으로 전해오던 전통노래인 아리랑에 서양식 음계를 붙여 세계에 알렸다. 1896년 2월 영문월간지〈한국소식〉에 아리랑은 한국인에게는 쌀과 같은 존재로 설명하며 악보와 함께 소개했다.

그는 한국역사에 관한 왕성한 집필활동도 했다. 〈사민필지(士民必知)〉, 〈대동기년(大東紀年)〉, 〈한국평론(Korea Review)〉, 〈한국사(The History of Korea)〉, 〈대한제국 멸망사(The Passing of Korea)〉 등을 저술했다. 특히 영문잡지 〈한국평론〉을 모아 출간한〈한국사〉와 영문〈대한제국 멸망사〉는 미국과 유럽의 역사학자들에게 지금도 한국사 연구의 시초로 평가받고 있다. 그의 〈한국사〉는 서양인들에게 한국의 역사와 문화전반을 소개했으며, 〈대한제국 멸망사〉는 조선의 부패하고 변화를 거부하는 관료체제에 대한 비판을 담기도 했다. 또한 헐버트는 한국인들이 교육과 순수한 인간성의 계발을 통해 자신들을 지배하려는 일본인의 멸시와 핍박을 이겨낼 능력을 갖춰야한다며 각성을 촉구했다. 이러한 그의 교육 및 저술활동은 그의 20대 초반에서 40대에 이루어졌으며 중년이후에는 미국에 주로 체류하며 주류 사회내 한국독립의 필요성을 역설(力說)하는 독립운동을 전개했다.

헐버트는 1863년 1월2 6일 미국버몬트(Vermont)주에서 3남 1녀 중 차남으로 태어났다. 아버지는 버몬트주 미들베리(Middlebury)대학 학장이자 회중교회(Congregational Church)목사인 칼빈헐버트(Calvin Hulbert)였다. 어머니는 인도에서 복음을 펼친 선교사의 딸 메리우드워드(Mary Woodward Hulbert)였다. 그녀의 증조할아버지는 미국 아이비리그(IvyLeague)대학중의 하나인 다트머스(Dartmouth)대학의 창립자였다. 헐버트는 이러한 가정환경에서 칼빈주의의 영향을 받아 충실한 기독교정신 하에서 성장했다. 그의 부모가 "인격이 승리보다 중요하다.(Character is more fundamental than victory.)" 라는 가훈 속에서 그를 성장시켰다면, 그는 매사에 원칙을 중요시하면서 "편법(便法)은 원칙을 이기지 못한다.(Expediency must always yield to principle.)"는 좌우명으로 불의와는 타협하지 않는 삶을 살았다. 평소 여행과 탐험, 테니스, 음악을 사랑했던 청년헐버트는 1884년 외가에서 설립한 다트머스 대학의 학사과정을 마치고 그 해에 유니언신학교(Union Theological Seminary)에 들어가 2년 가까이 수학했다. 그가 조선에 온 것은 신학교 2학년 재학 중이었다. 당초 그의 부모는 같은 학교 졸업반인 형 헨리헐버트(Henry W. Hulbert)를 파견하고자 했지만 동생 헐버트가 스스로 조선으로 가기를 간절히 원했다고 한다. 이미 언급한 대로, 그가 조선에서 처음 근무한 곳은 육영공원이었다. 당시 조선의 관료들은 육영공원이 단순히 고등기술관료 양성을 위한 영어학습기관으로 이해하고 있었다. 하지만 헐버트의 생각은 달랐다. 그는 미국교육국장 Eaton의 권고에 따라 육영공원을 영어중심의 교양과 목위주의 예과 2년, 전공분야과목위주의 본과 4년, 총 6년제의 대학으로 발전시킬 구상을 가졌다. 그러나 육영공원은 양국지도부 간 교육방침의 차이와 재원부족 등의 이유로 개원 10년 만에 문을 닫았다. 이는 일반학교 운영의 관점에서 바라보면 짧은 기간이라 조선정부의 실패한 교육정책의 결과라고 볼 수 있지만 여기서 배출된 112명의 졸업생들은 폐원이후 조선사회 각 분야에서 두각을 나타냈다. 특히, 영어교육의 이점을 살려 동문들은 미국과 유럽의 외교관으로 활약했다. 대표적인 인물들로는 국채보상운동에 앞장섰던 심계택(沈啓澤), 일제의 국권박탈에 항거해 목숨을 끊은 외교계의 이한응(李漢應), 의병과 만주지역 독립운동가인 이세영(李世永) 등이 있다.

헐버트는 5년간 육영공원에서 근무한 뒤 1891년 미국으로 귀국했다. 이 당시 한국체류 중에 잠시 미국으로 돌아가 1888년 9월 메이 한나(May Bell Hanna)양과 결혼했다. 그는 2년 후 감리교 선교사 자격으로 한국에 재입국했다. 감리교 선교부가 운영하는 삼문출판사(三文出版社,The Trilingual Press)의 관리자로 오게 된 것이다. 전임자였던 올링거(Frank Olinger) 목사가 싱가포르로 전근하게 되자, 아펜젤러의 알선으로 한국에 온 것이었다. 이 후 4년 동안 헐버트는 삼문출판사를 운영하며 여러 많은 교리서를 발간했다. 그는 한국의 풍수쟁이, 이두, 미술, 속담, 문화, 한국민족의 기원에 관해 소개한 한국화보(韓國華報,The Korea Repostory)라는 월간 영문 잡지 편집에도 기여했다.

1897년 6월 헐버트는 감리교 선교부를 사임한 뒤 한성사범학교(漢城師範學校) 영어교사로 취임했다. 그 배경에는 명성황후 시해사건과 춘생문(春生門)사건 등으로 왕이 일본을 두려워하고 서양인을 가까이하면서 한성사범학교의 교육이 일본식에서 점차 서양식으로 바뀌어갔기 때문이다. 춘생문 사건이란 친미, 친러파 일당이 고종을 경복궁에서 미국공사관으로 피신시키려다 실패한 사건으로 결국에는 황제가 러시아 공사관으로 피신하는 아관파천으로 이어졌다. 이때 앞서 말한대로 고종은 헐버트와 언더우드 등의선 교사들을 신뢰해 자신의 신변보호를 요청했는데 이렇게 맺은 인연을 바탕으로 헐버트는 조선황실의 지원아래 한성사범학교의 교사가 될 수 있었다.

1900년에는 현 경기 고등학교의 전신인 한성중학교(漢城中學校)로 자리를 옮겼다. 1년 후부터 헐버트는 영문월간지〈한국평론(The

Korea Review)〉을 발간했다. 그는 박면식이라는 훌륭한 한국인 어학선생으로부터 한국어를 배웠다. 그와 함께 헐버트는 한문으로 쓰여진 각종 교리서를 한국어로 번역했다. 한국사에 지대한 관심을 가졌던 헐버트는 박면식의 도움으로 〈한국평론〉에 한국의 역사에 관한 여러 글을 남겼다. 또한 헐버트는 박면식에게 한자로도 역사서를 저술하도록 했는데, 그결 과가 조선왕조의 개국부터 1895년까지 약 504년의 역사를 다룬 〈대동기년(大東紀年)〉이다. 대동기년은 상해 미화서관(美華書館)에서 간행했는데 총5권으로 구성되었다.

헐버트는 1903년에 한국의 청년들을 계몽시키고자 YMCA를 설립하고 초대회장으로 취임했다. 그러나 한국에서의 왕성한 활동을 내려놓고 그는 2년 뒤 고종황제의 특사로 미국으로 돌아가 루즈벨트 대통령에게 한국독립의 정당성을 피력하고 일제침략의 부당함을 알리고자했다. 즉 1882년 체결한 조미수호조약 제1조의 거중조정의 항목에 의거 한국이 일본으로부터의 속박에서 벗어날 수 있도록 도움을 요청하기 위해서였다. 헐버트는 미국의 수도워싱턴에서 백악관과 국무부를 수차례 드나들며 고종의 친서를 미국대통령 루즈벨트에게 전달하려했으나 번번이 거절되었다. 결국 1905년 7월 17일 을사늑약이 체결되었고 일본으로부터 미국은 한국국민은 보호조약이 체결되어 매우 만족한다는 성명서를 수취했다. 이 공표를 수용한 미국은 즉시 서울주재 미국공사관을 철수시켰다. 향후 대한제국과 관련된 모든 외교관계는 일본주재 미국공사관을 거친다고 워싱턴의 한국공사관에 통보했다. 어간에 러일 전쟁 직후 미국은 7월 29일 일본과 소위 카쓰라테프트 밀약(Taft-Katsura Agreement)을 교환하며 미국은 필리핀에 대한 지배권을 가지고, 일본은 대한제국의 지배권을 가진다는 것을 상호 용인했다. 이러한 일련의 일들이 이미 전개 된 후 헐버트는 1905년 11월 25일 미 국무장관 루트를 만나 고종 황제의 친서를 전달할 수 있었다. 미국백악관과 국무부는 헐버트의 친서전달을 고의로 지연시키면서 을사늑약과 카쓰라 테프트 밀약이 체결될 때까지 시간을 끌었던 것이다. 마지못해 친서를 전달받은 루트에게 헐버트는 "당신은 우리미국이 일본과 문제가 있기를 바라오?"라는 퉁명한 대답을 들어야만했다. 화가 치밀어 그에게 소리를 지르고 말았지만 헐버트는 다만 이 기회를 통해 당시 미국도 다른 열강들과 마찬가지로 자국의 국익도모와 증대를 최대의 목표로 삼는 국제사회의 냉엄한 현실을 깨닫게 되었다.

1907년 6월 헐버트는 또다시 고종의 부름을 받았다. 이번에는 네덜란드의 헤이그에서 열리는 제2차 만국평화 회의에 밀사로 가게 됐다. 그의 임무는 한국대표 이상설, 이준, 이위종 열사들이 활동을 돕는 것이었다. 고종이 이 회의에서 밀사들을 통해 을사조약의 무효함을 알리고자 했다. 헐버트는 서울을 떠나 일본을 거쳐 러시아의 블라디보스톡으로 가 시베리아 철도를 이용해 프랑스의 파리에 들렀다가 헤이그에 도착하는 긴 여정을 완수 했지만 막상 도착해서는 일제의 방해로 회의장에 조차 들어가지도 못했다. 네덜란드 역시 그 당시 인도네시아 통치문제를 둘러싼 주도권을 잡고자 일본의 심기를 건드려 봤자 별 이득이 없다는 계산 하에 한국 대표단의 회의장 참석을 사전 차단했다. 이 사건이 발각되면서 일본은 고종을 황제 직에서 강제 퇴임시켰고 끝내 헐버트는 미국으로 돌아가게 되었다.

1909년 9월 한국에 다시 돌아온 헐버트는 3개월 동안 머물며 YMCA와 상동교회 청년회 등에서 강연을 했고 평양에서 열린 장로교 선교 25주년 기념식에도 참여했다. 이 기간 중 헐버트는 퇴임한 고종으로 부터 예상치 못한 밀령을 받았다. 고종의 조카 조남승이 헐버트에게 전달한 명령은 상하이 독일계 은행인 덕화은행에 예치한 왕실의 내탕금(內帑金)을 찾아 미국 은행에 예치해 놓으라는 것이었다.

조선의 왕들은 소위 비자금이라고 할 수 있는 내탕금을 보유했다. 내탕금은 왕이 내시들을 통해 사적으로 관리하는 특별회계였다. 개국 초에는 고려왕실로부터 전수받은 왕실재산과 태조 이성계(李成桂) 가문의 사유재산을 관리하기 위해 내수사(內需司)라는 기관이 관장했다. 이성계의 집안은 고려시대부터 왜구의 침공이나 황건적의 난등 전쟁에서 승리한 공로로 많은 상을 땅으로 받게 되고 이성계가 왕이 될 때에는 함경도의 땅 3분의 1이 그들의 땅이었다고 한다. 고종은 아예 내수사를 내장원(內藏院)으로 승격시켜 황실재산을 관리하게 했다. 관료들은 내탕금의 규모가 얼마인지는 알 수 없었으나 한때는 내탕금의 규모가 정부재정보다 많을 때도 있었다고 한다. 고종은 국내의 철도부설권이나 광산 채굴권 등 각종 이권을 러시아를 비롯한 열강에 넘기면서 그 대가로 20-25%를 뒤로 받아 내탕금을 축척해 사용했다.

내탕금의 용도는 부정적인 측면도 있었지만 긍정적인 부분도 있었다. 왕이 나라를 위해 어떤 과업을 수행코자 하는데 신하들이 세금쓰기를 반대할 때나 그 반대로 꼭 필요한 사업이어서 나라가 자금을 집행하려 하는데 공식적인 자금줄이 막히면 왕이 내탕금을 풀어서 해결했다. 대표적인 사례 중 하나가 정조가 사도세자의 능을 건설할 때 내탕금을 사용 능 주변의 땅값을 백성에게 네 배까지 비싸게 쳐주고 이사비용까지 지불했다.

고종은 내탕금을 풀어서 헤이그 특사를 네덜란드까지 보낼 비용을 장만했다. 또 비밀리에 거금의 내탕금을 독일계은행 중국지점에 입금해 놓고 헐버트로 하여금 이 자금을 인출해 한국의 독립을 위한 자금으로 활용코자 했던 것이다. 그러나 이러한 노력은 수포로 돌아갔다. 헐버트가 인출관련 서류를 지참하고 덕화은행을 찾았을 때는 일본당국이 이미 자금을 빼간 뒤 1년이 지난 시점이었다.

헐버트는 미국 귀국 후 미국정부 요로와 독립운동을 한 동지인 이승만에게 그리고 정부수립 후에도 생을 마감할 때까지 한국정부에 양국간 이 내탕금문제를 원만히 해결할 것을 지속 촉구해왔다. 현재 관련문서와 자료는 70년 동안 아무조치도 없이 정부문서창고에 잘 보관되어 있으며 언젠가는 해결이 날것으로 기대하고 있다.

1910년대 이후 헐버트는 미국에서 언론을 통한 홍보와 강연으로 독립운동을 이어갔다. 그는 서재필, 이승만과 한국독립 운동을 위해 협력했고 한국교포들 뿐 아니라 미국인들을 대상으로 식민지 한국의 실정을 알리는 작업을 했다. 그가 강조한 내용은 미국이 한국과 체결한 조미수호통상조약에서 상대 국가가 위험에 처했을 시 , 원조와 도움을 제공하자는 거중조정의 항목에도 불구하고, 미국정부가 실제로는 일본의 한국침략을 용인 했다는 것이었다.

그는 각계각층에 포진된 미국 내 친일인사들과 언론에서 논쟁을 벌이기도하며, 한국의 독립을 강력히 호소했다. 특히 대한제국의 미국인고문 스티븐스는 대표적인 친일파인사로서 미국인 사이에서 한국인을 옹호하는 헐버트와는 대조되는 인사로서 언론을 통한 헐버트와의 논쟁으로 유명했었다. 그는 일본의 한국지배는 한국에 유리하다는 발언을 언론을 통해서까지 서슴지 않고 주장하면서 패륜아적인 행동을 이어가던 중 결국 샌프란시스코 페리부두에서 해외교포 장인환, 전명운의 총탄에 처단 당했다.

1911년 한국에서 105인 사건이 발생하자 헐버트는 미국언론을 통해 일본 측의 처사를 비난했다. 그는 105인 사건에 담긴 일본의 저의를 파악하고 1912년 7월14일 〈뉴욕헤럴드〉에 기고한 글에서 이 사건을 일본의 기독교에 대한 박해로 규정했다. 나아가 일본이 태평양 지역에 패권을 잡고자 미국에 압력을 행사하는 것이라고 주장했다. 기독교는 한국과 미국사회를 연결시켜주는 다리와 같기 때문에 일본 입장에서는 한국 내 기독교의 확산을 저지하고자 이 같은 만행을 저질렀다는 것이다.

헐버트는 1919년 3.1운동을 전후해 파리강화회의 한국대표단을 후원하고 미국 내 주요도시에서 한국친우회(The League of Friends of Korea)의 결성을 주도했다. 한국친우회는 한국문제를 해결하고자 텀킨스(Floyd W.Tomkins)와 서재필이 미국 내친한파를 결속시키려는 목적으로 결성되었다. 헐버트는 총21개의 한국친우회중 9개를 도맡아 결성했으며, 미국의회에 탄원서를 제출하기도 했다. 이밖에도 1921년 서재필이 주관한 3.1운동 2주년기념식과 1929년 뉴욕한인교회에서 한인연합행사로 거행된 10주년기념식에 서재필과 함께 주연사로 참석했다.

그는 1934년 이승만이 계획한 월간잡지 "Orient"에 주요필진으로 참여하면서 이승만과의 인연을 이어갔다. 또한 이승만의 주도로 조직된 한미협회의 전국위원으로 활약했고 1940년대에 들어 더욱 그의 조력자가 되었다. 헐버트는 1942년 한인자유대회(Korean Liberty Conference)에 이승만과 함께 참석해 마지막 날 연설을 했다. 이 행사는 태평양전쟁 발발직후 미국수도 워싱턴에서 열린 미주한인 최대의 행사였다. 헐버트는 이때에도 한일병합의 부당성을 피력했으며, 한국의 주권회복이 반드시 필요함을 역설했다. 이어 그는 1944년 1월 20일과 21일 양일간 오하이오주 애쉬랜드(Ashland)에서 치러진 한국독립승인대회에 참석했다. 헐버트는 이 대회에서 미국각지에서 모인 친한파 기독교인회원들에게 한국이 극동지역 기독교문명의 중심지가 될수 있도록 한국의 독립을 도와줄 것을 호소했다.

해방이후 비록 남북으로 분단된 상황이었으나, 헐버트는 1948년 대한민국 정부수립 및 광복절 3주년기념일을 맞아 귀빈으로 초대되었다. 그러나 안타깝게도 암으로 투병중인 부인의 병환이 깊어져 한국에 올 수가 없었다. 병든 아내를 바라보며, 헐버트는 한국을 위한 자신의 활동에 배우자로서 자녀들을 양육하며 희생적으로 살았던 부인 메이 한나와의 추억을 생각했다. 결혼 후 얼마 지나지 않아 한국에서 낳은 첫 아들 쉘던(Scheldon)은 생후 1년 만에 질병으로 세상을 떠났다. 둘째 딸 메들린도 급성뇌종양으로 15세에 미국에서 사망했다. 딸이 사망했을 때는 헐버트가 잠시 한국을 방문했던 1909년 가을이었다. 부인으로부터 둘째딸이 뉴욕의 병원에 입원하여 목숨이 경각에 달렸으니 조속히 미국으로 귀국했으면 좋겠다는 전보를 받았다. 그러나 그는 고종으로부터 내탕금을 인출하라는 비밀특명을 받았다. 그래서 당장 미국을 갈 수 없었고 끝내 딸의 죽음을 보지 못했다. 이일로 이후 부인 메이한나는 어린 두 자녀를 가슴속에 묻은 채 40여 년 동안 우울증으로 지내오다가 암에 걸린 것이다, 끝내 부인 메이한나는 숨을 거두어 미국 땅에 묻혔으나 헐버트는 1948년 12월 22일 이승만대통령에게 송부한 편지에서 "나는 웨스터민스터 사원보다 한국 땅에 묻히기를 원합니다." 라고 적었다. 그의 외손녀 주디의 증언에의 하면 그는 오래전부터 이 말을 되뇌었다고 한다.

1949년 이승만 대통령은 다시 헐버트를 귀빈으로 초청했다. 그의 가족들은 86세의 노인이 샌프란시스코에서 배를 타고 태평양을 거쳐 한국으로 가는 여정이 너무 위험하다며 만류했다. 그러나 그는 한국을 진심으로 그리워했다. 이대로 한국으로 가면 죽을 줄을 알면서도 그는 기꺼이 한국을 찾았다. 그는 입국한지 일주일 만

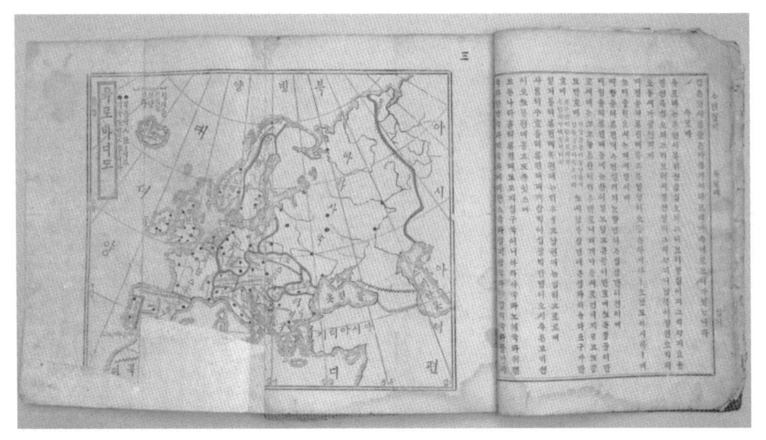

호머 헐버트가 만든 최초의 한글 지리교과서 사민필지(士民必知)

양화진의 헐버트 묘

에 여독으로 인한 과로로 숨을 거두고 그의 유언대로 한국 땅에 묻혔다. 비록 그는 파란 눈의 이방인이었으나 한국과 한국인을 깊이 사랑한 친구였다. 헐버트는 우리나라가 국제무대에서, 무한한 잠재역량을 가지고 있으면서도 항상 시달림만 받을 뿐 높은 평가를 받아 본 적이 없다며 한국에 대한 무한한 동정심과 사랑을 가지고 살았다. 임종직전 그는 두 가지 소원을 품고 있었다. 하나는 통일된 한국을 보는 것이고 다른 하나는 고종의 내탕금을 일본으로 부터 찾아 한국인에게 되돌려 줘야 한다는 것이다. 아쉽게도 헐버트의 소원은 아직까지 이루어지지 않은 채, 그는 지금 그의 첫아들 쉘던과 함께 양화진 외국인 선교사 묘원에 묻혀있다. 정부는 그에게 1950

년 3월 1일 외국인으로서는 처음으로 건국공로훈장 태극장을 추서했다. 이어 그는 2014년 10월 9일 한글날에 한글보전과 보급에 헌신한 공로로 금관문화 훈장을 받았다.

[참고자료]

- 이광린, "헐버트의 한국관," 한국근현대사연구 9 (1998): 5-21.
- 홍선표, "헐버트 (Homer B. Hulbert)의 재미 한국독립운동," 한국독립운동사연구 55 (2016): 54-91.
- 한철호, "헐버트의 만국 평화회의 활동과 한미관계," 한국독립운동사연구 29 (2007): 175-228.
- 윤경로, "Homer B.Hulbert연구,한국에서의 활동을 중심으로," 고려대학교 석사학위 논문 (1977).
- 최보영, "육영공원 교사 헐버트의 독립운동과 학원의 사회진출," 역사민속학 52 (2017): 165-196.
- 김기석, "헐버트: 대한제국의 마지막 밀사," 한국사 시민강좌 34 (2004): 81-92.
- 에드워드 카 지음, 김택현 옮김, 『역사란 무엇인가』, 까치, 2015.
- 김동진, 『파란눈의 한국혼 헐버트』, 참좋은친구, 2010.
- 전택부, 『양화진 선교사 열전』, 홍성사, 2005.
- 호머 헐버트 지음, 신복룡 역주, 『대한제국멸망사』, 집문당, 2019.

백경자 편

▶ 송죽결사대로 시작한 독립 운동가 황애덕여사

황애덕 여사

황애덕 여사

일제강점기 송죽회원, 애국부인회 총무를 역임하며 애국계몽운동에 앞장선 독립운동가. 일명 애덕(愛德)·애시덕(愛施德).13세 때 평양정진여학교(正進女學校) 3학년에 입학하였다. 졸업 후 곧 이화학당(梨花學堂)에 입학해 1910년에 졸업하였다. 졸업 후 곧장 평양의 숭의여학교(崇義女學校) 교사로 부임해 학생들에게 민족정신을 고취하였다.

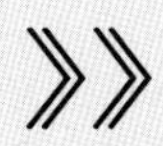

국가의 대사를 남자들만 하겠다는 겁니까?
수레바퀴는 혼자서 달리지 못합니다.

- 3.1만세운동 준비에 동참하면서 황애덕 여사가 외친 말

송죽결사대로 시작한 독립 운동가 황애덕여사

백 경자

구한말 많은 여성들이 일본의 식민지로 가부장제적 굴레 속에서 신음하고 있을 즈음 일찍이 여성들의 활약이 얼마나 중요한 때인지를 지각한 황애덕 여사는 이일을 여러 계몽운동을 통해서 평생 동안 자신을 바쳐서 사신 선구자 여성운동가이며 독립투사이다.

일제강점기에 심한 감시 하에서도 한국의 여성운동의 시작은 1898년 찬양회가 조직되면서 시작하였다. 이시기에 나라의 운명이 일제의 억압아래 미래가 암울할 때 여성들은 국채보상운동에 적극 참여하면서 여성도 국민의 일원이라는 점을 대내적으로 각인시키기는 시점이 되었고, 이 시작이 1913년 비밀결사대 송죽회를 구성하는 동기가 되면서 독립운동을 전개해 나가는 구심점을 만들게 되었다. 얼마 후 3.1운동이 일어나자 국내외적으로 여성의 위치가 얼마나 중요한가를 전국적으로 알릴 수 있는 동기가 되었다.

출생과 여사의 가계

황애덕 여사는 평안남도 평양에서 1892년 4월19일 유학자이며

한의사인 아버지 황석청과 전도부인 어머니 유홍례 여사사이에서 2남6녀 중 4째 딸로 출생하여 1971년 8월 24일 돌아가실 때까지 교육자, 항일운동가, 농촌 계몽가, 여성소비운동, 정치인으로 숭고한 삶을 살고 간 투사이다. 본관은 제안(濟安)이며 여사의 이름은 황애덕, 애시덕으로 영어 에스터(Esther)를 한글로 음차한 이름이다.

여성운동가 황신덕은 그의 여동생이며 일설에서는 그의 언니라고도 알려져 있다. 황애덕 여사의 어린 시절은 고향에서 한학을 배우다가 13세 때에 평양정진여학교 3학년에 편입하게 되었다. 정진여학교는 그 당시 평양에서 여성을 위해서 설치된 서북지역최초의 여자교육기관이었다. 1905년 정진여학교를 딸이 최우등으로 졸업한 후에 아버지는 미리 정해놓은 약혼자와 결혼을 종용하였으나 그녀는 자신이 공부해 나라 일을 해야 하니 혼인을 못한다는 자신의 의사를 아버지의 제안에 단식투쟁으로 항거하고 이화학당중등부에 입학하게 되었다.

여사의 부모님들은 평양외성에 살면서 선교사인 여의사홀(R.S.Hall)을 만나게 되었고, 그 인연으로 인해서 근대교육에 일찍이 눈을 뜰 기회가 되었고, 그 영향으로 부모님들이 개방적인 사고를 가진 가정에서 성장하면서 그 누구보다도 황애덕 여사는 교육의 혜택을 그 시대에 일찍이 받을 수 있었다. 이런 환경에서 성장한 황여사는 민족의 현실을 가늠할 수 있었고 배움에 대한 열정도 어느 누구보다도 강했다. 그 시절 6형제 모두 정상교육을 받기가 어려운 형편이었지만 황여사는 학업을 계속하기 위해서 단식투쟁을 했고, 진학한 정진여학교에서도 2년 반 만에 수석으로 졸업하고 여의사인 Hall선교사의 도움으로 이화학당에 진학할 수 있었다. 그곳에서 신마실과 박인덕, 신준려 등 신여성들과 만날 수 있는 기회가 되면서 뜻이 맞는 지식애국여성동지회를 결성하게 되었다.

그녀는 언제나 짧은 저고리를 입고 또각거리는 가죽구두와 시계를 착용하고 다녔으며 누구에게나 늘 당당했던 여사의 일생은 어린 시절에도 독립과 애국밖에 존재하지 않았고, 젊은 청소년들에게는 민족정신을 불어넣은 정신적 지주 역할을 했던 진정한 교육자였다. 그러던 어느 날 가족의 결혼권유에 황여사는 결단을 내렸다. "저는 좀 더 공부해 나라의 일을 해야 하니까 혼인을 할 수 없습니다." 라고 자기의 의사를 부모님들에게 확실히 밝힌 후 자기가 지향하는 세계를 찾아서 출발했다는 것은 그 시대에 여성으로서 엄청난 용기가 필요한 결심이었다.

송죽결사대란

황여사는 서울에서 수학하는 동안 시야를 넓히는 기회가 되면서 1910년 이화학당을 졸업 후 평양의 숭의여학교 교원으로 첫 직장을 시작했다. 1913년 교편생활을 하는 중에 여사는 동료교사 김경희와 교회친구 안정석(安貞錫)과 더불어 비밀여학생결사대인 '송죽회(松竹會)'를 결성했는데 애국사상이 깊던 동지들과 학생들을 엄선하여 한글교육과 국사교육 등의 정신교육을 시키고 송죽회 지부설립과 연락망을 지도하면서 동시에 군자금과 물자를 마련하여 중국과 만주의 조선인 항일독립단체를 도우는 일을 주로 하게 되었다.

이 단체를'송죽결사대'라 이름을 짓고 나이가 어린 사람은 죽형제, 나이가 든 사람은 송형제라 불렀다.

3.1 운동이후에는 서북 지방의 애국부인회를 통합해 '대국애국부인회'로 발족되었고, 일본으로 유학을 간 뒤에도 송죽회 성격의 비밀단체로 형성해나갔다. 송죽회는 지방부인회를 흡수하면서 100명이 넘는 회원학보, 상하이 임시정부에 독립자금지원활동을 계속해 나갔다. 그해 한일합방이 터지자 학생들에게 민족정신을 고취시키는 계기가 되고 항일독립운동에 나섰다. 이 단체의 회장에는 숭의학교 제1회 졸업생인 김경희가 맡았고 만남은 매월15일 밤 12시에 회의 개최장소는 학교 기숙사 지하실, 월 회비는 30전이었으며 모임이 시작되면 먼저 모두가 태극기에 경의를 표시하고 나라의 독립을 구하는 기도를 했다. 모임이 끝날 때는 각각자신을 성찰하고 서로에게 도움이 되는 길을 모색하고 회의를 끝마치곤 했다. 그 당시 평양은 일찍이 안창호, 조만식 선생들과 같은 지식인들이 애국활동을 하기위해서 수차례 방문을 하여 애국심을 불러일으키는 강의를 해주었으며 동시에 사람들에게 '애국가' 등의 창가를 부르게 함으로서 어린학생들과 젊은 사람들에게 많은 독립 정신적 영향을 끼쳤던 도시였다.

이 단체에서 그녀의 주요활동은 머리카락, 떡, 자수를 팔아서 모은 자금을 군자금으로 해동독립운동단체에 전달하는 것이 이 단체의 주요 일들이었다. 송죽결사대 대원들은 졸업 후나 어디로 전근을 갈 경우에도 그곳에서 계속적으로 활동을 하면서 적극적으로 조직회를 이어나갔다.

일본유학과 독립운동

여사는 3년 동안 숭의여학교에 근무하다가 1918년 선교사홀(Hall,R.S.)의 권유로 의학공부를 하기위해서 일본으로 유학길에 올랐다. 도쿄로 간 황여사는 도쿄의학전문학교에 입학한 후 김마리아*, 나혜석, 송복신, 이은혜, 정자영 등과 함께 동경여자유학생회를 조직하여 일본유학중인 조선인 여자유학생간의 친목과 더불어 기독교 종교 활동, 배일사상을 알리고 애국심을 심어주는데 많은 활약을 하였다. 한편 그곳에서도 송죽회 일은 멈추지 않고 계속했으며 평양에서도 그 맥을 이어 3.1운동을 주도하였다. 1919년 황여사는 도쿄여자의학전문학교 2학년 재학 중 2월 8일의 독립선언에 참여하게 된다. 1919년 1월부터 조선인 여학생을 찾아다니며 독립선언에 참여할 것을 호소하였고 2월 6일 동경유학생총회 때까지 남녀는 만물의 두 개의 수레바퀴와 같은 것이므로 독립운동에 여자들도 당연히 참여하여야할 의무가 있다는 것과 여자도 조선의 국민이고 백성이라는 점을 들어 구국운동에 동참해야함을 적극적으로 역설했다.

허지만 국제정세변화와 조국의 현실은 더욱 심각하게만 되어 갔다. 그래서 황여사는 이시기에 의학공부가 자기가 하고자 하는 공부가 아니라는 것을 깨닫게 된 후 반면 일본유학생 유학계를 이끌고 있던 김마리아와 힘을 합해서 여성대중잡지 '여자계'를 창간하고 조선여자유학생친목회 활동에도 참여하게 되었다. 이런 활동 중

알게 된 미국 윌슨대통령의 민족자결주의의 원칙은 황여사를 비롯한 도쿄유학생들을 1919년 2.8일 독립선언으로 나아갈 수 있게 이끌어준 동기가 되었다.

이 친목회는 2.8독립선언서 낭독에도 참여하게 되는데 이로 인해서 결국은 일본의검거 열풍이 일어나고 마침내 황여사는 비밀서류를 감추고 일본여성으로 변장하여 조국으로 돌아왔다. 이미 입국해 있던 김마리아와 3.1운동을 모의하고 끊임없이 전개되는 만세운동과 그곳에서 만세를 소리쳤던 수많은 군중 속에 황여사도 함께 합류하게 된다. 그리고 3.5일 서울일대의 만세시위현장에서 그는 김마리아, 박인덕과 함께 체포되었다. 허지만 체포된 여학생들은 당당했다. 〈신한민보〉는 1919년 6월 7일자에 심문을 받으면서도 당당했던 여학생들의 모습을 “감옥 중에서 무쌍한 수욕을 당하면서도 왜놈검사의 취조를 받되 조금도 겁나함이 없이 용감하고 활발한 태도로 정당한 도리를 들어 항변하매 …” 라고 표현했다. 황여사는 1919년 3월 19일부터 8월까지 옥고를 치렀고 출옥한 뒤에도 김마리아와 애국부인회를 조직해 독립운동을 꽤한다는 이유로 다시 옥고를 치르게 되었다.

1925년 가출한 뒤 황여사는 이화학당 대학부 3학년에 편입해 사감 겸 교원으로 활동을 계속했다. 그리고 조선여자기독교청년연합회 위원장으로 전국 지방단체순방, 조국의 현실을 자신의 눈으로 목격하면서 나라의 장래를 걱정하게 되고 그 결과 미국유학길에 오르게 되었다.

황여사는 미국으로 간 후 시카고에서 가정부일을 하면서 학비와 생활비 등을 벌다가 육체적으로 너무나 힘들어 정신여학교 친구인 신마리아를 찾아가 도움을 받고자했지만 결국은 향수장사까지 하면서 생활비를 벌어야 했다.

1928년 귀국하여 조국에 머무는 동안 파리강화회의에 여성계대표를 보내려고 자금을 모아서 전달하게 되는데 이일로 일경에게 체포되어 5개월간 수감생활 후 석방된 황여사는 항일운동을 계속할 방안을 모색하였다. 이때 탄생한 것이 '대한민국애국부인회(독립운동단체1919년 설립)' 였다. 이 단체의 활동은 전국에 지부확장, 독립자금을 모아서 상하이임시정부를 지원했다. 회장에 김마리아, 부회장에 이혜경, 총무에 본인이 맡게 되었다. 이것이 지식인 여성들이 처음으로 국내외여성들을 총망라하여 거대한 여성항일단체로 결성하게 되었다. 본부의 모임장소는 정신여자학교 지하실이었다. 하지만 두 달도 채 지나지 않아서 밀정의 제보로 조직의 실상이 일본에 탐지되어 상해임시정부의 독립자금 모금과 송달을 하다 적발되어 일제의대대적 검거열풍에 간부전원이 체포되고 황여사 역시 그날밤 대구경찰서로 압송되면서 3년간 수감되었다.

허나 이일로 그동안 자신이 해온 활동에 대한 계몽운동이 얼마나 필요한가를 절감하게 되었다. 그녀가 감방에서 여성죄수들에게 한글과 성경을 가르친 것도 이러한 이유 때문이었다. 대한민국애국부인회의 활동은 그 이후 한국여성운동의 발전에 모체로서 크게 영향을 주었다는데 확신한다.

애국부인회와 투옥사건

이때 독립운동가외에도 많은 기독인들이 투옥되었다. 이 활동의 중심인물인 황여사가 감옥에 있는 동안 심한 고문에 매일 시달려야 했고 6개 월동안 취조를 받고난 후 대구지방법원에서 징역3년을 선고받았지만 복역 중 2년 만에 가석방을 받고 출옥하게 되었다. 감옥의 겨울은 견딜 수없이 춥고, 여름에는 덥고 냄새가 워낙 지독해 견딜 수가 없어서 황여사가 기절을 한 적도 있었다고 전해진다. 하루에 13시간을 고된 노동에 무릎과 치아에 이상이 생겨서 그 후유증으로 평생을 고생을 하며살아야 했지만 황여사에게는 이것이 하고자하는 일을 막을 수 없었고, 희망을 잃지 않고 낮에는 부역, 밤에는 죄수들에게 성경공부, 산술, 한글 등을 가르치며 그들에게 희망과 꿈을 심어주는데 시간을 아끼지 않았다. 출옥 후 황여사는 자기가 한일, 계몽이 얼마나 중요한 것을 몸소 깨닫고 그 일의 연속으로 태화관에서 여성교육운동, 근우회활동에 심혈을 기울였다. 반면 여성농촌계몽운동, 여성소비운동에 전력을 쏟았으며 여성운동에 평생을 바친 투사이시다. 나라를 잃고 수없이 많은 동족이 고통 속에 신음할 때 한사람의 선각자가 얼마나 귀중했는지를 역사가 우리에게 말해주고 있다.

황여사는 촌음을 아껴서 1919년 3월 중순, 오현주(吳玄州), 오현관(吳玄觀), 이정숙(李貞淑) 등이 3.1운동 투옥지사에 대한 옥바라지를 목적으로 혈성단부인회를 조직, 활동했다. 4월에는 최숙자(崔淑子) 김희옥(金熙玉) 등이 대조선독립애국부인회를 조직했지만 두 부인회는 그해 6월 임시정부에 대한 군자금지원을 위해서 통합하게 되었고 이 독립운동단체는 대한민국 임시정부수립 후 이를 지원하면서 그 산하에서 독립운동을 추진해나갔다. 애국부인회는 서울에 본부를 두고 지방에 지부를 조직하고 지방에도 다수의 지부까지 두었지만 활약부진으로 간부를 해체하고 재조직에 의견일치, 장시간 비밀회합 끝에 대한민국애국부인회를 탄생시켰다. 새로 탄생한 애국부인회는 전에 없던 적십자부장과 결사부장을 각각 2명씩 두어 항일독립전쟁에 대항할 힘을 모았다. 본부회장에는 김마리아, 부회장 이혜경, 총무 황애덕, 재무 장선희,적십자부장 이정숙, 윤진수, 결사부장 백신영, 이선완, 교제부장 오현주, 서기 신의경, 부서기 김영순 등이었다.

지부는 서울, 대구, 부산, 흥수원, 재령, 진남포, 원산기장, 영천, 진주, 청주, 전주, 군산, 황주, 평양 등에 설치하고 각지부에 결사대를 두었다. 애국부인회는 부인들을 각성시켜 국권과 인권의 회복을 목표로 하며 국민 된 의무를 다하고 공화국국헌을 확장하는데 목표를 두었다.

이같이 애국부인회는 민주주의이념의 확고한 이념의 기초위에서 항일여성운동을 추진하였으며 활동한지 1-2개월 만에 6000원이라는 거액의 군자금을 모아서 상해로 보내는 성과를 거두었다. 또 두 달 만에 백 명이 넘는 회원을 확보하는데 성공, 교회지도급 여성과 여교사, 간호원 등이 주축을 이루었고 그중 가장 많은 숫자가 간호원이었는데 그들은 독립 전쟁에서 백의천사로 활약하고자 했기 때문이었다. 허나 이 활동이 활발히 추진되던 그해 11월말 경 한간부의 배신으로 서울과 지방의 간부 및 회원들이 경상북도고등계형사들에 의해 회원전부 체포되어 대구경찰에서 취조를 받게 되었다. 취조를 받은 사람은 52명이었으며 그중 43명은 불기소로 풀려났고 김마리아 등 9명만 기소되었다.

도미유학, 근화회조직과 계몽운동

가석방 후 1920년 황여사는 이화학당대학부에 3학년으로 다시 돌아와서 졸업한 후 학교교사직을 맡아서 있는 동안 기숙사 사감직도 겸임한다. 출옥 후 황여사는 뉴욕으로 유학, 김마리아, 박인덕, 황에스터, 이선행, 우영빈, 이헬른, 윤원길, 김애희, 김매리 등이 발기인으로 독립운동여성단체인 근화회(槿花會,1928년 2월 12일)을 만들었는데 이 단체는 미국동부지역의 한국여자유학생들이 조국의 독립을 위해서 해외에서 만든 단체였다. 이 단체의 목적은

1, 조국광복의 대업을 위해서 재미한인사회의 일반운동을 적극후원하다.
2, 여성동포의 애국정신을 고취하며 대동단결을 이루고, 재미한인사회운동의 후원세력이 된다.
3, 재미한인의 선전사업을 협조하되, 특별히 출판과 강연으로 국내정세를 외국인들에게 소개하는 일의 일부를 담당한다는 것이었다.

이모임의 발기인들은 모두가 고학생이었으며, 경제력이 없었기에 사업을 제대로 실천하지 못했다. 허나 여자유학생들 간에 친목과 연락을 하는 데는 이바지했으며 국내외여성들이 많은 어려운 조건

하에서도 조국광복에 애썼던 자주독립정신을 보여준 단체였다.

1925년 황여사는 미국 콜롬비아대학교 대학원에 입학하여서 석사학위를 취득한 후에 1928년에 귀국 후 경성여자소비조합을 결성하고 전쟁고아, 부상자, 장애인과 과부등을 보살피고 3,1여성동지회 초대회장을 역임하였다. 미국에 있는 동안 6.25를 맡게 되었는데 그곳에서 전쟁구호물자를 조달하는 일도 마다하지 않았다. 1928년 황여사는 귀국하여서 농촌계몽사업과 기독교 신앙전도사업에도 참여하게 되었다. 1930년에 결혼을 하지만 조선총독부의 탄압을 피해 열차편으로 만주로 갔다. 이후 남편과 하얼빈으로 가서 일본인 농장에 취직, 농장에서 낮에는 일하고 밤에는 교포들에게 야학과 계몽운동을 전개해나갔다.

그 무렵 농업사업을 하든 우리농민들이 자기들의 사랑하던 농터를 버리고 만주를 향해서 피란길에 오르는 것을 목격하게 되었다. 황여사는 그들의 행열을 바라보며 일제의 극악무도한 행위를 그냥 앉아서 본다는 것은 가슴이 찢어지고 온몸에 피가 맺혀서 견딜 수가 없다고 생각을 하게 되었다. 그래서 제2차 세계대전이 끝날 무렵 황여사는 만주로 향했다. 일제가 북만주개척사업에 '농노'로 이용하기위해서 우리농민들을 모으고 있다는 소식을 앉아서 보고만 있을 수가 없었다. 그래서 그녀는 만주 일대에 마적 떼가 곳곳에서 나와서 특히 한국인들을 해치고 있어서 마음대로 홀로 여행을 할 수가 없다고 주위에서 만류했지만 그녀의 고집은 누구도 꺾지 못했다. 황여사는 하얼빈에 도착해서 황하수 근처에 조그마한 방을 얻고 만주로 들어갈 기회를 찾고 있었다. 1931년 일본의 만주침략을 기점으로 일제는 민족운동탄압을 강압했고 북만주개척사업에 동원된 농민들의 삶은 입으로 형언할 수없이 참혹했다. 굶주림과 노동, 수탈이 지속되었지만 돌아올 결과가 두려워서 누구도 그런 일에 대한 불평의 소리를 내는 사람이 하나도 없었다.

이런 참혹한 광경을 목격한 황여사는 "당신들은 어찌하여 이런 곤욕을 참고 있느냐" 라고 묻자 그들은 "우리가 이곳에 올 때 이미 계약을 하고 왔기 때문에 떠날 수가 없다"라고 대답을 했다. 이에 황여사는 "아무 걱정 말고 뛰어나와 한인의 자유농장을 만들자" 라고 뼈저린 제안을 했다. 만주에서 열악했던 지역인 '경성현' 이라는 곳에서 신개척농장 '백현리 농장'을 만들게 되었다. 황여사는 일생동안 자기에게 '네가 하는 일에 최선을 다하라'를 좌우명으로 삼았던 그녀는 국내뿐아니라 일본, 중국, 미국 등 해외에서 독립운동의 저변들을 확대하는데 평생 동안 자신을 바치고 심혈을 기울인 여성, 평생 동안 그의 강단 있고 확신이 있는 행동은 어디에서 비롯된 것일까?

1910년 한일합방 후 일본은 우리나라를 찬탈하고 본격적으로 식민지화에 박차를 가하고 있을 때 애국선열들은 부단하고도 치열하게 군국주의와 식민주의인일제에 저항하면서 빼앗긴 국권을 찾으려고 목숨을 아끼지 않고 싸웠다. 그 선열 중에서도 유난히 무력으로 일제를 응징하면서 일경을 공포에 떨게 한 애국지사들도 많았지만 황애덕여사처럼 무력한 백성들을 계몽으로 깨우쳐주고 이끌어준 선각자의 한분이 바로 그녀이다.

해방이후

도미 후 미국 콜롬비아대학교 교육학 석사과정을 거쳐서 펜실베이니아 주립대학에서 농촌연구를 하면서 황여사는 우리농촌의 가난한 현실을 생각하지 않을 수 없었다. 서구의 선진화된 기술을 보면서 농촌계몽의 필요성이 국가발전에 얼마나 큰 발전을 가져올 수 있는 지를 생각하게 되었다. 공부가 끝나고 조국으로 돌아온 황여사는 농촌지도자양성에 앞장서고 협성신학교 교수로 재직하면서 농촌사업지도교육과를 신설하고 농촌계몽에 힘쓰게 되었다. 농촌 일대에 청년과 부녀자, 농민을 대상으로 영농기술, 농촌위생, 건강법을 가르치며 농촌계몽사업을 확대해나갔다. 그때 황여사는 수원과 수안에 최용신, 김노득을 파송하는 등 제자양성과 농촌계몽운동의 뒷바라지에 심혈을 기울였다.

1932년 12월 '조선직업부인협회'를 개편하며 여성과 직업과 기술의 관련성을 강조하고 여성의 변화를 주장했다.

그녀가 교회설교에서 다음과 같이 외쳤다. 농촌의 문명퇴치, 의식개혁, 계몽운동에 앞장섰던 선구자 황여사는 시대보다 늘 앞장섰던 지식인이었다. 국가발전의 기반산업과 미래발전을 위해서 평생 동안 고심했던 흔적이 그녀의 삶속에서 확인되고 있기 때문이다.

황여사의 활동은 해방 후에도 지속되었고 6.25 전쟁이후는 고아와 여성의 자립을 위해서 '한미종합고등기술학교'를 설립했고 한국기술교육의 중요성을 강조하는데 선두에선 계몽가였다. 또 여사는 역사의 변환기에서 조국의 미래를 걱정했고 생각보다 몸으로 실천했던 여성이다. 황애덕여사는 8.15일 광복 후 이은혜, 김활란, 동생 황신덕 등 기독교 여성운동가들과 함께 독립촉성애국부인회를 결성하고 여성단체 총연맹의회장을 맡아 우익여성단체에서 활동을 이어 나갔다. 1945년 12월부터는 신탁통치반대 운동에 앞장섰고 1946년에는 여성단체협의회에 참여하여 여성교육문제, 여성의 참정권문제타결에 힘썼으며 제헌국회 총선에도 여성단체 총연맹소속으로서울에서출마했다가낙선을맞기도했다.

1963년 대통령 표창이 수여되었고 1967년 3.1여성동지회 초대 회장을 지냈으며 1971년 8월 24일 경기도부평 자택에서 편히 잠들었다. 그 시대에 그녀는 아무나 감히 할 수 없는 결심을 하였고 그 시대가 그녀를 그렇게 선각자로 만들었다고 해도과언이 아니다. 이런 분이 존재하였기에 빼앗긴 나라를 되찾을 수 있었고 독립투사들을 국내외에서 선두에서서 물심양면으로 도울 수 있는 지도력으로 큰힘이 되었기에 나라를 되찾을 수 있었다고 확신한다.

결론으로 황여사는 2.8독립운동, 애국계몽운동과 농촌계몽운동, 여성단체규합 등 근 현대에서 역사의 중요한자리에서 있었던 그녀, 대한민국 부인회로부터 간호협회, 애국부인회, 여성문제연구회 등 한국여성을 결집하는 '여성단체총협의회'를 조직해 한국여성이 올바르게 설 수 있도록 지금의 자리를 만드는 발판을 이루는데 지대한공을 이룬 분이 황애덕여사이다. 조국독립과 국가부강을 위해서 일생을 바친 여성독립운동가 황애덕여사를 역사는 우리에게 잊지 말아야 할 투사라고 들려주고 있다.

내가 만약 그 시대에 살았다면 어떤 결심을 하였을까 잠시 자문해 본다.

1963년에 대통령표창이 수여되고 그 뒤 1967년 3.1운동, 2.8독립선언 등에 참여한 여성독립운동, 여성운동동지들을 규합하여 3.1 여성동지회 초대 회장 직을 맡게 되었다.

1977년 건국포장이 추서되고 1990년 건국훈장애국장이 추서되었다.

국내 최초로 여성비밀결사단체 '송죽회'가 만들어진 평양의 숭의여학교

대구감옥소에서 나온 뒤 대한민국애국부인회 간부들 (1922년, 뒷줄 오른쪽이 황애덕 여사)

* 김마리아(金馬利亞)열사
1891년6월18일 출생하여 1944년 3월 13일 사망 시까지 한국의 독립을 위해서 투쟁한 독립운동가이다.(애국지사들의 이야기 책2권p112참조) 황해도 장연군 대구면 소래마을 대지주의 막내딸로 태어났다. 매사에 신중하며 사내 같은 포부를 지녔던 그녀는 교회와 학교를 통해서 서구적 근대교육과 기독교적인 인생관을 교육받았다. 정신여학교를 다닐 때는 안창호, 김규학과 절친한 숙부 김필순과 고모 김순애의 영향을 받아 남다른 민족의식을 형성했는데 작문시간에 그녀는 항일작문을 뛰어나게 잘 써서 당시 일본의 탄압상을 신랄하게 비판하곤 했다. 그녀는" 너희가 할데로 다해라. 그러나 내속에 품은 내 민족 내 나라 사랑하는 이생명만은 너희가 못 빼내리라" 라고 일제에 대항한 투사이다. 갖은 고문으로 평생을 고통으로 보내다가 53세에 편히 잠들었다.

[참고자료]

- 한국여성독립운동사(3.1여성동지회, 1980년)
- 1920년대 초 항일부녀단체지도층형성(집필자 박용옥)-역사학보
- 독립신문, 매일신보, 동아일보, 세명일보(김지욱 전문위원)
- 근화회-한국민족문화대백과사전
- 위키백과, 우리모두백과사전
- 심옥주: 전 부산대조교수,한국여성독립운동연구소소장 / 국회인성교육실천포럼자문위원 / 여성독립운동학교대표 / 저서〈여성독립운동가의 발자취를 알리다〉

▶ 민영환, 그는 애국지사인가 탐관오리인가

민영환

민영환閔泳煥(1861. 8. 7 ~ 1905. 11. 30)

조선과 대한제국의 대신(大臣)이자 척신이다. 종묘배향공신이기도 했다. 대한제국 성립 후 육군 부장(현 중장에 상당)의 지위를 받았으나 본래는 과거에 급제해 관료가 된 문신이었다.
본관은 여흥이며, 민치구의 손자이자 민겸호의 친아들이고 고종에게는 외사촌 동생이다. 명성황후 민씨의 친정 조카뻘이 되기도 한다. 1905년 11월 을사늑약 체결에 반대하여 자결 순국 애국지사로 추앙받고 있다. 자는 문약(文若), 호는 계정(桂庭), 시호는 충정(忠正)이다.

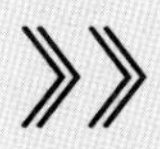

살기를 바라는 사람은 반드시 죽고, 죽기를 각오하는 자는 삶을 얻을 것이니~~.

- 자결하기 전에 2천만 동포에게 남긴 유서 중에서

민영환, 그는 애국지사인가 탐관오리인가

최 봉호

1, 들어가는 말

“나무만 보고 숲은 못 본다.”는 속담이 있다. 이 말은 ‘사소하고 작은 것만 보고 큰 것은 못 본다.’, 또는 ‘부분적인 것에만 집착하다보면 전체를 볼 수 없다.’라는 말로 대체할 수도 있다. 이를 다른 말로 확대해석한다면 일본이 원자폭탄을 맞고 폭삭 망했던 것이나, 대한제국이 불 철판위의 낙지처럼 일본 놈들의 입맛대로 익어간 것은 나무만 보고 숲은 보지 못했기 때문이었다고 말할 수도 있다.

한국 근대사는 국내외로 정치적인 혼란에 빠져있었다. 그래서 많은 사람들이 본의 아니게 나무만보고 숲을 보지 못했다. 그 원인은 오판이라는 결과를 가져오기도 했다. 친일이 항일로, 항일이 친일로 뒤바뀌기도 했다. 예를 들면 매천梅泉 황현黃玹[1]은 박영효 주의

1) 매천(梅泉) 황현(黃玹·1855~1910) : 명정승 황희의 후손이고 임진왜란 때의 이름난 장수 황진의 10대 후손이기도 하다. 구한말 선비로 시인, 문장가, 역사가, 우국지사이며 대한민국의 독립유공자이다. 구왕조의 멸망과 함께 자결한 구지식인 계열의 애국자이다. 그는 1883년(고종 20) 보거과(保擧科) 초시 초장에서 1등으로 뽑혔다. 그런데 시험관이 시골출신이라는 이유로 둘째로 내려놓았다. 조정의 부패를 절감한 그는 회시(會試)·전시(殿試)에 응시하지 않고 관계官界에 환멸을 느끼고 귀향하였다. 1885년 생원시 초시에 합격,

자'라고 할 만큼 일본에 의존해야한다는 친일파 박영효[2]를 미화시켰다.

민영환과 손병희도 한때 친일화되어 잠시 일본을 이롭게 하기도 했다. '우리와 가까운 이웃나라인 일본을 도우면 일본도 우릴 도와줄 것'이라고 순진하게 오판했던 것이다. 항일투쟁의 영웅 안중근도 한때 동학 진압군이었다. 이들 말고도 대다수의 사람들이 일본이 단계적으로 정한론征韓論[3]을 밀어붙이고 있다는 사실을 새까맣게 몰랐던 것이다.

대한제국이 일본의 갖가지 음모와 무력으로 강제병탄强制併呑을 당하고 나서야 아차! 정신을 차리게 된 것이다. 그러나 때는 이미 늦었다. 이 절박한 위기의 길목에서 개인의 부귀와 영달을 누리기 위해 친일파로 매국노의 길을 걸어간 사람들이 있었는가 하면 자신의 오판을 바로잡고 목숨 바쳐 진정으로 나라를 사랑한 사람들도 있었다.

민영환과 황현은 을사늑약과 병탄 직후 각각 자결 순국하여 항일독립투쟁의 기치를 드높였다. 안중근은 이토 히로부미를 사살해 불멸의 위대한 업적을 세웠다. 33인 중 한 명인 손병희는 3.1운동을

1888년 아버지의 명으로 응시한 생원회시(生員會試) 복시에도 장원으로 합격하였다. 당시 임오군란과 갑신정변을 겪은 뒤 청국의 적극적인 간섭정책 아래에서 수구파 정권의 부정부패가 극심했기 때문에 부패한 관료계와 결별을 선언, 다시 귀향하여 조선의 대표적인 재야인사가 되었다. 이런 시기이니 이승만과 김구도 과거에 응시했지만 낙방할 수밖에 없었다. 과거장의 부패도 그만큼 심각했다는 말이 된다. 경술국치 이후 자결한 매천 황현은 사람에 대한 평가가 아주 매서워서'매천의 붓 아래 온전한 사람이 없다(梅泉筆下無完人)'란 평을 들었다.

2) 박영효(1861~1939) : 철종의 부마로 고종의 친척 매제로 금릉위 상보국숭록대부를 지냈다. 갑신정변을 일으켰고, 갑오개혁을 주도했으나 모두 실패하고 일본에서 20여 년 동안 망명생활을 했다. 고종의 명으로 제작된 이응준 태극기 4괘의 좌우를 바꿔 재 도안했고 이것이 태극기의 원형이 됐다.

3) 정한론征韓論 : 한반도를 점령하여 일본의 국력을 배양하자는 논리

주도하고 기미독립선언서를 낭독한 후 일경에 체포되어 병보석으로 출옥한 후 고문 후유증으로 별세했다. 그가 없었다면 3·1운동은 불가능했을지도 모른다. 이와 같은 그들의 장거壯擧는 그 이전의 오판으로 인한 친일행적을 모두 사함 받고도 남음이 있다. 그러나 이 가운데서도 민영환이 아직도 특별한 논란의 대상이 되고 있는 이유는 무엇일까?

조선과 대한제국의 대신이자 척신이었던 민영환閔泳煥. 대부분의 사람들은 그를 을사늑약체결 직후 자결 순국한 애국지사로 알고 있다. 반면 일각에서는 그를 탐관오리 또는 친일파라고 주장하기도 한다. 이와 같이 상반된 평가는 당시 상황을 어떻게 파악하고 이해하고 있느냐에 따라 달라질 수밖에 없다. 숲을 보지 못하고 나무만 본 사람은 나무에 대해서만 얘기할 수밖에 없을 것이다. 마찬가지로 민영환에 대한 부정적인 평가는 민영환이 여흥 민씨이기 때문에, 또는 그의 아버지가 소문난 탐관오리이기 때문에 부전자전이라고, 그도 그럴 것이라고 무조건 연좌제를 씌우는 것은 아닌지?

조선 개국 후 여흥민씨는 상신上臣 13명(영·좌·우의정), 왕비 4명, 문과급제자 244명을 배출했다. 그만큼 여흥 민씨는 조선의 운명을 좌지우지한 인물을 많이 배출한 가문으로 유명하다. 그러나 여흥 민씨 척족戚族들은 그리 좋은 평가를 받지 못했다. 왜냐하면 그들은 고종과 명성황후(1851~1895)로부터 남다른 총애를 받으며 무분별하게 등용된 경우가 많았기 때문이다. 그렇게 관직에 오른 그들은 개화에는 혼란만 자초시킨 반면 매관매직, 부정부패를 양산해 조선의 멸망을 가속화시켰다. 그 대표적인 민씨 척신戚臣이 민승호, 민겸호, 민태호, 민응식, 민영목, 민영익 등등이다. 나아가서 민치영, 민종식 등 소수를 제외한 대다수의 민씨들은 친일행위로 가문에 먹칠까지 했다. 친일파로 변절하고 탐관오리 혐의로 고발되었던 민영휘가 그 대표적인 인물이다.

이와 같은 민씨들의 행태를 용서하기란 쉽지가 않다. 그러나 여흥민씨 척족이라고 무조건 부패하고 친일한 사람이라고 폄하하는 것도 옳지 않다. 민씨 척족임에도 양심 있는 행보를 보여주었고 오늘날 순국지사로 추앙받는 인물도 있다. 그 대표적인 인물이 바로 충정공 민영환이다. 왜?

그 이유는 명백하다. 민영환은 일신의 영달을 위해 멸망해가는 조국을 배반하지도 않았고, 매국하지도 하지 않았기 때문이다. 오히려 그는 조국의 운명과 함께 생을 마감한 조선의 유일한 충신이었기 때문이다.

2, 왕실의 척족으로 태어난 민영환

민영환은 1861년(철종 12년) 7월 서울 견지동에서 태어났다. 본관은 여흥驪興, 자는 문약文若, 호는 계정이다. 흥선대원군의 처남 민겸호가 그의 부친이다. 그래서 광무황제와는 내외종간이다. 민겸호는 민치구의 아들로 민태호, 민승호와 형제간이었고, 민승호는 명성황후 민씨의 부친인 민치록의 양자였다. 따라서 민영환은 명성황후 민씨의 친정 조카뻘이 되기도 했다. 민영환은 어렸을 때 큰아버지 민태호에게 입양되었다. 민태호에겐 외아들 민영익이 있었지만 명성황후의 친오빠인 민승호에게 양자로 보내고 민영환을 양자로 들였다. 그래서 생부는 민겸호, 양부는 민태호가 됐다. 이렇게 민영환은 광무황제의 외가이자 처가인 민씨 가문에서 태어난 척족세력으로 출세가 보장되어 있었다.

어려서 한학을 수학한 민영환은 1877년 17세로 나이로 동몽교관이 되었다. 이듬해엔 정시문과에 병과로 급제하였다. 1873년 대원군이 물러나고 척족 민씨 세력이 집권하고 있던 시절이었다. 때문에 민영환이 관직에 진출하는 데는 남보다 유리한 입장에 있었다. 실제로 민영환은 출신배경과 명성황후, 그리고 광무황제의 신임을 받아 출세가도를 유감없이 달렸다. 과거에 급제한 뒤 예문관 정자正字, 검열, 설서說書, 수찬修撰, 검상檢詳, 사인舍人 등을 역임하였다. 1881년에는 21세의 나이로 일약 정3품 당상관으로 승진하여 동부승지가 되었고, 이듬해에는 성균관 대사성(대학총장)에 올랐다. 그러나 호사다마라 했던가? 같은 해 6월 군제개혁으로 인한 구식군대의 불만과 대원군의 재집권욕 등 복합적인 문제로 1882년 임오군란壬午軍亂의 발발했다. 이로 인해 선혜청 당상이던 생부 민겸호가 사망했다. 급료지불에 불만을 품었던 구식군인들한테 살해당한 것이다. 이에 민영환은 벼슬을 내려놓고 부친의 삼년상을 치렀다.

임오군란에 이어 갑신정변 직후엔 정세가 무척 혼란했다. 고종에게는 믿고 의지할만한 사람이 어느 때보다도 필요한 때였다. 그래서 부친상을 마친 민영환을 1884년 이조참의로 임명했다. 그러나 민영환은 자신의 개인사정을 내 세워 세 차례나 사직소를 올렸다.

하지만 고종은 포기하지 않고 그를 도승지都承旨(왕의 비서실장)로 임명했다. 그의 나이 24세였다. 고종이 얼마나 그를 총애하고 있었는지 짐작이 가고도 남는 대목이다. 이어 이듬해엔 전환총국장을 필두로 홍문관부제학·이조참의·공조참의·개성유수·한성부우윤·기기국총판·친군전영사 등의 관직을 두루 거쳤다.

3, 민씨 세도정치의 주도자로 등장하다.

1887년 민영환은 27세의 젊은 나이로 예조판서에 올라 민씨 세도정치의 주도자로 등장하기 시작했다. 1888년(고종 25년)과 1890년 두 차례나 병조판서에 올라 국가의 병권을 장악했다. 이후 규장각제학. 장어이사. 내각제학 등을 거쳐 1891년에는 종1품 숭정대부에 올랐다. 그의 나이 불과 31세 때였다. 이후에도 요직을 두루 거치다가 1895년 주미 전권공사에 임명됐으나 을미사변[4]으로 인해 부임하지 못했다.

당시 일제는 청일전쟁(1894년)에서 승리한 뒤 조선에서 세력우위를 독점하려고 청나라의 요동반도遼東半島를 점유하고자 하였다. 그러나 러시아가 독일·프랑스와 연합하여 삼국간섭으로 뜻이 좌절되면서 조선에서 일본세력이 약화되었다. 이에 일제가 세력을 만회하기 위해 1895년 명성황후明成皇后를 시해하는 을미사변을 일으켰다. 그래서 민영환은 주미전권대사에 부임하지 않고 때때로 입궐하

4) 을미사변 : 1895년 10월 8일, 조선주재 일본공사 미우라고로를 중심으로 일본군, 낭인, 조선군 훈련대 등이 경복궁에 무력으로 침입하여 명성황후와 궁중인사들을 집단 살해한 사건

여 고종에게 간언을 올렸다.

3-1, 멸망의 길로 들어선 조선왕조

민영환은 1885년부터 민씨 세력이 추구하던 인아거청引俄拒淸[5]정책에 깊은 관심을 가지고 있었다. 그래서 1888년부터 러시아의 베베르Karl Ivanovich Weber 공사와 친밀한 교분을 가지고 있었다. 그러던 중 갑오개혁甲午改革[6]이 시작되면서 그는 사실상 친러 정책의 주도자가 되었다. 그러나 을미사변 이후 그는 모든 관직을 버리고 야인생활로 들어가 민비의 죽음을 슬퍼했다. 하지만 기울어가는 국가의 운명을 외면할 수가 없어 종종 궁중에 들어가 왕을 알현하고 자신의 견해를 피력했다.

1896년 민영환은 궁내부 특진관으로 관직생활을 다시 시작했다. 이때 아관파천俄館播遷[7]을 맞게 되었다. 그 직후 특명전권공사에 임명되어 베베르 소련공사의 특별한 배려로 러시아 니콜라이Aleksandrovich Nikolai 2세 황제즉위식에 경축사절로 참가할 수 있게 되었다. 민영환의 러시아 사행使行이 어떤 정치적 목적에 있었는지는 밝혀지지 않았다. 당시 국왕이 러시아 공사관에 있으면서 사절로 파견한 일이었기 때문이다. 다만 일본인 학자가 민영환의 "사행목적이 러시아와 조선 간의 밀약을 위한 것"이었다고 했지만 확인할 길은 없다. 하지만 민영환이 돌아온 이후 러일전쟁 발발 시까

5) 인아거청 引俄拒淸: 러시아를 끌어들여 청나라를 물리치다.

6) 갑오개혁甲午改革 : 1894년 (고종 31년) 갑오년에 개화당 정권이 정치 제도를 근대적으로 개혁한 일.

7) 아관파천俄館播遷 : 조선 말, 건양(建陽) 1년(1896) 2월 11일부터 약 1년간에 걸쳐 고종과 태자가 친(親) 러시아 세력에 의하여 러시아 공사관으로 옮겨서 거처한 사건.

지 러시아의 세력이 조선에 진출하여 러시아의 군사교관이 들어오고 한로은행이 설치되고, 알렉세예프Evgenii Ivanovich Alekseev 등 각종 고문관이 초빙되기도 했다. 여하튼 민영환이 러시아 사행은 한·러 외교의 시발점이 되었다는데 의미가 있다.

민영환의 사행길은 일본, 캐나다, 미국, 영국, 네덜란드, 독일, 폴란드 등을 경유한 다음 러시아에서 3개월 동안 체류했다. 민영환은 이 사행[8]길을 통해 각국의 근대문명적인 서구문물을 관찰하고 새로운 문화와 풍조를 조국과 비교해보는 귀중한 시간을 가졌을 것이다. 환국 후 이런 느낌과 희망을 고종에게 주청 광무개혁[9]집행에 신선한 영향을 주었을 것으로 추측할 수 있다.

1897년 민영환은 군부대신으로 영국, 독일, 러시아, 프랑스, 이탈리아, 오스트리아 등 6개국의 특명전권공사에 임명되어 다시 사행使行길에 올랐다. 특히 이번 사행엔 영국의 빅토리아Victoria 여왕 즉위 60주년 기념식에 참석하라는 명이 포함돼 있었다. 그는 상하이, 나가사키, 마카오를 경유해 다시 싱가포르, 인도를 거쳐 지중해를 건너 러시아로 들어갔다. 그곳에서 니콜라이 황제를 만나 고종의 친서와 국서를 전달한 후 런던으로 갔다. 빅토리아 여왕의 기념식에 참석한 뒤 약 1개월간 체류하다가 다른 나라 순방임무를 무시하고 귀국해 면관됐다. 그가 전권대사임무를 완수하지 못한 이유는 확인할 길이 없다. 다만 6개월의 여정으로 여독이 심했기 때문이라

8) 사행使行 : 사신의 행차

9) 광무개혁 : 1897년부터 대한제국을 건국한 고종이 시행한 근대화개혁

는 추측이 가능하다.

민영환이 비록 면직은 되었지만, 그가 2차례의 해외를 순방하면서 직접 보고 듣고 느낀 대로 조선도 정치제도의 개혁과 민권을 신장해 국가의 근본을 공고히 해야 한다는 것을 왕에게 주청했을 것이다. 그의 주청이 모두 반영되지는 않았지만, 1900년 원수부元帥府 설치는 민영환의 건의로 이뤄진 것이었다. 즉 각국의 대원수 예에 따라 황제가 육군, 해군 등 전군에 대한 명령권과 지휘감독권을 모두 갖는 것을 말한다.

민영환의 이 같은 진보적인 사상은 독립협회의 주장과도 일맥상통했다. 이에 민영환은 독립협회에 협력하다가 또다시 면관되기도 했다. 1898년 독립협회가 6개 조항의 대황제 요구조건을 제시하자 고종은 독립협회 핵심인 정교鄭喬 등을 불러 독립협회를 해산하도록 종용했다. 이 자리에서 정교 등이 "지금 정부요인 가운데 인민들이 조금이라도 믿는 사람은 오직 민영환과 한규설뿐입니다."라면서 "민영환을 군부대신과 경무사에 임명하면 민심이 수습될 것"이라고 상주上奏(임금에게 말씀을 아룀)했다.

3-2, 친러 개혁파 민영환 친일파에 밀리다

1898년 의정부참정, 내부대신 겸 군부대신으로 복직되었는데 어용단체인 황국협회皇國協會의 지탄과 공격을 받고 관직에서 또다시 물러났다. 그 뒤 다시 참정대신·탁지부 대신에 임명되었고, 그의 건의에 의하여 설치된 원수부元帥府의 회계국 총장會計局總長·장례원경

掌禮院卿·표훈원총재表勳院總裁·헌병사령관을 등을 역임하였고, 훈일등태극장勳一等太極章·대훈위이화장大勳位李花章을 받았다.

러일전쟁 후에 다시 내부대신·군법교정총재軍法校正總裁·학부대신을 역임하였다. 그러나 날로 심해지는 일본의 내정간섭에 항거하는 등 친일내각과 대립하다가 한직인 시종부무관으로 좌천당하였다.

1905년 그의 나이 45세 때였다, 잠시 참정대신과 외무대신을 역임하였으나, 다시 시종부무관侍從府武官으로 밀려났다. 그 뒤 외교권 강탈을 우려하여 무장이었던 한규설을 총리대신으로 추대하려고 노력하였으나 실패했다.

이와 같이 대한제국에 대한 일본의 영향력이 증대되고 친일세력이 득세하는 상황 속에서, 민영환은 일본의 내정간섭에 반대하고 친일세력과 정면으로 대립하였다. 요직을 번갈아 맡아오던 그는 일본을 등에 업은 친일각료들의 견제로 한직으로 밀려나면서도 오직 개혁으로 국가의 근본을 공고히 하려고 힘썼다. 그러나 국가의 운명은 이미 기울어져있었다.

4, 을사늑약을 파기하고 5적을 처단하라! 상소를 올렸지만

1905년 11월 17일 무장한 일본군의 포위 속에 이토의 위협과 회유, 그리고 오적五賊[10]의 찬성으로 을사늑약이 강제로 체결됐다. 이 늑약체결로 인해 대한제국은 외교권을 빼앗기고 자주성을 상실하

10) 을사오적乙巳五賊 : 을사조약에 찬동한 다섯 매국노《박제순(朴齊純)·이지용(李址鎔)·이근택(李根澤)·이완용(李完用)·권중현(權重顯)》

고 말았다. 11월 20일 『황성신문』 사장 장지연의 시일야방성대곡是日也放聲大哭이 신문을 통해 일본의 침략성을 규탄하고 조약체결에 찬성한 대신들을 비판하자 민심은 울분으로 요동쳤다. 5적을 처단하라는 상소가 빗발쳤다.

을사늑약이 체결될 무렵, 민영환은 경기도 용인에서 전실부인前室夫人의 묘를 이장하고 있다가 이 소식을 듣고 급히 상경하였다. 그리고 원임의정대신原任議政大臣 조병세趙秉世와 늑약파기의 방법을 의논한 끝에 백관百官과 함께 연명상소로써 을사오적乙巳五賊의 처형과 늑약파기를 요구하는 상소를 올렸다. 그러나 고종의 대답을 받기도 전에 일본 헌병들은 11월 28일, 소두(疏頭: 상소의 대표) 조병세를 체포하고 백관을 강제로 해산시켰다. 칠순 노인인 조병세가 일본 헌병대에 끌려가자 민영환은 궁중으로 들어가 소두(疏頭)가 되어 연일 상소하며 참정대신(한규설)의 인준이 없는 조약은 무효라고 주장하며, 5적의 처단을 요구하였다. 그러나 그의 상소는 끝까지 받아들여지지 않았다. 민영환은 죽기를 각오하고 궁중에서 머무르며 물러나지 않았다. 이에 고종은 소두이하 전원을 구속하여 문초하라고 명하였다. 민영환을 비롯한 백관들은 황제의 명에 의해 재판소인 평리원平理院에 구금되었으나 곧 석방되었다

5, 조국과 같이 운명의 길을 떠난 애국정신

왕명거역죄로 평리원에 구금되었다가 석방된 민영환은 상황을 여러 가지로 파악해보고 대세가 이미 기울었음을 느끼게 되었다. 그

는 가족들을 잠시 만난 뒤 전동典洞에 있는 중추원 의관醫官 이완식李完植의 집에서 불을 밝힌 채 깊은 상념에 잠겨있었다. 11월 30일 먼동이 터오는 새벽이었다. 그는 죽음으로써 국은國恩에 보답하고 국민을 일깨우기로 결심했다. 그런 다음 주위 사람들을 모두 내보내고 명함을 꺼내 앞뒷면에 깨알 같은 유서 3장을 작성했다. 한 장은 동포들에게, 다른 한 장엔 황제에게, 그리고 나머지 한 장은 외국 사절들에게 보내는 유서였다. 유서를 다 쓰고 난 민영환은 단도短刀로 주저 없이 할복을 했다. 그러나 칼이 작아 깊이 들어가지 않아서 목을 수차례 난자 자결했다. 그가 숨이 멎었는데도 피는 멈추지 않고 솟구쳐 올라와 마룻바닥과 그의 옷을 흥건하게 적셨다. 한참 뒤에 급보를 듣고 시종무관 어담魚潭[11]이 달려왔을 때까지 피는 멈추지 않고 있었다.

어담은 "원망하듯, 노한 듯, 부릅뜬 양쪽 눈은 처절하고도 가여웠지만 참으로 장절한 죽음이었다."고 당시를 회상했다. 고위 정치가의 한 사람으로 망국의 엄중한 책임감을 느끼고 마침내 속죄하는 심정으로 결연한 의지를 자결로 표했던 것이다. 12월 1일 자 대한매일신보에 민영환의 자결소식이 보도되자 추모객들이 구름처럼 몰렸고 비탄의 통곡이 전국으로 퍼졌다.

〈訣告我大韓帝國二千萬同胞〉

嗚呼, 國恥民辱乃至於此, 我人民將且殄滅於生存競争之中矣。夫

11) 어담(魚潭) : 구한말의 군인이었다. 일본육군사관학교 제17기 졸업생으로 대한제국의 시종원 부경 등을 지내고, 일제강점기 때 일본 육군중장까지 승진한 후 중추원 참의를 역임했다.

要生者必死, 期死者得生, 諸公豈不諒只。泳煥徒以一死仰報皇恩以謝我二千萬同胞兄弟。泳煥死而不死期助諸君於九泉之下, 幸我同胞兄弟千萬億加奮勵, 堅乃志氣勉其學問, 決心戮力復我自由獨立即死子當喜笑於冥冥之中矣。嗚呼, 勿少失望。

〈마지막으로 우리 대한제국 이천만 동포에게 고함〉

오호라, 나라의 수치와 백성의 욕됨이 여기까지 이르렀으니, 우리 인민은 장차 생존 경쟁 가운데에서 모두 진멸당하려 하는도다. 대저 살기를 바라는 자는 반드시 죽고 죽기를 각오하는 자는 삶을 얻을 것이니, 여러분이 어찌 헤아리지 못하겠는가? 영환은 다만 한 번 죽음으로써 우러러 임금님의 은혜에 보답하고, 우리 이천만 동포 형제에게 사죄하노라. 영환은 죽되 죽지 아니하고, 구천에서도 여러분을 기필코 돕기를 기약하니, 바라건대 우리 동포 형제들은 억천만배 더욱 기운내어 힘씀으로써 뜻과 기개를 굳건히 하여 그 학문에 힘쓰고, 마음으로 단결하고 힘을 합쳐서 우리의 자유와 독립을 회복한다면, 죽은 자는 마땅히 저 어둡고 어둑한 죽음의 늪에서나마 기뻐 웃으리로다. 오호라, 조금도 실망하지 말라.

- 민영환이 2천만 동포에게 남긴 유서

민영환이 자결 순국한 다음날 날인 12월 1일이었다. 원임(原任: 전직) 대신大臣 조병세(1827~1905)가 고종에게 드리는 유소遺疏 등을 남기고 민영환의 뒤를 이어 음독자결 했다. 향년 78세였다. 그도 생전의 민영환처럼 유서에 적신賊臣 5인의 처단과 국권 회복을 요구했다.

"신이 역신逆臣을 제거하지 못하고 늑약을 취소시키지 못한즉 부득불 한 번 죽음으로써 국가에 보답하려는 고로 폐하께 영결을 고하오니, 신이 죽은 후에라도 진실로 분발하시어 결단을 내리셔서 박제순 이지용 이근택 이완용 권중현 등 5 역신을 대역부도한 죄로 처형하시어 천지 신인에게 사례하시고 각국 공사에게 교섭하여 위약僞約을 폐기하시고 국명國命을 회복하신다면 신은 비록 죽어 있다고는 하나 살아 있는 것과 다를 것이 없을 것입니다. 신의 말이 망령되었다고 하신다면 즉시 신의 몸을 절단하시어 여러 적신賊臣들에게 내려 주소서."

- 조병세의 유서 중 일부

같은 날, 전 참판 홍만식(1842~1905, 1962 독립장)이 여주 본가에서 아들에게 '처사례(處士禮: 처사는 출사하지 않은 선비)'로 장례지낼 것을 당부한 다음 독약을 마시고 자결 순국하였다. 그는 갑신정변(1884)의 주역이었던 홍영식의 형으로 을미사변(1895) 때에도 자결하려 했으나 뜻을 이루지 못했다. 그는 이후 벼슬에 나아가지 않고 상소 때마다 직함 대신 '미사신(未死臣: 죽지 못한 신하)'이라고 썼다.

다음날인 12월 2일 오후 5시께 황해도 황주 출신의 김봉학(1871~1905, 1962 독립장)이 독약을 마시고 자결했다. 그는 의병활동을 거쳐 군대에 들어와 평양 진위대에서 근무하다 부대가 서울로 올라오자 시위대侍衛隊 제3대대 상등병으로 서울에 주둔 중이었다. 그는 민영환, 조병세의 자결 소식을 듣고 "대대로 나라의 녹을 먹던 신하로서 순국함은 당연하다. 나 또한 군인으로서 6년이나 지내면서 나라를 지키지 못했으니 원수의 일제무리를 죽이고 나도 죽겠다"며 스스로 목숨을 끊었다. 향년 34세.

12월 3일에는 늑약체결 후 이에 대한 반대운동을 벌이던 학부 주사主事 이상철(1876~1905, 1962 독립장)이 독약을 마시고 앞서간 이들을 뒤따랐다. 이때 그는 고작 스물아홉 살이었다.

12월 30일에는 전 대사헌 송병선(1836~1905, 1962 독립장)이 황제와 국민과 유생들에게 드리는 유서를 남기고 독약을 마시고 자결 순국하였다. 그는 늑약체결 이후 상경하여 고종을 알현하고 5적의 처단과 늑약의 파기를 건의하였으며, 늑약반대 투쟁을 계속하다가 강제로 향리에 호송된 바 있었다.

늑약이 체결되기 전에 목숨을 버린 애국지사도 있었다. 경기도 용인 사람 이한응(1874~1905, 1962 독립장)은 주영駐英 한국공사관의 서리공사였다. 1905년 4월, 일본은 한국외교를 대리해 준다는 구실로 주駐 청국 한국공사관을 철수시켰고 5월 초에는 주영 한국공사관, 7월에는 주미 한국공사관을 철수시켰다.

이한응은 주영 한국공사관을 철수시킨다는 통보를 받자 이를 항의하고, 런던의 각국 공사들에게 한일관계와 한국이 아직 독립국가임을 설득하고자 했으나 주영 한국공사관의 활동은 이미 외교권이 없다며 무시당했다. 이한응은 5월 12일, 런던에서 유서를 남기고 자결 순국하였다. 향년 31세였다.

이렇게 민영환의 뒤를 이어 조병세, 송병선, 이한응, 이준, 장지

연, 이강년과 같은 수많은 우국지사를 비롯해 그의 인력거꾼과 일반백성들도 연쇄자결을 감행 국권회복을 위한 항일의지가 삼천리 방방곡곡에서 들불처럼 타올랐다. 이런 상황을 황현은 매천야록[12]에 오애시五哀詩로 추모했다.

대신이 국난에 죽는 것은 / 여러 벼슬어치들 죽음과는 다르네 / 큰 소리내며 지축을 흔드니 / 산악이 무너지는 것 같아라 / (…) / 인생은 늦은 절개를 중히 여기고 / 수립하는 일은 진실로 어렵고 삼가야 한다 / 낙락장송은 오래된 돌무더기에서 / 송진 향기 천 년을 가리라

5-1, 온 백성을 애통하게 만든 민영환의 순국 자결

기술한바와 같이 매천 황현은 사람에 대한 평가가 아주 매서웠다. 그래서 '매천의 붓끝에서 온전한 사람이 없다(梅泉筆下無完人)'란 평을 들었다. 민영환도 마찬가지로 그의 매서운 붓끝을 피할 재간은 없었다. 그런데 민영환의 장례관련 기록에서 황현은 온 백성들이 그의 죽음을 애통해했다고 사실을 그대로 적었다.

21일에 민영환을 용인에 장사지냈다. 임금께서 친히 층계를 내려와 전송하면서 경례를 표시했다. 각국의 공사와 영사들도 모두 와서 조의를 표했고 관을 어루만지며 몹시 슬퍼했다. 위로는 고관에서부터 아래로는 시골의 종, 아낙네, 거지, 승려에 이르기까지 길을 메워 울며 보내니, 곡성

---

12) 『매천야록』은 매천(梅泉) : 황현(黃玹, 1855~1910)이 엮은 구한말 시기의 정치, 사회 등 제반사정을 취재, 정리한 기록물이다. 기록 시기는 1864년부터 1910년까지이며 다룬 대상은 정치, 사회, 문화에 이르기까지 그 분량과 편폭이 방대하다. 매천야록에서 그는 기존 유교적 사관에 얽매이지 않고 합리적 사관으로 글의 대상을 매의 눈빛으로 날카롭게 기록해놓았다.

이 언덕과 들판을 뒤흔들었다.

전동典洞에서 한강에 이르기까지 겹겹이 인파로 뒤덮여 진을 친 것 같았으니, 영구靈柩를 보내는 무리가 이렇게 많은 것은 근고近古에 없는 일이었다. 시골의 무인 한 아무개가 장지에서 민영휘를 보고 말하였다.

"자네도 호상護喪을 하러 왔는가? 자네는 민가가 아닌가? 어떤 민가는 죽고 어떤 민가는 죽지 않는 것인가? 자네가 나라를 망쳐 오늘에 이르렀으니 한 번 죽어도 속죄할 수 없거늘 충정공忠正公의 영구를 따라오다니 하늘이 두렵지 않은가? 빨리 가게나! 가지 않았다간 내 군화 끝에 채여 죽을 것일세."

이에 민영휘가 잠자코 나왔다. 듣는 자들이 통쾌하게 여겼다.

- 황현, <매천야록>(허경진 옮김, 서해문집) 제5권 '을사년' 중에서

이 글에서 나타나고 있는 충정공 민영환과 민영휘는 같은 여흥민씨이다. 그런데 무인武人 한 아무개의 말처럼 어떤 민씨는 나라를 망치고 어떤 민씨는 나라를 망친 책임을 지고 스스로 목숨을 끊었다. 이 말은 당시대의 정세와 두 사람이 어떻게 살았는가를 간접적이지만 명쾌하게 고발하고 있다.

5-2, 녹죽으로 환생한 민영환의 충절

민충정공이 순절하고 8개월 뒤 세상이 발칵 뒤집히는 사건이 일어났다. 순절할 당시 선혈이 낭자했던 옷과 단도를 침실 뒤에 그대

로 보관해 뒀는데, 바로 그 마룻바닥 틈을 뚫고 녹죽綠竹이 네 줄기가 솟아났던 것이다. '죽어도 죽지 않으리라(死而不死)'던 그의 유서처럼 그는 대나무로 부활한 것일까? 신기한 것은 대나무가 4줄기, 9가지에서 잎이 45장으로 피어났는데. 그 이파리의 숫자가 선생의 순국당시 나이와 똑같았다는 것이다. 이런 실상이 알려지자 고종황제도 직접 그 대나무를 보고 "이 대죽은 민충정공의 충렬"이라며 눈물을 흘렸다. 이어 고종은 민영환을 대광보국숭록대부의정대신大匡輔國崇祿大夫議政大臣에 추증하고, 충정忠正이라는 시호를 내렸다.

5-3, 오로지 대나무만 푸르르구나

한편 신채호가 쓴 것으로 추정되는 7월 7일자 황성신문 논설에서 이 대나무를 '혈죽血竹'이라 명하였다. 그 뒤 경향각지는 혈죽 신드롬이 일어났다. 충정공의 사진과 혈죽을 새긴 필통, 술잔, 혈죽도血竹圖, 혈죽전血竹錢 등이 무수하게 제작되었다. 신문마다 한시, 가사, 시조, 창가 형식의 '혈죽시가'들이 이어졌고, 항일의 열기는 더욱 타올랐다. 매천 황현은 민영환의 충정을 '혈죽명血竹銘'이란 시를 통해 다음과 같이 표현했다.

충정을 남김없이 다 쏟은 뒤 / 몸을 던져 하늘로 돌아갔으니 하늘이 그 충성 기리는 것이 / 어쩌면 이리도 편파적인가 / 그 몸 죽여 떠나게 해서 / 이렇게 신령스러움 드러낼 거면 / / 이 나라에 큰 복 내려 / 공을 아니 죽게 함이 낫지 않은가 / 공의 충정 만세에 길이 빛나고 / 사해와 온 누리에 전해지리라 / 아름다운 몇 줄기 대나무가 / 우리의 강토를 숙연케 했지 / 그 피 변해 흙 되었고 / 그 기상 맺혀 뿌리 되었네 / 그때의 원통과 울

분 / 잎새마다 칼자국으로 남았네 / 이 땅의 수많은 남녀노소 / 공의 부활 와서 보지만 / 공의 모습은 볼 수 없고 / 오로지 대나무만 푸르르구나 / 을사오적들 이 얘기 듣는다면 / 날씨 춥지 않아도 벌벌 떨리라 / 사립 걸고 깊숙이 누우니 / 대나무 언제나 눈에 어른대누나 -혈죽명 <매천야록에서>

대한제국의 지식인으로서 망국의 책임을 다하고자 했던 황현과 자신이 몸담았던 지배층이 저질렀던 통한의 과오를 죽음으로 속죄했던 충정공 민영환, 그들이 서 있었던 위치와 삶의 궤적은 달랐지만 목숨으로 충절을 지키고자 했던 뜻은 같았던 것이다. 그래서 "사립을 걸고 깊숙이 누워도/ 대나무 언제나 눈에 어른"대는 것이다.

한편 황현 외에도 혈죽사건을 직접 보고 들었던 백성들도 민충정공의 애민위국정신에 미어지는 가슴을 그리움과 노래로 섞어 부르기도 했다.

협실의 소슨 대는 츙졍공 혈젹이라 (협실에 솟은 대는 충정공 혈적이라)

우로를 불식하고 방즁의 풀은 뜻은 (우로를 불식하고 방 중에 푸른 뜻은)

지금의 위국츙심을 진각세계 (지금의 위국충심을 진각세계(하고자))

츙졍공 구든 절개ㄱ피을 매자 대가 도여 (충정의 굳은 절개 피를 맺어 대가 되어)

누샹의 홀노 소사 만민을 경동키는 (누상에 홀로 솟아 만민을 경동키는)는

인생이 비여 잡쵸키로 독야청청 (인생의 비여 잡쵸키로 독야청청(하리라))

츙졍공 고든 절개 포은 선셩 우희로다 (충정공 곧은 절개 포은 선생 우희로다)

셕교에 소슨 대도 션쥭이라 유젼커든 (석교에 솟은 대도 선죽이라 유전커든)

허물며 방즁에 난 대야 일너 무삼 (하물며 방 중에 난 대야 일러 무삼(하리오))

- 이 작품은 사동우 대구여사(寺洞寓 大丘女史) 작품으로 최초의 혈죽가이다. 대한매일신보 사림(詞林) (1906.7.21.)에 실렸다.

일반 백성들의 마음이 이럴 진데 충정공의 후손들의 가슴은 또한 오죽했으랴!

국운이 쇠한 곳에 충신이 슬피 울고 / 열사의 가실 길은 죽음밖에 없단 말가 / 낙엽도 다 진하고 눈보라 치운 날에 / 평리원 섬돌 아래 외로이 무릎 꿇고 / 이천만 동포 아껴 애틋이 눈물지니 / 하날도 한겨운 듯 날마다 거물댄다 : - 충정공의 후손 작을 경기명창 이창배 곡을 붙였다. 최초의 혈죽가와는 무관하다.

6, 충과 효의 궁극적인 도달점은 어디인가

자기가 섬기던 임금이나 나라를 위하여 목숨을 끊는 것이 충신의 기본요건으로 여기던 시절, 충과 효의 궁극적인 도달점은 충과 효를 위하여 순절하는 것이다. 이런 극단적인 행위를 가장 아름답고 가장 선한 것으로 여겼고 이를 순국이라 불렀다. 당시대의 민영환은 이완용, 박제순, 이지용, 이근택, 권충헌 등과 같은 을사5적보다 친일하기에 더 유리한 입장에 있었다. 일본이 민영환을 포섭해 친일파를 육성하려는 계획까지 세웠을 정도였기 때문이다. 그러나 민영환은 그들의 음모에 두 번 다시 속지 않았다. 오히려 그들과 대적하면서 오직 나라와 임금을 위해 자결 순국하는 길을 택했다. 이런 사람을 우리는 어떻게 불러야 되는 것일까?

민영환이 순국 자결하고 5년이 되는 1910년 9월, 일본은 대한제국을 강제로 병탄시켰다. 이 소식을 들은 황현은 먹지도 마시지도 못했다. 그러던 어느 날 저녁, 아래와 같은 '절명시' 4수를 지어 놓고, 자제들에게 "500년 동안 나라에서 선비를 길렀는데도 그 나라가 망하는 날에 한 사람도 순절殉節하는 자가 없다면 어찌 비통한 일이 아니겠는가?"라는 말을 남겨놓고 자결했다.

> 鳥獸哀鳴海岳嚬 새와 짐승은 슬피 울고 강산은 찡그리네
>
> 槿花世界已沈淪 무궁화 세계는 이미 사라지고 말았구나.
>
> 秋燈掩卷懷千古 가을 등불 아래 책 덮고 천고의 역사를 생각하니,
>
> 難作人間識字人 세상에서 글 아는 사람 노릇하기 어렵구나 .
>
> - 절명시(絶命詩) 일부"매천집(梅泉集)에서

"500년 동안 조선왕조가 수많은 선비를 길렀는데도 그 조선이 망하는 날에 한 사람도 순절하는 자가 없다?" 이 말 한마디가 시사 하는바는 또한 무엇인가?

7, 평가를 위한 평가

민영환에 대한 부정적인 평가는 민영환이 젊은 시절에 명성황후

를 등에 업고 행실이 방자해서 욕을 많이 먹었다고 주장한다. 또한 매관매직이나 부정부패에 깊이 연루되었다는 의혹도 제기하고 있다. 실제로 동학의 전봉준은 민영환을 조선의 3대 탐관오리 중 한 명으로 꼽았다. 그런 그를 마지막 행적만 가지고 지나치게 미화되었다고 주장한다.

반면 민영환이 여흥민씨 세족 중 한명인 것은 맞다. 하지만 그가 민씨 세도기간 중 그와 직접적으로 관련된 과오는 확인되지 않고 있다. 전봉준도 구체적인 사례를 내놓지 못했다. 추정컨대 당시 민영환이 민씨 척족의 대표 격이었기 때문에 전봉준의 정치적 입장에서 그렇게 지명 주장할 수밖에 없었던 것이 아니냐는 의견이다. 또한 당시 민씨 척족은 대표적인 수구세력이었다. 반면 민영환의 행보는 수구가 아닌 개화파적인 면모가 두드러졌다. 개화와 탐관오리? 뭔가 억지스러움이 엿보이지 않는가?

8, 맺는 말

민영환이 젊었을 때 방자해서 욕을 많이 먹었다고 하자. 그럴 수가 있다. 명성황후를 등에 업고 초속 승진한 그의 아랫사람들은 모두 민영환보다 나이가 많았을 것이다. 즉 나이든 사람이 나이어린 상관을 모시는 입장에선 그가 아니꼽게 보일 수밖에 없었을 것이다. 그래서 욕이 나왔을 것이고, 그 욕을 상관인 민영환이 먹었을 것이다. 이런 가정 하에서 욕을 먹는 쪽보다 욕을 하는 쪽이 더 방자해진다.

당시 촬영된 혈죽과 민영환

민영환이 조선 3대의 탐관오리 중 한 명이라고? 탐관오리가 정치의 개혁과 민권을 신장시켜 국가의 기본을 공고히 하려는 개화파란 말인가? 정치를 개혁하고 민권을 신장시켜서 국가의 기본을 공고하게 다지면 탐관오리들은 설 자리가 없어지는데? 그런 정치로 사회를 정화시키려던 사람을 탐관오리의 범주에 가두려는 것은 논리가 맞지 않는다.

민영환은 여흥 민씨 척족의 실력자로 오랜 기간 권세를 누리며 출세가도를 달렸다. 그는 아관파천 전후 외교활동을 통해 시세時勢를 깨닫고 국가 중흥을 위한 개혁을 추진함으로써 종래의 세도가勢道家들과는 전혀 다른 길을 걷기 시작하였다. 독립협회(친일 이전)와 만민공동회를 후원함으로써 민권의 신장을 지지한 것은 민영환의 개혁적 성향을 보여주는 좋은 사례이다.

단언컨대 민영환은 탐관오리가 아니라 애국지사이다.

포커스를 한 그루의 나무가 아닌 숲을 향해 활짝 열어보라. 그러면 보일 것이다. 그가 얼마나 위대한 인물인가가!

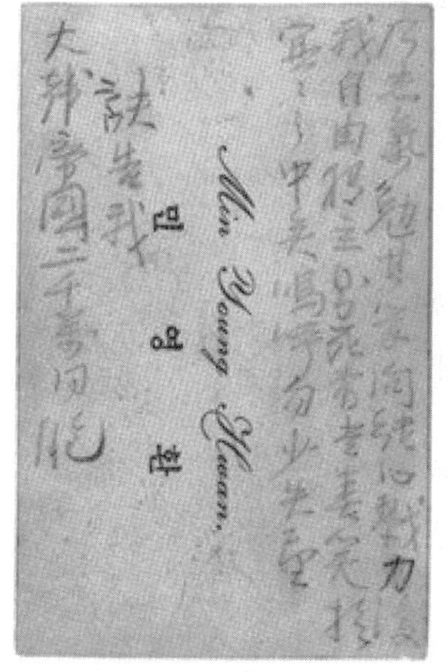

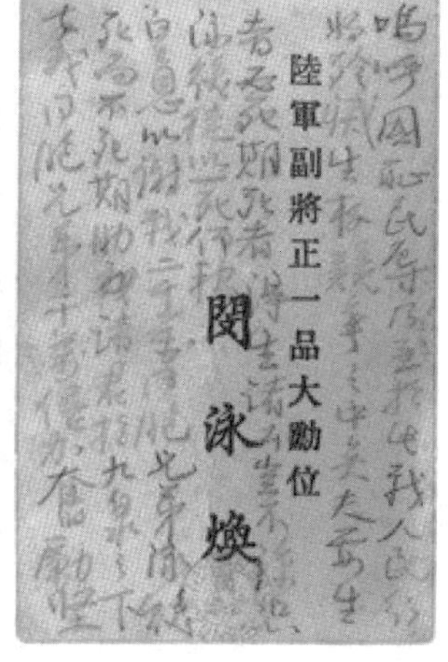

명함위에 쓴 유서

9, 사후

선생 사망 후에 의정대신議政大臣으로 추증되었고, 대한제국 고종이 사망한 뒤에는 고종 황제의 능원에 배향되었다. 1962년에 건국훈장 대한민국장을 추서 받았다. 선생의 묘는 경기도 용인시 기흥구 마북동 544-4에 있다. 묘비는 대한민국 초대 대통령 이승만의 친필이고, 1973년 7월 10일 경기도의 기념물 제18호로 지정되었다.

1957년 서울 종로구 안국동 사거리에 세워진 그의 동상은 창덕궁 돈화문 앞으로 옮겨졌다가 선생의 생가터로 알려진 우정총국(사적 제213호) 옆으로 이전했다.

[참고자료]

- 매천야록
- 위키백과 외

모셔온 이야기

김 제화 편

▶ 중국 조선족은 항일독립운동의 든든한 지원군

박 정순 편

▶ 역사에서 가리워졌던 독립운동가, **박용만**

홍 선자 편

▶ 최고령 의병장 **최익현(崔益鉉)** 선생

▶ 중국 조선족은 항일 독립운동의 든든한 지원군

중국 조선족은 항일 독립운동의 든든한 지원군

김 제화

조선은 지도자를 잘못만나 백성들이 고생을 많이 한 나라다. 1910년(경술년) 8월 29일 이완용이 주도하는 매국노들이 나라를 일본침략자들의 손에 넘겨줘서 우리민족이 하루아침에 일본의 식민통치를 받는 눈물겨운 민족이 되었다. 그러나 대한이라는 나라는 망했지만, 민족이 망한 것은 아니었다. 민족이 살아있다는 것은 희망이 있다는 것이다. 안에서 잃은 것을 밖에서 찾자는 심정으로 찾아 간곳이 청나라 만주와 소련의 연해주였다.

대한은 삼면이 바다여서 갈 곳은 대륙과 이어져 있는 그곳밖에 없었다. 일찍이 우리민족이 나라의 불행을 미리 예지했는지는 모르지만, 나라가 망하기 300년 전부터 그곳에 이미 우리백성들이 살고 있었다는 것은 놀라운 일이다. 우리민족이 남의+나라에서 살기 위해서 민족적 색깔을 뚜렷하게 드러내지 못한 채 숨죽이며 살면서 현지인과 동화되었다. 나라가 백성을 지켜주지 못하면 다른 나라 백성이 되는 것은 자연스러운 일이다.

그러나 이러한 민족적 행보가 후일 구국강병의 초석이 될 줄이야 미처 몰랐을 것이다. 우리+민족을 향한 하늘의 섭리가 있지 않았나 생각해 본다. 그러면 언제부터 조선 사람들이 이 만주에 살게 되었는지를 살펴보자.

만주와 동북 삼성

그 옛날에는 고구려에 속했던 땅으로 만주족(여진족)이 살던 땅이다. 일본제국주의 침략자들은 만주를 간도라고 불렀다. 일본의 패망과 함께 2차 대전이 끝나고 1949년 10월 1일 중화인민공화국 공산정권이 들어서면서 만주는 세 개의 성(흑룡강성, 길림성, 요양성)으로 나누어지면서 동북삼성이라 부르며, 만주라는 이름은 더 이상 쓰지 않게 되었다.

역사적으로 함경도, 평안도에 거하던 조선인들이 고조선시대부터 고구려, 고려 시대에 이르기까지 끊임없이 이 지역으로 이주하여 살았을 텐데, 그 후손들의 흔적은 전혀 찾아볼 수 없다. 그 시대 사람들은 고향으로 돌아갔거나 현지주민인 만주족, 한족, 또는 몽골족으로 동화된 것으로 보고 있다. 지금 동북삼성에 있는 조선 사람들은 주로 세 가지 경로를 통해서 들어가게 되었다. 이 조선인들의 후예들이 만주에서 뒷날 항일투쟁의 근거와 자원이 되었다.

첫째 경로는, 조선 세종조(1433) 4군 6진 시대이다. 우리나라 북방은 산악지역으로 경작할 땅이 많지 않아서 늘 양식의 부족함에 허덕이고 있었다. 거기다가 여진족의 침략으로 바람 잘 날이 없는 지역이었다. 두만강 건너 드넓게 펼쳐져 있는 들은 조선인들의 입맛을 당기게 하고 있었다. 그러나 조선정부에서도 월경을 금하고 있었고, 더욱이 두만강 건너 드넓은 벌판은 청나라정부가 아무도

연길에 있는 조선족 대학교

못 들어오도록 봉금령(封禁令)이 내려진 곳이었다. 그곳은 룡흥지지(龙兴之地 룽씽즈띠)라 부르며, 만주족의 발상지로 청 제국 황제 강의제 때부터 선조의 발상지를 보호한다는 이름 밑에 도문강 북쪽에서 압록강 남쪽에 이르기까지 천리에 이르는 지역을 보호하는 법인 봉금령을 선포하여 이민족의 거주를 금하였다. 만일 이 경계를 넘어와 거하는 자는 단두대에 세워 처형하는 엄한 법을 정했다.

중국동포 거주지역 분포도

그러나 강 건너 그냥 버려져있는 넓은 들을 탐내는 조선 사람들이 가만 놓아둘 리 없었다. 저곳에 살길이 있다는 것을 안 가난한 농민들이 몰래 숨어들어가서 밭을 일구어 봄에 씨를 뿌리고 가을에 거두어들이기 시작하였다. 1669년 함경도 북방 4군 6진에 극심한 가뭄이 들자 농민들이 살길을 찾아 단두대의 위험을 무릅쓰고 두만강과 압록강을 건너 불법으로 정착한 것이 연변의 조선족 역사의 시작이라 할 수 있다. 그리고 1860년대 다시 계속되는 가뭄으로 살기가 어려워지자 조선인들이 대담하게 두만강을 건너 연길 용정 화룡 등 더 넓은 연변지역으로 퍼져 나가기 시작하였다. 조선민족의 장점은 개척정신과 창의성 그리고 역경을 극복하는 끈기라 할 수 있다.

조선의 불법이민자들로 양국이 긴장관계에 있다가 1881년 봉금령이 해제되면서 조선과 청나라 정부의 개척 이민정책에 따라 본격적인 이주가 시작되었다. 연변의 기름진 땅의 소문을 들은 조선 사람들이 새로운 세상에 대한 꿈을 안고 밥이나 먹고 살려고 몰려갔다. 여러 가지 악조건 속에서도 그들은 화전을 개간하였고, 논을 개간하여 벼농사를 짓기 시작하면서 연변에 조선 사람들이 집단으로 정착하게 되었다. 1885년에는 청나라 길림장군이 조선과 길조 통상조약을 맺으면서 도문강 700리 강 왼쪽으로 너비 50리나 되는 지역을 조선족 개간구로 정하면서 대대적인 개간이 시작되었다. 기억할만한 사건은 조선 사람들의 노력과 지혜로 벼농사가 성공함으로써 조선 사람의 인식을 근본적으로 바꾸어 놓은 계기가 되었고, 동북지역의 경제사정을 일변시키는데 커다란 공헌을 하게 되었다.

따라서 연변은 황무지를 개간하여 옥토로 만들어 삶의 터전을 일구어낸 조선 사람들의 세상이었다. 불완전한 통계에 의하면 1894년에 73,000명 정도가 정착하기 시작해서 경술국치가 있던 1910년에는 만주의 조선인구는 109,500명에 이르게 되었다고 한다.

벼농사

만주에서의 벼농사는 획기적인 일이며 역사의 새 장을 열었다. 조선사람 이전에는 벼농사라는 것은 없었기 때문이다. 그때 연변지역은 우량이 적고 기온이 낮아 벼농사가 안 된다고 여겼다. 1870년대에 들어와 동북에서 처음으로 벼농사를 짓기 시작한 곳은 통화현 하전자라는 마을이다. 함경도에서 온 김 씨라는 농민이 이곳으로 이주하여 와서, 여러 해 동안 그 일대의 기후와 수온의 상태를 파악한 후 함경도로 건너가서 볍씨 몇 근을 가지고 와서 햇볕이 잘 드는 곳에 논을 풀어 심었더니 가을에 예상 밖으로 벼가 잘 여물었다. 김 씨의 벼농사가 성공했다는 소식은 넓은 만주벌판을 논으로 바꾸어 놓았으며 쌀 혁명을 가져오게 되었다.

동북의 벼농사에 대한 노래
만주 땅 넓은 들에
벼가 자라네 벼가 자라
우리가 가는 곳에 벼가 있고
벼가 자라는 곳에 우리가 있네.
우리가 가진 것 그 무엇이냐
호미와 바가지밖에 더 있나?

호미로 파고 바가지에 담아
만주 벌 거친 땅에 볍씨 뿌리며
우리네 살림을 이룩해 보세

1920년대에 조선농민들 사이에 널리 불렸던 이 민요는 동북의 넓은 벌에다 벼농사를 처음으로 시작하였고 계속 발전시킨 조선 농민들의 간고한 생활과 벼농사에 대한 애착심을 아주 소박한 감정을 진실하게 나타내고 있다. 조선족농민들의 피와 땀은 황무지를 옥토로 변화하였고 살림은 제법 틀이 잡히면서 오붓한 마을들이 여기저기서 일어나게 되었다. 피어가는 조선족들의 생활 정경을 보자 피비린내를 맡은 이리 떼처럼 난데없는 '점산호'라는 폭력 자들이 나타났다.

점산호(占山戶, 지주)

점산호는 새로 생겨난 신흥지주 계급들이다. 이들의 출신성분은 토비(산적)이거나 망나니들로, 지금 우리말로 하면 깡패 건달집단이다. 잘살아가는 조선족들을 시기한 그들은 조선족이 일궈놓은 밭과 논이 탐이 났다. 그들은 청나라 관청에 뇌물을 주고 연변의 토지 소유권과 관리권을 얻어 조선 사람들의 토지를 빼앗기 시작했다. 그 때만 해도 토지소유권이란 것은 없고 널려진 땅을 누구든지 개간하여 농사를 지으면 되었다. 그들이 토지를 착취하는 방식 또한 아주 가관이었는데, 강과 산을 얼추 경계로 삼아 온종일 말을 타고 한 바퀴 달린 후 그 안을 자기 땅이라고 선포하면 되었다. 이렇게 해서 힘없는 조선족은 반항 한번 못해보고 피땀 흘려 만든 전답들을 하루

아침에 다 빼앗겨 버리고 소작농으로 전락해 버렸다. 이때부터는 황무지를 개간하려면 점산호들과 계약을 맺어야만 했다. 그때부터 조선 사람들은 그들의 소작농이 되었다. 소작료는 점산호가 6. 할을 차지하는 4.6제로 하다가 3.7제 그리고 2.8제까지 올라갔다. 현물에 대한 이자는 60%로 봄에 옥수수 1kg을 빌리면 가을에는 7.5 kg를 갚아야만 했다. 점산호들의 착취를 받으면서 살아왔던 그들의 생활처지는 소나 말보다도 못하였다. 긴 겨울 먹을 것이 없어서 자식을 주고 옥수수나 곡식 얼마를 받아서 모진 목숨을 부지하여야만 했다. 더욱이 점산호들은 청나라 통치자들의 명령에 따라 조선족과 한족들에게 치발역복(薙發易服, 만족같이 앞머리를 깎고 만족 옷을 입는 것)을 요구하여 복종하는 사람에게는 소작권을 주었고 따르지 않는 자에게는 소작권을 빼앗고 쫓아냈다. 조선족농민들은 이러한 치욕적인 민족적 억압과 민족 동화정책에 반대하여 목숨을 내걸고 싸우며 견뎌 내야했다.

둘째 경로는, 일제 탄압통치가 시작되자, 애국지사들과 뜻있는 사람들이 왜인들에게서 나라를 되찾겠다고 왜군의 손길이 미치지 않는 만주로 가게 되었다. 그리고 군사훈련학교를 세우고 군을 모집하면서 항일투쟁 준비를 하였다. 일본 침략자들은 동양척식회사라는 것을 만들어 조선의 농토를 다 빼앗아 조선으로 이주한 가난한 왜인들에게 나누어주고 원래 땅의 주인인 조선 사람들은 왜인의 소작농으로 만들었다. 땅을 빼앗기고 파산한 농민들이 새 삶의 길을 찾아 만주와 연해주로 이주하게 되었다. 불완전한 통계에 의하면 1931년까지 조선인은 409,402명으로 불어났다고 한다. 이 인구는 모두 자발적으로 이주한 사람들이다. 학교를 세우고 자녀들의 교육에 힘썼다. 또 조선 기독교에서는 여러 교파에서 선교사들을 보내서 조선족선교에 힘써 조선족마을에는 기독교회가 서가고 있었다. 남의 나라에서 힘들게 살던 조선백성들은 하나님의 사랑과 구속의 은혜로 마음의 위안과 기쁨을 누리게 되었다.

세월이 어수선하던 때여서 만주에는 왜군의 폭력과 지역공산당의 활동으로 지극히 불안정한 때였다. 이때 여러 교파에서 선교사가 순교를 당했다. 내가 아는 두 분만 소개한다. 1921년 손상렬 침례교 선교사가 왜경에게 순교를 당했다. 또 1932년 10월 14일 연길현 화첨자 종성동 침례교회 김영진 목사와 그의 형인 김영국 장로가 공산당 30명으로부터 배교를 강요당하다가 순교를 당했다. 순교자의 피가 흐른 연변은 기독교 신앙의 맥을 꾸준히 이어가고 있다.

나는 일차 조선 사람들의 만주로의 불법이주와 오늘날 북한동포의 탈북을 연관하여 생각해 본다. 역사는 반복된다고 일반적으로 말한다. 지난날 지금의 북한 땅에서 일어났던 똑같은 일들이 지금 바로 그 땅에서 일어나고 있으니 반복되는 역사의 진리를 다시 생각하게 해준다. 금세기에 북한사람들은 독재자의 그늘에서 굶주리다 못해 살려고 중국으로 탈북하고 있다. 350년 전 봉건시대 조선조의 조선백성들도 굶주린 백성들이 살길을 찾아서 만주로 월경한 과정도 두만강을 숨어 건너는 똑같은 길이다. 어쩌면 이리도 똑같은지 놀랄 뿐이다. 월경, 탈북은 같은 뜻이다. 이제부터 하나의 단어 탈북으로만 쓰겠다. 같은 땅에 있었던 봉건왕조 이 씨 나라와 지금 있는 사회주의 왕조 김 씨의 나라가 정치체제도 같다. 수백 년의 시간간격은 있지만, 탈북의 환경과 원인도 똑같다. 첫째 굶주림이다. 둘째 자유를 찾아서이다. 과거와 현재의 형편이 똑같으니 신기할 따름이다. '역사가 반복된다.'라는 말은 저 북방 땅에 딱 맞는 말이다. 공산주의 창시자인 카를 마르크스(Karl Marx)가 재미있는 말을 했다. '역사는 두 번 반복된다. 한번은 비극으로, 한 번은 희극으로'이다. 북방 땅에 적용해 보면, 조선시대 조선 사람의 만주로의 탈북은 비극으로 시작되었지만, 희극이 되었다. 그러나 북한사람의 만주로의 탈북은 비극으로 시작하여, 더 큰 비극이 되었다. 두 나라의 탈북목적지가 같은 만주 땅인데 왜 이런 차이가 있는지 격세지감을 느끼게 해 준다.

2차 경로로 만주에 온 사람들은 나라를 잃고 생업을 빼앗긴 아픔을 안고 온 사람들이다. 언어와 문화가 다른 나라에서 차별을 받으면서 삶을 이어가야 하는 대한의 사람들에게는 일본 제국주의자들에 대한 한을 되씹으며 하루하루를 사는 사람들이다. 이 동포들이 나라를 되찾아야 한다는 책임감을 가진 사람들로 든든한 독립군의 지원군이었다.

세 번째 경로는, 일본 제국주의자들에 의한 강제 이주정책에 따른 것이다. 1931년 9.18 만주사변을 일으켜 무력으로 만주지역을 점령한 뒤 만주 제국을 세우고 청 왕조 마지막 황제였던 부위를 만주국의 허수아비 황제로 앉히면서 중국 본토침략을 위한 전초+기지를 만들었다. 또 현지에서 관동군의 식량문제를 해결하기 위하여 쌀농사를 지을 농민이 필요했다. 왜인들은 '개척 이민'이란 허울 좋은 이름으로 땅과 집을 준다고 우리농민들을 속여서 전라도와 경상도에서 모집하여 강제로 이주시켰다. 개척농민들은 왜군의 감시아래 집단촌을 이루어 쌀 생산을 위한 논을 개간하는 데 주력하였다. 양식도 넉넉히 주지 않아서 굶주린 배를 움켜 안고 북방의 혹독한 추위를 견뎌 내면서 개간하여 정착하기 시작하였다.

조선개척단이 황무지를 개간하여 만든 그 논들은 오늘날 중국에서 가장 질 좋은 쌀 대 생산지가 되어있다. 3년 동안 이주시킨 조선농민은 48,839명에 달했다고 한다. 개척이민자들은 길림성 안도, 설안, 그리고 흑룡강성 오상, 상지, 하얼빈, 아성, 야부리, 밀산 등지에 배치되었다. 3차에 걸친 조선 사람의 이주민 가운데 2차, 3차 조선인이 항일투쟁의 가장 활성화된 자원이 되었다. 왜인들에게 속아온 억울함의 분노로 적개심이 컸고, 조국해방의 염원이 절실했기 때문이다.

조선족의 다수는 천하의 근본인 농민으로 땅을 차지하고 한 지역에 정착하고 있었기 때문에 항일운동의 근거지가 될 수 있는 유리한 환경과 조건을 가지고 있었다. 또 식량을 생산하므로 언제든지 먹을 것이 있어서 독립군의 양식공급이 가능한 것이 큰 원동력이 되었다. 집단마을은 조직적인 정보수집과 정보전달이 편리하였고, 필요한 인력동원이 가능했다. 골짜기마다 점점이 흩어져 있는 조선족의 작은 마을들은 독립군들의 작전과 활동을 원활하게 하는 편리한 점을 가지고 있었다. 독립군의 항일투쟁이 가능했던 것은 우리민족이 미리 삶의 터전을 마련하여 정착하고 있었기 때문에 가능했다. 만일 우리민족이 그렇게 그곳에 살고 있지 않았다면 독립군의 항일투쟁은 불가능했을지도 모른다.

청산리대첩과 김좌진 홍범도 장군

한번은 연길 조선족 TV 방송국 출장 팀과 두만강 변경에 간 적이 있다. 그때 나는 김일성 사실 여부와 청산리대첩과 김좌진 장군에 관해서 이야기를 나누었는데, 기자들은 나에게 김일성은 진짜이며, 청산리대첩에는 홍범도 장군을 내세웠다. 또 촬영기사는 김좌진이 누구냐고 물었다. 잠시 논쟁이 있었는데, 나를 초청한 기자는 청산리와 봉오동 격전지가 연길서 그리 멀지 않고, 그때 그곳에 살던 분들도 있으니까 가서 확인시켜 줄 수 있다고 열을 냈다.

이분들 가운데 아나운서와 기자들은 한국 KBS에 가서 한국 표준어와 역사 등 교육을 받고 와서 여러 분야에서 새로운 지식을 가지고 있었다. 이제는 홍범도 장군에 대해서도 공개적으로 밝혀지고 자료도 많이 나와서 우리의문을 풀어 주었다. 청산리대첩은 김좌진과 홍범도 장군이 협력한 전투였고, 또 작은 부대를 이끈 지휘관들의 합작품이다. 청산리전투의 사령관으로 김좌진 장군을 든다면, 청산리 못지않은 봉오동전투는 홍범도 사령관의 몫이다.

이들은 각각 독립된 부대의 사령관으로 작전에 있어서 상호 협력적이었다. 그러면, 왜 그동안 우린 홍범도 장군에 대해서, 저쪽은 김좌진 장군에 관해서 잘 몰랐을까? 이유는 이렇다. 남북이 갈라지면서 한반도의 역사관이 달라졌기 때문이다. 남한은 남한출신의 김좌진 장군을, 북한은 북한출신의 홍범도 장군을 청산리와 봉오동대첩의 주인공으로 내 세워 일방적으로 가르쳤기 때문이다. 양쪽주장이 다 옳다. 중국 조선족은 역사교육에 있어서 개방 전까지는 전적으로 북한의 영향+아래 있었다.

다행스럽게 한국의 SBS에서 2003년 7월 29일부터 2003년 9월 30일까지 124부의 야인시대가 방영되자 조선족들에게 인기가 대단했다. 그리고 자연스럽게 김좌진 장군에 대한 이해가 깊어졌다. 이제 우리는 혁혁한 공을 세운 두 분의 항일투사를 같은 마음으로 대해야 하겠다.

연변의 용정, 도문, 화룡, 왕청, 이도백화와 태백산에 이르는 크고 작은 항일투쟁은 여러 독립군 단체들이 개별적으로 때로는 연합하여 이룬 쾌거이다. 그때 만주에서 항일투쟁하던 독립군부대와 지휘관들을 참고로 열거해 본다.

부대 이름	지휘관
북로군정서군	김좌진, 김규식, 이범석
대한독립군	홍범도
군무 도독부군	최진동
국민회군	안무
의민단	허근, 강창대, 방위룡, 김연군
신민단	김준근, 박승길, 양정하

중국도 일본 제국주의자들로부터 엄청난 손해를 입었다. 중국혁명사에서 조선민족의 항일투쟁의 동반자로서 혁혁한 성과를 높이 평가하고 있다. 그러나 모택동의 문화혁명 기간에 조선민족은 큰 피해를 보았다. 특히 남한에 친척이 있는 사람들은 비판의 대상이었다. 온갖 시련과 어려움 속에서 10여 년 동안 숨죽이고 견디며 살

아야만 했다. 그러다가 1989년 중국이 세계를 향하여 문을 열면서 1994년 한국과 국교를 맺었다. 이때부터 숨죽이고 있던 조선족에게는 Korean Dream에 들뜨기 시작하였다. 한국과 소련으로 나아가면서 돈을 벌기시작하면서 중국 사람들이 부러워할 만큼 조선족의 위상이 달라졌다. 조선족에게는 돌아갈 나라가 있어서 희망을 잃지 않았다. 한 송이 꽃을 피우기까지 모진 북풍설한을 참고 견뎌내듯이, 그 모진 세월을 절망하지 않고 참으며 견뎌냈다. 조선족에게 좋은 세월이 온 것은 틀림없지만, 반사영향으로 조선족 가정이 무너지고 있었다. 개방과 더불어 조선민족의 아픔과 불행이 시작되었다. 아내가 떠나가고, 엄마가 떠나가면서, 조선족 사회는 잿빛구름에 덮이고 있었다.

조선족인구의 이동으로 조선족사회도 함께 무너지기 시작하였다. 2차 세계대전이 끝날 때 중국의 조선족은 약 200 백만이었는데, 50만이 고국으로 돌아가고 150만이 남게 되었다. 내 나이 6살 때 흑룡강성에서 살던 우리가족 6명도 이 50만 명 가운데 있었다.

그리고 1990년 인구조사에서 조선족 인구 1,925,970명은 10년 뒤인 2000 인구조사에서는 10만 명이나 줄었다. 갈수록 인구가 줄어서 50년 뒤에는 중국에 조선족인구는 완전히 없어지는 것으로 인구학자들은 보고 있다.

지금 한국에 중국 조선족 70만이 살고 있다. 중국의 지방조직법에는 어느 행정구역에 소수민족 인구가 30%가 넘으면 그 소수민족의 자치행정구역으로 설정하는데, 그 많던 조선족 자치 촌, 면, 읍 그리고 학교가 사라졌다. 이제 얼마 남지 않은 조선족 자치 시와 연변 조선족 자치주도 인구가 이미 법적수준 밑으로 내려가고 있으므로 없어질 순서를 기다리고 있다고 해야 할 것이다. 한마디로 중국에서 조선족은 사회주의 정치체제를 유지하는 한 희망은 없는 것으로 본다.

350여 년 전 굶주린 배를 안고 만주에 들어가서 온갖 시련을 겪으면서 황무지를 개척하여 젖과 꿀이 흐르게 땅을 만든 조선족은 자랑스러웠다. 쌀농사를 모르던 중국인들에게 논을 만들어 잘살게 해주었으니 이 얼마나 위대한 일인가.

조선족은 간고한 세월가운데서도 자녀들의 교육을 소홀히 하지 않았다. 1949년 3월 20일 연변 조선족대학은 중국의 55개 소수민족 가운데 처음 세운대학으로 조선족의 긍지요 자랑이다. 조선족의 교육열로 인하여 훌륭한 인재들이 중국정부와 군과 교육계에서 두각을 나타내고 있었다. 또 중국정부는 법으로 소수민족 우대정책을 펴 와서 여러 가지 혜택을 받아왔다.

그러나 2000년대에 들어서면서 그러한 우대정책은 사라졌고, 혁명의 동반자라고 추켜세우던 조선족 항일유적지도 모두 없앴다. 그 대표적인 예로 용정의 일송정에 가보면 실감한다. 또 시진핑의 China Dream은 조선족은 존재가치는 더는 특별하지 않다. 중국 조선족은 만주에서 항일투쟁의 혁혁한 전공도 세웠고, 공산혁명에도 일조한 우월한 조선민족, 이제 피와 땀으로 이룬 자랑스러운 모든 것을 그대로 두고 떠나가고 있다.

조선족은 더부살이해 온 민족으로서 한족으로 동화되어 가거나, 조상의 나라로 돌아가는 두 갈래 길에 서 있다. 특히 많은 조선족여성들은 한족과의 결혼으로 이미 한족 화 되었다. 중국은 간고한 세월동안 조선족이 잠시 머문 나라이며, 조상의 나라가 번영하니 여기에 더 머물러야 할 이유가 없는 것 같다.

> 전도자가 이르되 헛되고 헛되며 헛되고 헛되니 모든 것이 헛되도다
> 해 아래에서 수고하는 모든 수고가 사람에게 무엇이 유익한가
> 한 세대는 가고 한 세대는 오되 땅은 영원히 있도다
> 전도사 1:1-3

[참고자료]

- 조선 역사와 개척사 / 조선족 백 년 사화 1집

박정순 편

▶ 역사에서 가리워졌던 위대한 독립운동가

박용만

박용만 朴容萬 (1881, 8, 26~1928, 10, 17)

대한제국의 계몽운동가이자 언론인, 독립운동가, 군인이었다. 1904년 일제의 황무지개간권요구에 반대운동에 가담했다가 투옥되었다. 그 뒤 미국으로 건너가 네브래스카의 커니농장에서 한인소년병학교와 대조선 국민군단을 설립하고 무장투쟁운동을 벌였다. 1928년 군자금 모금차 중국 텐진에 체류하던 중 의열단원에게 암살당했다.

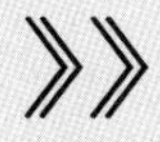

"우리 백성으로 하여금 모다 열 살이 차지 못하야 외국말만 배호기 시작하면 결단코 됴선 국혼이 그 머리 가운데 업슬지라, 백성이 되어 그 나라 문학을 모르고 그 나라 말을 모르고 그 나라 력사를 모르면 그 나라 사랑할 마음이 어대로 좃차 나리오〈하략〉

- 1909년 월간지 대도 5월호(샌프란시스코)에서

역사에서 가리워졌던 위대한 독립운동가

박 정순

프롤로그

2014년 하와이 여행길에서 우연히 가이더로 부터 '대조선 국민군단'과 '대조선 국민국단 사관학교'를 설립하고 또 훈련시켰던 위대한 독립운동가가 있었다는 것이다. 나름 역사에 대한 지식이 그리 빈약하다고 생각지 않았는데 '박용만'에 대한 내 무지에 뜨악했다.

하와이주는 6개의 섬으로 당시 오하우섬(주 수도, 호노룰루)에 사관학교가 있었던 곳은, 지금은 주택가로 바뀌었고, 하와이 아일랜드(빅아일랜드)에만 당시 사탕수수 농장에서 일을 하고 살았던 조선인의 집이 유일하게 한채 남아 있다고 했다. 하와이 아일랜드에는 19세기와 20세기에 탕수수 농장이 한창이었지만 현재는 야자수, 채소, 열대 과일로 바뀌었다. 서울에서 호노룰루까지, 또 호노룰루에서 빅아일랜드로 전세 비행기를 타고 왔는데 그 귀중한 역사의 현장을 놓칠 수 없어 특별히 일행들에게 양해를 구했다. 가이더에게 약간의 팁을 더 얹어주며 그곳을 가보자고 했다. 미리 방문한다는 약속을 하지 않았고 개인 소유지이므로 집안은 못 들어가는대신 밖에서만 바라보는 조건이었다. 일정을 변경하여 유일하게 남아있는 수수밭 농장으로 향했다.

어렵사리 도착한 들판위에 작고 허름한 창고같은 집이 시야로 들어왔다. 숨막히듯 작은 그집을 바라보자, 온 몸이 서늘해져왔다. 1900년대의 조선인, 나라잃은 백성, 조국을 향해 붉은 그리움을 토해냈을것 같은 녹슬은 양철지붕! 자신의 키보다 몇 배나 더 큰 사탕수수를 긴 낫 한자루로 베며 살았던 곳. 그들이 받았던 노동의 댓가, 그 돈을 아끼고 또 아껴서 조선의 독립운동 기금으로 중국의 독립지사들에게 보냈다.

뿐만 아니라 미국땅에서 '대조선 국민군단과 사관학교'를 세웠고, 인천에 있는 인하대학교(인천 부두에서 출발하여 하와이에 도착, 하여, 인하라고 명칭함)를 설립한 자금또한 우리 선조들의 호주머니에서 나온 것이다. 태평양 건너 가난하고 작은 조선을 향한 사랑은 양철지붕을 달궜을 열기보다 더 뜨거웠을 것 같다. 아팠던 침묵의 세월이 물흐르듯 흘러 오늘의 대한민국을 보고 저승에서라도 기뻐 달려올것 같은 대한민국 독립만세가 아니라 대한민국 만만세라고 외칠것 같았다. 나도 모르게 서늘한 아픔이 목울대를 타고 내려와 울컥 해졌다.

난 평생 민주화운동을 위해 촛불 한번 들어본 적 없었다. 나그네로 살다간 미국 땅에서 독립을 위해, 돌멩이 한개라도 쪼개어 보탰을 그 분들께 빚진 마음을 대신해서라도 '수수밭속에서 키워낸 무궁화'를 쓰야 할 것 같았다. 여행을 끝내고 돌아온 뒤 박용만에 대한 글쓰기는 가슴속 채증만 갖고 차일피일 미루었다. 그리고 지난해 김대억목사님께서 주관하고 있는 "애국지사모임"에 가입을 했다. 김대억 목사님께 오랜 인연에 대한 감사 인사를 드리기 위해서였다. 나는 미루었던 숙제를 하기 위해 "애국지사들의 이야기" 프로젝트에 "역사에서 가리워졌던 위대한 독립운동가, 박용만"을 선택했다.

박용만의 발자취를 따라 그가 다녔던 학교와 마을 그리고 독립단체들을 하나씩 들여다 보았다. 아니, 더 돌아보고 싶은 곳이 많아졌다. 하와이와 덴브와 네브라스카 그리고 중국과 연해주까지 좀 더 깊숙이 그의 발자취를 찾아보고 싶었다. 그가 선택한 독립운동의 방향은 무장독립운동이었다. 무장독립운동을 하기 위해 유사시에는 총을 들고 싸울 수 있는 둔전병제도를 모델로 삼았다. 첫번째로 군사학교설립을 통해 군 지휘관을 양성하기 위해 그의 첫 걸음은 미국의 커니시 교육청으로부터 "한인소년병학교"설립 인가를 받았다. 또한 네브라스카 주정부로터 공립 주정부에서 사관학교로 허가한 것으로 짐작되나 현재 코비드19으로 네브라스카주를 방문하지 못하여 좀 더 정확한 자료는 향후 제공할 계획임.

인가(사관학교제도라고 생각됨)를 받아 한인소년병 학생들은 헤스팅스 대학의 캠퍼스를 사용할 수 있었고 총까지 지원을 받았다. 그는 미국에서 유일하게 정치학을 전공했던 독립운동 지도자였고,해외에 흩어져 사는 조선인 단체를 하나로 묶어 "무형국가론"를 실행했다. 이는 상해의 임시정부의 기초를 마련하였으며, 3.1 독립운동의 독립선언서에는 그가 발표했던 논설문들과 문맥이 일치한 것도 일치함도 찾아볼 수 있다.

나는 왜 안창호, 김구보다 어쩌면 더 훌륭한 독립운동가였을 박용만에 대해서 무지했을까? 했던 의문의 중심에는 슬프게도 우리의 초대 대통령이었던 이승만이 있었다. 박용만이 1928년 암살을 당하지 않았다면 대한민국의 독립은 더 빨리 이루어질 수 있었을지도 모른다. 우리 스스로 독립을 더빨리, 그가 생각했던 방법으로 이루어냈을지도 모를 일이다. 그는 한반도에서 일본을 뛰어넘어 딴세상 찾기를 계획하였을 것이다. 그가 찾은 공간의 발견은 옛 고조선, 발해의 땅 위에 "국민제국 혹은 대한제국"이라는 새로운 공간의 이름으로 정부를 수립하고자 했을 것이다. 그가 예상했던 미.일전쟁은 일어났지만, 그가 없는 역사의 길위에서 우리의 독립은 우리의 손이 아닌 미.소의 손에 의해 분단의 역사로 가고 말았다.

1. 박용만, 그는 누구인가?

박용만은 강원도 철원에서 고종 18년, 1881년 7월 2일(음력)에 태어났다. 고종 32년 1895년 한성일어학교를 다닌 후, 관립유학생으로 선발돼 숙부 박희빈과 함께 일본으로 건너가 중학교를 졸업했다. 1904년 일제의 '황무지 개간권' 요구에 반대하는 보안회 운동으로 투옥하게 된다. "황무지 개척권 반대 운동"이란 조선말 일본이 대한제국의 주권 침탈을 하기 위해서 '황무지 개척권'을 강제로 요구하자

전 국민이 반대하였던 항일 운동이다. 이 운동은 1904년 6월 6일부터 1904년 8월10일까지 지속되었으며 일본이 철회함으로서 마무리된 것이다. 일본이 대한제국의 황무지 개척권을 내세웠던 이면을 미국의 네브라스카 주에서 발행하는 신문의 한 논설에서 예리하게 파악하였다. "Nebraska Newspaper 1904년 1월 7일자, "먼 동쪽의 A.B.Cs" 라는 제목으로 신문의 논설은 시작된다. 이 논설에는 일본이 조선을 침략하려고 하는 이유등이 객관적인 시각으로 서술하고 있다. 당시 미국의 시각에서본 이 신문기사에서 표기된 A,B,C는 일본, 러시아, 중국으로 표기하였다. 조선을 차지하려는 러시아와 일본의 대립각을 정확하게 분석하였다.

"지정학적인 대륙을 잇는 대한제국은 러시아의 부동항을 찾기 위한 최고의 위치이며, 일본의 인구 팽창은 대륙으로 뻗어나가 인구분산정책이 필요함을 근거로 제시했다. 일본내 인구를 이주시키기 위해서는 한국은 절대적으로 안정적인 나라일 뿐만 아니라 국민들의 품성또한 유순함가지 지적하고 있었다. 또한 대륙으로 나갈 수 있는 다리역할을 하는 곳이 바로 대한민국이기 때문에 이 두나라의 이익이 한국에서 충돌할 수 밖에 없음을 인지했다."

이 신문의 기사에서 언급한대로 "일본이 한국에서 러시아를 밀어냈다"고 쓴 38일후, 러일전쟁(1904.2.10)이 일어났다. 일본은 이를 계기로 1904년 5월 21일 대한방침, 대한시설강령등, 연해어업권, 내하, 연해항해권, 철도부설·관리권, 통신기관 관리권 등의 이권을 강점하였다. '황무지개척권' 요구 역시 이와 같은 일제의 대한경영의 일환으로 제시된 것이다.

유생들의 상소로 일본의 황무지 개척권을 반대로 시작되어 '황성신문' 및 '한성신보' 보도는 전국민의 반대 운동을 불러일으키는 계기로 작용하였다. 유생 및 전직·현직 대신들의 반대상소와 선언문에 상응하여 일제히 일본의 이러한 요구를 규탄하였다. 박용만이 가입했던 보안회 활동의 반대운동은 더욱 조직적이고 강력하게 전개하였다. 보안회는 일본공사관, 나아가 각국 공사에게도 서한을 보내어 국제여론에 호소하기도 하였다. 이처럼 보안회의 활동이 날이 갈수록 격렬해지자, 당황한 일본은 보안회의 해산과 집회금지를 강력히 요구하며 헌병과 경찰을 동원하여 주요 간부들을 일본 공사관이나 일본군영으로 납치.억류하는 강경책으로 맞섰다. 일본 하야시공사는 8월 10일까지 한국정부와 교섭한 끝에 한국이 이를 수락함으로써 일단 정식으로 철회하게 되었다. 황무지 개척권 반대 운동과 보안회자료 - 역사편찬 자료 인용.

2. 역사의 길위에서-만남과 헤어짐

■ 이승만과 만나다

보안회 활동인해 박용만은 한성감옥에 갇히게 되었다. 이곳에서 그는 독립협회와 만민공동회 사건으로 투옥되어 있던 이승만과 정순만을 만났다. 그리고 이들은 독립의 뜻을 함께하기로 하고 의형제의 연을 맺었다. 감옥에서 출옥후 박용만은 잠시 평안남도 순천의 시무학교에서 학생들을 가르쳤다. 이때 유일한(전 유한양행대표)과 정한경의형제인 정순만의 장남 정양필도 그중 한명이었다. 박용만이 "한인 소년병 학교"를 창립했을 때 정용만의 아들 정양필도 함께 하였다.

■ 네브라스카주와의 인연

네브라스카는 인디언어로 "평원으로 흐르는 강"이라는 뜻이다. 네브라스카주는 안데스산맥을 타고 내려온 평원으로 미국 내륙의 중심이며 교통의 중심이기도 하다. 당시 네브라스카주에서 발행하는 〈버팔로 데일리〉에 의하면 조선은 기독교 복음을 전파할 수 있는 최고의 기회의 땅이었다. 계절은 온난하며 사람들 또한 유순하다고 전했다. 네브라스카의 기독교에서는 많은 선교사를 조선에 많이 파견하였다. 다른 주와는 달리 인구정착을 위해 홈스테드법을 만들어 대지를 무료로 주었으며, 이곳의 선교사들이 박용만과 숙부 박희빈을 비롯한 청소년 몇몇을 미국으로 데려왔으며 덴버를 거쳐 네브라스카주의 커니시로 이어졌다.

또한 1919년 3일 1일 조선의 독립을 외치는 함성은 대한제국을 넘어 미국의 네브라스카주 주립대의 신문에서는 그 운동의 의의를 높이 칭송하였다. "조선인들은 비무장으로 태극기를 높이들고 독립을 외쳤고 일본인들은 그 함성에 놀라 총과 칼로서 막무가내로 조선인들을 죽이고 감옥에 넣고 있는 실정"이라고 신문은 보도했다.

1919년 7월1일 〈버팔로 데일리〉 뿐만 아니라 미국의 의회로 보낸 보고서에는 한국의 독립운동은, 일본의 침략에 반대하는, 한국의 남녀노소를 막론하고 맨손으로 거리에서 만세를 불렀다고 전했다. 또한 이 독립운동을 한 사람들을 일본은 창으로 총으로 달군쇠로 손과 발이 끊어지도록 고문을 하고 있는 만행에 대해 미국의 대통령뿐만 아니라 상원의원들은 침묵해서는 안된다는 피끓는 보고서를 전했다.

■ 독립운동의 방향

1907년에 쓴 마가렉 스틴 넬슨이 쓴 "The Korean Connection"의 기록에 의하면 박용만은 1905년 숙부와 몇명의 청소년들과 함께 미국 덴브로 오게 된다. 커니(Kearney)시의 커니고등학교 도서관 자료에 의하면 덴브에서 커니 공립학교 5학년의 레벨로 등록하였다.

박용만과 함께 온 학생들의 학습 능력이 아주 빨라 몇 달 지나 커니 고등학교에 입학을 할 수 있었다. 당시 박용만은 나이가 많아 수업을 받을 수 없었지만 학교장의 묵인하에 18세임을 선언하고 학교에 등록하였다고 했다. 커니고등학교의 졸업 앨범에 있는 1906년의 박용만을 볼 수 있다. 이후 링컨 컬리지(지금은 네브리스카 대학)에서 정치학을 공부하였다. 삼촌 박희빈과 박용만은 당시 링컨시로 유학온 학생들의 가이더(사감)로 일을 했으며 그들의 기숙사 생활을 관리했던 것이다. 즉, 그들의 학비와 기숙사 비용은 이렇게 5군데의 하우스 보이로 일을 하여 비용을 충당한 것이라고 넬슨은 썼다.

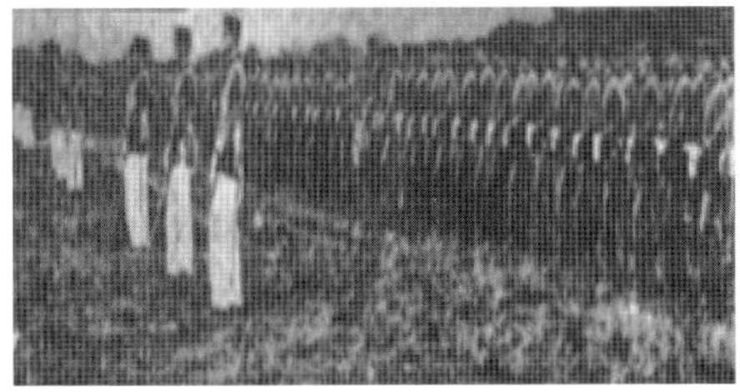

박용만이 독립운동의 방향에 큰 획을 그을 수 있었던 것은 커니공립학교를 다니면서 직접 체험했던 "카데트(사관생도) 프로그램"이었다. 당시 커니고등학교 사관생도 학교 프로그램은 미국전체주에서 최고의 프로그램으로 수상받기까지 했다.

1909년에 버팔로 카운티 서쪽의 1마일 떨어진 커니시에 위치한 농장을 헨리 정의 이름으로 박용만은 빌렸다. 이 농장에서 무장독립군 양성을 목적으로 '한인소년병학교'를 설립하고 커니시 교육청으로부터 학교설립을 인가 받았다. 화약을 발포할 수 있는 대포와 총같은 무기를 사용하지 않는 조건이었다. 그는 나아가 네브라스카 주정부의 공립 인가를 받아 군대에서 사용하는 발포되지 않는 총을 지원받을 수 있었고 헤스팅스 대학으로부터 교실과 운동장 사용허가도 받았다. '한인 소년병학교'는 3년제로 학기중에는 주일에 한번 훈련을 받고 여름방학에 입소해 평균 8주간 훈련을 받는 하계군사학교체제로 운영됐다.(6월~8월) 한인 소년병 학교 생도들은 각자의 수첩을 소지 하였고 일과는 아침 6시에 시작하여 저녁 9시 45분에 까지 고된 훈련을 했다. 1912년 첫 번째 졸업생 13명을 배출했다. 6년 동안 전체 졸업생은 40명을 배출하였고 170명이 한인 소년병 학교의 수업을 받았다.

사관생도제도는 고등학교 학생들이 신청하여 받는 사관후보생 제도와 성격이 같다. 아래 수첩은 헨리 정이 소유했던 수첩으로서 1911년 3월부터 그의 한인 사관생도 생활과 일상을 기록했다. 또 당시 네브리카주 수도인 링컨시에는 한국유학생들이 많이 들어와서 박용만은 학생들을 관리할 뿐만 아니라 커니시 밀로드 회사에서 일한 댓가를 채권을 구입하여 당시 '한인 소년병 학교'의 재정으로 사용했던 것이다.

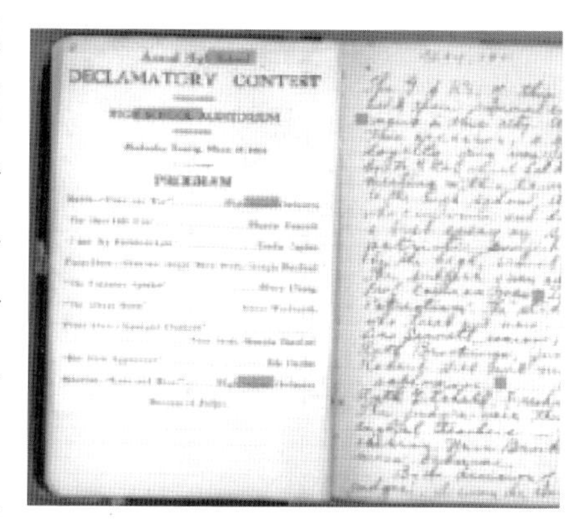
DECLAMATORY CONTEST

PROGRAM

1914년 샌프란시스코 일본총영사관 측에서 네브라스카 주와 커니시의 "한인 소년병학교"의 군사훈련에 대해 적극적으로 항의하고 취소를 요구하였다. 대한제국에 관한 모든 외교권은 일본이 가지고 있으며 이를 어기고 있는 박용만의 한인소년병 학교는 위법이며 테러 양성을 도모할 수 있다는 것이다. 결국 1914년 여름박용만이 설립한 한인 소년병학교는 6년 만에 막을 내릴 수밖에 없이 학교의 문을 닫아야 했다.

한인소년병학교에서 6년 동안 배출한 졸업생들은 향후 만주와 러시아 등지에서 직접 독립군으로 활동했고 일부는 미군에 입대해 유럽전선에서 싸웠다. 이들 중 널리 알려진 인물로는 김용성(로스앤젤레스 한인국방경위대인 맹호군 대대장), 정한경(주일대표부 대사), 이희경(대한적십자초대회장 및 임정외무차장), 김현구(국민회 하와이지방총회장), 유일한(유한양행 설립자), 구영숙(초대 보건부장관) 등이 있다. 박용만은 1912년 12월 하와이 한인사회의 요청으로 네브라스카주에서 하와이로 거점을 옮겼다. 그는 1년 동안 하와이 한인사회의 자치제도 확립에 주력하는 한편, 재차 군사학교 설립을 추진했다. 1913년 12월 '대한인국민회' 하와이지방총회에서 추진하던 군인양성운동을 기반으로 독립전쟁을 수행할 군단과 사관학교 설립을 추진했다.

3. 독립운동을 위한 큰 걸음 – 대조선국민군단

하와이 한인사회의 요청으로 박용만은 1912년 하와이지방총회 기관지 〈산한국보〉 주필로 부임하였다. 이어 하와이 주정부로부터 특별경찰권 승인을 받아 한인자치제를 실시할 수 있게 했다. 또한 그는 하와이 군사령부로부터 군인양성을 위한 '대조선 국민군단'과 "사관학교" 설립을 인가 받았고, 1914년 6월 하와이의 오아후(Oahu) 카훌루(Kahului)에서 '대조선국민군단'과 '대조선국민군단 사관학교'를 창설했다. 국민군단은 사령부로서 모든 한인 독립군을 총괄하려는 목적이었고, 사관학교는 군단의 핵심이 될 사관양성기관으로 설치된 것이었다. 국민군단도 한인소년병학교와 같이 둔전병제(평시에는 토지 경작, 전시에는 전투원으로 동원되는 병사 제도)로 운영됐다. 단원들은 기숙사 생활을 하며 농장에서 노동, 군사훈련, 학습을 병행했다. 당시 한인들은 농장주와 경작 도급계약을 맺은 파인애플 농장을 군단에 넘겨주고 농사를 지어 얻은 이익을 기부하는 방식으로 군인 양성운동을 적극 도왔다. 100여 명으로 시작해 많을 때는 300여 명에 달한 대조선국민군단 사령부는 모든 한인 독립군을 '국민군단'으로 편성하기 위해 조직한 것이었다. 교과 내용은 한인소년병학교의 것을 발전시켜 28종의 교재를 사용하였다. 또한 박용만이 쓴 '국민개병설'과 '군인수지' 등의 책은 교재로 사용됐다.호놀룰루의 동북쪽 큰산너머 계곡에 군영이 위치해 학교는 '산넘어 병학교'라고 불리었으며 교민들은 이곳에 소속되어 있는 자신들을 매우 자랑스럽게 생각했다고 한다.

'대조선 국민군단'과 '대조선 사관학교' 또한 일본의 항의로 결국 1917년 문을 닫아야 했다. 1915년 여름 연합국 일원이던 일본이 미국 국무장관에게 '대조선국민군단의 군사훈련 중지를 강력히 요청'하였다. 이에 국무장관 명의로 하와이 주정부에게 편지를 보냈고 하와이주정부에서에서 설립 인가를 취소하므로 '대조선국민군단'은 1917년께 부득이 문을 닫아야 했다.

① 예리한 칼날의 글로 동포들을 묶다

박용만은 일본에서 유학을 마치고 미국 네브라스카주립대학에서 정치학을 공부하였다. 그는1911년 미주에서 설립된 재미동포 단체인 대한인국민회의 기관지 〈신한민보〉와 하와이에서는 대한인국민회 하와이 지방총회의 기관지인 〈신한국보〉의 주필로 각각 활동했다. 또한 그는 1915년 "아메리카 혁명사"를 우리말로 번역, 출판했다. 또한 1918년 "태평양 시사"를 간행하였다. 대한제국 멸망직후, 정치학을 공부했던 그로서는 흩어져 있는 해외 한인의 정부 설립의 필요를 설파했으며 1911년, 미주 대한인국민회는 해외 한인의 최고 기관이자 임시정부로 인식하는 계기가 되었다. 3월 29일자 〈신한민보〉에 실은 박용만의 '조선민족의 기회가 오늘이냐 내일이냐' 주제로 쓴 논설의 일부이다. 언젠가는 미국과 일본 간에 전쟁이 일어날 수 있는데 그런 기회를 이용해서 독립을 도모하고 그러자면 어떤 준비가 있어야 하겠는 가에 대해 논한 것이다. 박용만이 미래를 예측했음과 이를 위한 정치적 조직력을 갖추어야 할 필요성을 동포사회에 고한 것이다.

"만일 조선국민으로 하여금 완전히 조직체가 있어 사회의 의미로 이것을 유지하지 말고 곧 정치적 의미로 유지하여 의무와 권리가 명백히 분석되고 정사(政事)와 명령이 엄정히 실행되지 않으면 결단코 성공하기 어렵도다.

시방 외국에 나와 있는 동포들은 우리 국민회로 하여금 완전한 조직체를 허락하고 이만하면 무슨 일을 다 치룰 것같이 생각하나 그러하나 이는 아직도 사회적 조직이요 정치적 조직이 아니라. 그러므로 내지에 있는 동포는 고사하고 외국에 있는 사람도 한 결 같이 통일할 수가 없으며 또한 법률과 제도가 없어 정사(政事)와 영(令)이 행하지 못하게 되니 이는 우리의 큰 한이 되는 것이라. 그러므로 우리 국민회로 하여금 사회적 범위를 떠나 정치적 지경으로 들어가 조선 사람의 한 '무형국가'를 성립하지 않으면 큰일을 건지기가 어려울 진저."

박용만이 주장하는 '무형국가'를 수립해야 하는 역사적 전환점에 대해 언급했다. 이후 같은 주제로 4월 5일 '무형한 국가'라는 제목으로 발표한 논설을 다시 보자.

"나는 오늘날 정형을 가지고 장차 할 일을 연구하건대 우리의 가장 먼저 착수할 일은 우리 국민을 일체로 정치적 제도로 조직하여 한 자치하는 실력이 있은 후에야 비로소 결과를 얻을 줄로 믿으며 또 이것을 하자 하면 반드시 외국에 있는 동포로부터 시작하여야 할 줄 아노니 이는 소위 박용만의 아는 것이 이 뿐이요 배운 것이 이 뿐이요 또한 신한민보의 붓을 잡을 때에 이 주의를 우리 동포에게 권고코자 함이다.

그러므로 나는 정치 외에는 사상도 없고 정치 외에는 종교도 없고 정치 외에는 학문도 없다고 자복하노니 이는 오늘날 입을 벌리고 크게 소리 지르기를 우리 조선국민의 단체로 마땅히 사회적 제도를 변하여 정치적 제도로 조직할 것이라 함이라."

박용만이 정치학을 공부했던 역량을 드러낸 부분으로서 정치적 조직의 필요성과 역할에 대한 구체적 설명을 덧붙였다.

"소위 정치적 조직은 순전히 이에서 반대되어 특별히 한두 가지 목적을 주장하는 것이 아니라 곧 천만 가지 일을 다 주장하며 이 사람 저 사람을 한정하는 것이 아니라 곧 일반 동종을 다 포함함이니 여기 당하여는 입회 출회도 없고 청원서, 보증인도 없고 다만 일반 조선민족을 한 헌법 아래 관할하여 한 '무형한 국가'를 설립하자 함이니 가령 우리 시방 북아메리카와 하와이와 해삼위와 만주에 있는 조선사람들은 응당 이 사람 저 사람을 물론하고 누구든지 만일 조선 산천에 생장하여 조선사람의 성명을 가진 자는 다 일체로 그 공회에 속하게 하여 법률을 이같이 정하고 제도를 이같이 꾸며 뜻이 같든지 의견이 다르든지 감히 이 범위에서 벗어나지 못하나니 이는 소위 정치적 조직이다."

박용만이 주장한 '무형국가론'은 한인 최초로 임시정부 수립을 주장한 것이었다.

해외 동포들에게 나라의 주권과 땅은 일본에게 빼앗겼지만 그 나라에 사는 국민들은 해외에 흩으져 있으므로 그 나라에 사는 동포들로부터 세금을 받는 형태의 국가를 말하는 것이다. 나라를 잃은 백성에게 납세를 내야만 한다는 당위성, 병역의 의무를 다하여 빼앗긴 나라를 찾으려는 그의 신념은 "문명부강을 위한 필수조건"으로 모든 국민들의 납세와 병역의무를 주장하는 '국민개병론'을 1911년에 간행했다. 실세로 미주동포들에게 인두세라는 명목으로 세금을 받았다. 그는 민족의식이 강한 지원자들로 한인수비대를 조직해야된다고 믿었고 그 목적으로 '한인소년병학교'와 '대조선국민군단'과 '대조선사관학교'를 세운 것이다. 또 하와이에 '우성학교'를 세워 자라나는 조선인들에게 한국말을 잊지 않게 가르칠 수 있도록 한글교본도 만들었다. 1918년 1차 세계대전 후 박용만은 '대한독립선언서'에 서명하고 미국보다 한국인이 다수 거주하고 지리적으로 한국과 가까운 원동으로 가서 다시 무장투쟁을 전개하기로 방향을 바꾸었다.

② 미국내 독립운동 단체 – 대한인국민회로 연합

미국에는 서재필박사, 이승만, 안창호, 그리고 박용만의 거대한 산맥을 이루는 지도자들이 있었다. 독립 운동 단체로는 샌프란시스코의 '국민회'는 '공립협회'와 연합하여 '국민회'로 칭했다. 또한 샌프란시스코에 있던 '대동보국회'와 '국민회'는 연합하여, '대한인국민회(Korean National Association. 1910.2)'로 발전하였다. 1911년 3월경 '대한인국민회'는 중앙총회를 설립하였다.

그러나 분과와 임원까지 완전한 조직구성을 완료하지는 못했다. 1912년에 대한인국민회는 확대회의를 통해 '대한인국민회 중앙총회', '상항지방총회', '하와이지방총회', '만주리아지방총회', '서백리아지방총회'를 상항(샌프란시스코)에 조직함으로써 조직의 범위를 넓혔다. 지방총회 아래에는 지방회가 있었다. 이는 한국 최초의 세계적인 조직이 되었다. 이후 국민회 헌장을 자체적으로 규정하고 1909년 2월 〈신한민보〉와 〈신한국보〉라는 신문을 발간했다. 1910년 2월 〈신한민보〉는 〈대동공보〉를 흡수하였고, 1913년 8월에 〈신한국보〉는 〈국민보〉를 명칭을 바꾸었다. 1915년 이대위 목사가 인터탑입한글 식자기를 발명하여 이를 이용하여 〈신한민보〉의 발행은 더욱 활발해질 수 있었다. 박용만은 1917년 상하이의 신규식·조소앙 등과

커니시 한인병 소년학교, 왼쪽에서 네번째 박용만

'대동단결선언'을 발표해 임시정부의 수립을 계획했다. 그는 일찍부터 국권회복 후 수립될 국가의 정체에도 깊은 관심을 갖고 연구했다. 이는 향후 '신흥 무관학교 설립'과 '상해 임시정부 수립'등의 중요한 기초적인 조직화를 만드는데 기여했다. 그의 이러한 지도력은 3.1운동 '독립선언문'과 '대동단결선언문'의 기초에 포함되었다.

③ 이승만과의 갈등

한성감옥에서 맺은 의형제의 연을 중히 여긴 박용만은 출소 후 이승만이 옥중에 집필한 〈독립정신〉원고를 트렁크 바닥에 숨겨서 미국에 가져왔다. 미국에서 이승만의 원고를 출판할 수 있도록 도와주었고 이승만을 대신해 아들 봉수를 미국으로 데려왔다. 또한 이승만을 하와이로 초청해 앞길을 열어준 것도 박용만이었으며 이승만이 학업중에 물심양면으로 이승만을 도왔다. 그렇게 그는 이승만을 도와주와 주었지만 이승만은 박용만의 도움을 고마워하지 않았다. 그것은 서로가 바라보는 독립의 방향이 달랐기 때문일지도 모른다. 대한민국의 독립을 위해서는 절대적으로 외교적 노력을 해야 한다고 믿었던 이승만과, 자력 강생으로 독립을 챙취해야 한다는 박용만의 철학이 부딪히는 것은 당연한 것인지도 모른다. 이승만은 외교적 노력으로 독립 방향을 해야 한다고 믿었기에 미의회에 있는 한국의 '독립선언'를 보면 "미국이 일본을 대한제국에서 물러날때까지만 일본 대신 조선을 통치해달라"고 미대통령에게 편지를 보냈음을 봐도 알 수 있다.

이승만은 박용만의 "대조선 국민국민군단"을 보고 "마치 돈키호테의 상상력으로 병정놀이 하는 것과 같다"고 빈정됐다고 한다. 또다른 일화로 유명한 것은, 일제의 한반도 지배를 옹호하던 스티븐스 대사 암살사건이 있다. 1908년 3월 23일 스티븐스를 암살한 장인환, 전명운 의사의 변호를 위해 미국에 살고 있던 동포들은 7,390달러에 이르는 기금을 마련하였고 이승만에게 재판 통역을 요청했다. 그러나 이승만은 "한국인의 정서보다 미국인의 여론을 중히 여겨야 한다"는 요지의 말을 전하며 통역을 거부했다. 윤봉길, 이봉창 의사의 의거에 대해서도 이승만은 "어리석은 짓"이라고 비난하며 의열투쟁에 대해 강한 거부감을 나타냈다고 한다.

여기서 또 한편의 미국의회에 한국의 독립에 관한 자료에서 당시 UCLA헨리 정이, 필라델피아 한국독립에 관한 편지를 보낸것을 확인했다. 헨리정이 미의회에 보낸 편지 내용은 무엇보다 이승만의 금

전관계에 대한 부정적인 내용이었다. "이승만은 친구들에게 돈을 빌려가면 갚을 생각을 전혀 하지 않는다"는 것이었다. 1918년 1월 이승만은 자신이 독직혐의로 적발 당하자 외려 박용만을 "한국인 군단을 설립하고 일본군함 이즈모호가 입항하면 파괴할 음모를 가진 자"라고 하와이 법원에 고소했다. 또한 이 고소건은 증거불충분으로 기각되었지만 이승만을 위해 물심양면으로 도우며 독립의 큰 그림을 그렸던 박용만으로서는 인간적 비애감을 느꼈을 것이다. 그가 평소 주장했던 동지들간의 싸움을 반대의 철학을 접고 시국소감을 발표하였다. 그동안 이승만의 만행에 침묵했던 박용만은 이 시국선언을 발표하면서 하와이를 떠나 중국으로 독립의 터전을 옮겼으며 이승만과는 완전히 갈라섰다.

해방되기 27년 전 박용만은 이승만에 대해 "만일 조국이 광복된 후에 이와 같은 인도자와 이와 같은 민기가 있으면 국가와 민족의 비운을 초래할 것이다"고 예측했다. 또한 신채호는 "이완용은 있는 나라를 일본에 팔아넘겼지만 이승만은 없는 나라까지 미국에 팔아 넘기고 있다"고 했다고 한다. 그랬음에도 불구하고 이승만은 미국을 등에 없고 1948년 대한민국의 초대 대통령이 되었다.

4. 희망의 별 지다.

1928년 10월 7일, 의혈단 이해명과 함께 2명의 청년이 박용만을 찾아와서 박용만에게 1000원을 요구하였다. 박용만은 조선 청년 몇

백명을 우선 훈련 시키기 위해 모든 준비를 마치고 청원서를 완료했다. 염석산의 인허를 얻어 좀 더 효과적인 무장투쟁을 할 수 있는 방법을 전개하기 위한 계획서까지 완료하였다. 미 국무부 비밀 보고서에 의하면 "박용만의 원대한 꿈은 만주지방에 새로운 조선인 독립국가를 건설하여 일본과 대항할 비밀 계획을 세우고 있었다"고 한다.

미주 교민들과 중국의 교민들의 살림살이는 극심한 차이가 있었을 것이다. 미국생활에 익숙한 박용만이 중국생활이 쉽지 않았을 것이다. 그 예로 독립군 기지 개척을 위해 북경 인근 석경산(石景山)에 농장을 마련하였지만 극심한 자금난에 빠졌다. 박용만은 중국 군벌과 하와이 대조선 독립단으로부터 군자금 모집과 독립군 기지 건설을 위해 1923년부터 1925년까지 동분서주하였다. 하와이에서 1년간 머물다 1926년 6월 중국으로 돌아온 그는 하와이 교민들이 모금해준 돈으로 베이징 부근의 땅을 구매하여 대륙농간공사(大陸農墾公司)를 설립하고 영정하(永定河) 부근에서 수전(水田)을 경영하였다. 또한 베이징의 숭무문(崇武門) 밖에서 소규모의 정미소를 설립하여 부근 수전에서 나오는 벼를 사들여 수만 석의 정미를 만들어 독립운동 기금으로 활용할려고 했다.

박용만은 농장의 이익이 기대했던것과 달리 수익이 많지 않으며 사정이 어려워 1000원을 빌려줄 수 없다고 거절했다. 그에게서 돈을 빌려줄 수 없다고 하자 그를 향해 날아온 것은 총알이었다. 너무나 허무하게 동포의 손에 의해 위대한 독립 운동 지도자가 쓰러졌다. 대한민국 임시정부의 외무총장으로 추대되지만 이에 응하지 않고,

1920년 신채호, 신숙, 이회영등 무장항쟁을 주장하는 15인과 뜻을 모아 국내외 각지에 산재한 무장단체들을 결집하여 '군사통일회의'를 조직하였다. 나라의 독립을 되찾기 위해 자금을 모으고, 군사학교를 설립하고, 학교부지를 사들이는 일까지 했지만, 중국 베이징에서 이해명의 흉탄에 의해 큰 별 하나가 떨어져버렸다. 그는 이루지 못한 독립을 안고 우리들의 기억에서 가리워지기 시작했다. 만약 조선의 독립을 위해 무장항쟁을 주도하며 외교적 노력을 기울였던 그가 쓰러지지 않았다면 한국의 독립은 또 우리들의 역사는 또 달라지지 않았을까?

백범 김구가 1928년 11월 20일 이승만에게 보낸 편지, 소설가 박태원의 글 등에는 박용만이 일제의 스파이고 중국인 첩까지 두며 호화 생활을 했다고 증언하는 내용들이 있다. 그러나 박용만을 연구하는 학자들에 따르면 이들 박용만 비판 세력은 공통적으로 상해 임시정부와 연결고리가 있다고 주장한다.

외교론을 펼친 상해 임시정부에 적대적인 입장을 고수하던 박용만은 무장투쟁에 하등 도움이 안 되는 임정에 대한 무용론까지 펼쳤다. 임시정부파들에게는 박용만이야말로 가장 강력한 정적이었던 것과 일부에서는 그를 좌파세력, 공산주의론자로 정의하여 배제하기도 했다. 박용만에 대해 일제가 작성한 300건이 넘는 기밀문서에도 그가 스파이라는 증거는 전혀 찾을 수 없다고 한다. 외려 박용만은 정보 문서에서 '배일선인의 영수', '불령선인'으로 표현되는 등 요주의 인물로 여겨졌으며 일본 자료에서는 박용만과 독립운동 세력 간 이

간책도 언급하고 있다. 또한 2016년 하와이에 머물렀던 박용만이 만난 사람들은 미정보부원들이었다는 CIA자료를 근거로 박용만은 연해주,러시아및 만주의 공산당 상황 혹은 일본의 상황들을 미국으로 넘겼을 가능성이 큰것으로 짐작할 수 있다.

이해명은 독립자금 1000엔을 주지 않는다고 총을 쏘았다고 하지만 과연 누구의 사주를 받았는 것인지 그에 대한 연구와 조사는 더 필요할 것 같다. 뒤늦게 독립운동가의 대통령훈장을 수여했지만 그에 대한 더 우선적인 연구 개발이 필요하다고 생각한다. 또한 이글을 쓰면서 아직 다 조사하지 못한 박용만에 대한 자료들은 독립을 위해 그가 이루고자 했던 꿈의 흔적을 이글에서 모두 담을 수 없음을 고백하며 더 많은 사료들을 찾아 묶어보려고 한다.

- 주정부에서 사관학교로 허가한 것으로 짐작되나 현재 코비드19으로 네브라스카주를 방문하지 못하여 좀 더 정확한 자료는 향후 제공할 계획임.
- 황무지 개척권 반대 운동과 보안회자료 (역사편찬 자료 인용)

〈 이글은 본회의 편집방향과 다를 수 있습니다. 아울러 이글의 모든 권한은 필자에게 있음을 밝혀둡니다.〉

홍성자 편

▶ 최고령 의병장 최익현(崔益鉉) 선생

최익현

면암 최익현崔益鉉선생 (1833, 1, 14 - 1907, 1,1)

조선국 호조참판을 지낸 조선 말기와 대한제국의 정치인이며 독립운동가이다. 1905년 을사늑약에 저항한 대표적 의병장이었다. 1905년 을사조약에 항거해 호남 지방에서 의병을 궐기, 일본군과 교전하였다가 대한 제국군을 만나자 교전할 수 없다고 판단해 의병을 해산하고 투항했다. 결국 일제에 의해 쓰시마 섬에 유배돼서도 단식 운동을 하는 등 자신의 의지를 굽히지 않다가 1907년 병으로 사망했다.

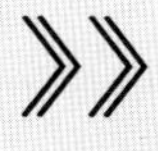

'5백년 종사가 드디어 망하니 어찌 한번 싸우지 않겠는가' 또한 '살아서 원수의 노예가 되는 것이 어찌 충의(忠義)의 혼이 되는 것만 같겠는가'

- 갑오경쟁과 단발령 등에 저항하며

최고령 의병장 최익현(崔益鉉) 선생

홍 성자

신의 존재가 영원하듯이 조국을 위해 목숨을 바친 사람들도 영원할 것입니다

- 페리클레스의 '전몰장병 위령 연설'에서

조선 후기, 조용한 은자隱者의 나라 조선에는 서세동점西世東漸의 거대한 바람이 불어왔다. 이 신풍新風 앞에서 촛불처럼 가물가물 꺼져가던 조선왕조를 끝까지 지키려했던 큰 선비 최익현. 그는 다양한 관직을 거치면서 소신을 굽히지 않는 행보로 수차례 유배를 당하기도 했다.

막강한 권력을 휘둘러대는 고종의 아버지 흥선대군의 실정失政을 정면으로 비판, 마침내 그를 낙마시켰고, 강화도조약체결 때는 도끼를 들고 광화문 앞에 엎드려 반대상소를 올렸고, 의제개혁衣制改革과 단발령斷髮令 등 일련의 개혁조치에 대해 강경하게 반대의 뜻을 천명해 유생들과 보수 세력에게 막대한 영향을 끼쳤다.

그는 바른 것을 지키고 옳지 못한 것을 물리친다는 위정척사론衛正斥邪論의 관점에서 개혁안을 제시하기도 했다. 그러나 그의 소망은 이루지 못한 사례가 많았다.

또한 을사늑약乙巳勒約 체결 후엔 맨손으로 대적한 백발의 초인이기도 했다. 적에 잡혀서 그들이 주는 것은 물 한 방울도 입에 대지 않고 죽음을 택해 백이숙제伯夷叔齊를 부끄럽게 만든 조선의 마지막 충절이었다. 그의 아사순국餓死殉國 정신은 망국의 치욕 속에서 한 줄기 자랑스러운 불빛으로 뜨겁게 타올랐다.

이와 같은 삶을 살게 만들었던 '조선'은 그에게 어떤 나라였을까? 시계추를 거꾸로 돌려보았다.

생애

최익현 선생은 1833년(계사년, 순조33) 술시(戌時)에 포천현(抱川縣) 내북면(內北面) 가채리(嘉莁里)에서 가난한 선비 아버지 최대와 어머니 경주이씨 사이에서 태어났다.

골격이 비범하고 안광(眼光)이 별빛처럼 초롱초롱하였다. 관상쟁이가 말하기를, "호두연함(虎頭燕頷 : 머리는 호랑이 같고 턱은 제비 같음)이니, 한없이 귀하게 될 상이다." 하였다. 부모는 매우 특출하게 총명한 아이라는 뜻에서 아명을 기남(奇男)이라 하였다. 선생의 휘(諱:이름)는 익현(益鉉), 자는 찬겸(贊謙), 성은 최씨(崔氏), 관향은 경주(慶州)이다.

1846년(병오년, 헌종 12) 선생 14세

봄, 문경공(文敬公) 화서(華西) 이항로(李恒老 : 조선조 후기의 최고 학자)이 선생을 벽계(蘗溪 지금의 양주)에 가서 뵙고, 그대로 머물러 정의를 실천하는 학문과 선비정신을 올곧게 길러왔으며, 불의와 명예와 재물에 타협하지 않고, 수업과 실행을 통하여 그의 얼(魂)을 갈고 닦았다.

선생 15세

이 선생 화서(華西)의 명으로 두 갈래로 머리를 땋고(명나라 식을 뜻함) 그대로 벽계에 머물러 수업하였다. 이 선생이 '면암(勉菴 : 공부를 게을리 하지 말라는 뜻)' 두 자를 대자로 써서 주었으니 호가 되었다.

최익현 선생은 17세(철종 1년. 1850)때 이 화서 스승을 모시고 설악산을 유람했는데, 그때 지은 시가 남아 있다.

동쪽의 절경이라고 들은	聞說東都勝
최고의 명산 설악	名山最雪岡
멀리 스승을 모시고	遠侍春風席
산골 깊이 찾아왔네	深來絶峽疆

1852년 (임자년, 철종3) 선생 20세

10월 부인 청주 한씨(清州韓氏)를 아내로 맞았다.

선생은 다른 형제가 없어 홀로 양친 부모를 모셨는데 가난하여 봉양할 도리가 없었다. 일찍이 김을 매다가 잔디뿌리를 만나 뽑히지 않으면 울며, "네가 농사를 지어 부모 봉양하는 나를 방해한다."하였다. 그래서 부득이 녹사(祿仕 : 벼슬)할 계획을 하였다.

1855년(을묘년, 철종 6) 선생 23세

2월 춘도기(春到記 봄철 과거)에서 명경과(明經科 : 과거)에 급제했다.

1862년(임술년, 철종 13) 선생 30세 - 10월 신창 현감(新昌縣監)에 임명되었다.

1863년(계해년, 철종14) 선생 31세 - 7월 백성에 관한 일로 도백(道伯 도지사)에게 거슬려 인수(印綬 : 도장, 관인)를 버리고 돌아왔다.

병인년(1866, 고종3) 선생 34세 - 4월 다시 사헌부 지평에 임명되었다.

1868년 선생 36세 - 사헌부 장령에 임명되자 국정개혁을 위해 상소를 올려 시폐(時弊)와 민생(民生) 가운데 가장 절금한 4가지를 거론하였다.

첫째, 대규모 토목공사를 중지 할 것.

둘째, 가렴주구를 그만 둘 것.

셋째, 당백전(當百錢)을 혁파할 것.

넷째, 사대문세(四大門稅)를 금지할 것.

대원군을 탄핵하는 이 상소로 인해 일시 삭직을 당했지만, 오히려 고종의 특지로 곧 정3품 당상관의 품계인 통정대부에 오르고 돈녕부 도정(都正)에 제수되었다.

최익현 선생이 서울에서 벼슬할 때 지은 시

조각 돛이 다시 상강에 들어가니 / 孤帆再渡入湘江

혜초와 난초는 스스로 쌍이 있네 / 蕙草蘭香自有雙

병든 어버이를 생각해 안석에 기대다가 / 苦憶病親長隱几

어린애를 보자 기쁨에 창문을 열었네 / 却看穉子喜開窓

나그네 부엌은 흉년이라 반찬이 없고 / 旅厨歲儉無兼物

겨울 방은 차도 찰사 등잔불을 쬐고 있네 / 雪屋寒多共一釭

봄이 오면 그대 떠나감이 한스러운데 / 但恨春回分手地

집 앞에 오가는 발자국 소리 어찌 견디리 / 那堪門戶去來跫

1873년에는 대원군을 탄핵함으로 역사의 전면에 떠올랐다. 그 해 10월 시무를 논하는 상소에서 대원군의 국내정책 전반에 대해 준열한 비판을 가함으로서 10년 세도의 굳건한 대원군의 아성에 일대 타격을 가하였다.

이 상소는 1866년 병인양요 당시 스승 이항로가 올린 상소의 뒤를 이어 1868년 10월에 시무개혁을 주장하면서 올렸던 상소의 논지와 주장을 계승한 것이었다.

1876년 강화도 조약 – 일본과 맺은 근대적 불평등 조약

조선 입장에선 공식적으로 외국(일본)과 수교를 맺는 첫 번째 조약으로서 그 의미가 컸다. 하지만 이 조약은 일본의 이익만이 철저히 반영된 '불평등조약' 이었다. 이 조약에 반대한 최익현 선생은 이 조약의 부당성과 위험성을 목 놓아 부르짖으며 도끼를 등에 메고 광화문에 나아가 개항을 해서는 안 되는 이유에 대해 열거했다.(계약을 체결하거든 도끼로 목을 치고 가라는 결의를 표했다.)

그 상소는

첫째, 일본과의 강화도 조약은는 일본의 위협에 굴복하는 것으로, 무비(武備)를 갖추지 못하여 고식책으로 강화도 조약을 추진한다면 앞으로 적의 무한한 탐욕을 당해 낼 수 없을 것이며

둘째, 일본의 물화(物貨)는 모두가 요사기완(搖奢技玩)으로 우리나라의 유한한 농업생산품으로 적의 무한한 공업생산품과 교역하게 되면 반드시 경제파탄을 초래할 것이며

셋째, 일본을 왜(倭)라고 일컬었으나 실은 양적(洋賊)과 다름없는 것이니 일단 강화도 조약이 성립되면 금수와 같은 양인(洋人)의 사교(邪教)가 들어와 우리의 전통적 질서를 무너트릴 것이라는 등의 이유로 일본과의 강화도 조약을 극력 반대했다.

하지만 고종은 자신이 결정한 일에 반대하는 이 상소로 최익현에게 흑산도 유배형을 내리고 강화도 조약을 체결했다.

1876년 강화도 조약

1894년 청일전쟁

1905년 러일전쟁

1905년 을사늑약

1910년 한일병합조약

1876년 강화도 조약이 체결되고 흑산도로 유배된 최익현 선생은 유배지에서도 나라를 걱정해 여러 상소를 올리고 제자들을 육성해 오직 나라의 자주를 원했다. 상소를 자주 올리다 보니 상소꾼이라는 또 하나의 이름도 붙었다.

그러다 1905년 을사늑약이 체결되자 최익현 선생은 백성과 선비들의 추대를 받아 의병을 일으켰고, 그의 의병활동은 호남으로 널리 확산되어 호남을 대표하는 의병세력으로 자리 잡았다.

곧 정부는 관군을 보내어 최익현의 의병활동을 탄압하러 남하하는데, 이에 최익현은 임금의 군대와 싸울 수 없다며 의병들을 해산하고, 결국 관군에 의해 잡혀 대마도로 유배형에 처해졌다.

최익현 선생의 상소문(을사조약 체결 때)

"신은 원컨대, 폐하의 마음으로부터 먼저 남의 나라에 기대어 살아가려는 뿌리를 끊어버리시고 폐하의 뜻이 흔들리거나 굽히지 않도록 확립하십시오. 차라리 자주를 하다가 망하더라도 남을 의지하여 살지는 않아야 할 것입니다. 무릇 여러 신하 가운데 외세에 기대어 살려는 자는 모두 사람이 많은 곳에 내어다가 처벌하고 한 나라를 호령한 연후에 안을 충실히 하는 방도를 부지런히 힘쓰시고 자강의 모책을 빨리 도모하사 …… 모든 마음을 오직 백성을 편케 하고 국가를 보전하는 데에 두신다면 비록 의리가 없다 해도 또한 천하의 공의를 두려워해서 감히 우리나라를 삼키지 못할 것입니다.(상소문 갑진(1904) 12월 24일)

1905년(을사년, 광무 9) 선생 73세

1월 초하루 갑술, 그가 가난하다는 말을 듣고 왕이 하사(下賜)한 돈과 쌀을 도로 바쳤다. 왕은 선생이 여관에서 해를 넘겨, 기한(飢寒)이 극도에 이르렀을 것을 염려하고 회계원(會計院)에 명하여 특별히 돈 3만과 쌀 3섬을 하사하여 여비에 보태도록 했는데, 선생은 재삼 사양하고 도로 바쳤다.

1905년 저 을사늑약으로 이 나라 천지가 바뀌고 이 겨레의 역사도 닫히려 할 때, 74년간 한 번도 꺾임이 없이 지켜왔던 선생의 마지막 얼은 불굴의 의에 분노의 불을 당겨, 겨레위해 타는 의병 민족운동의 횃불로 피어올랐다.

선생의 분노는 조약폐기와 5적 참살을 상소로 외치시고, 토적(적을 토벌함)의 대의를 밝혀 병자수호조약 이래 일제의 죄상을 낱낱이 꾸짖는 기일본정부서를 왜 공사관에 보내신 다음, 온 겨레의 항일봉기를 호소하여 8도 시민의 격문을 뿌리셨다.

30여년 쌓여 온 일제의 침략상을 파헤친 저 16개 항의 토죄문은 왜적의 간담도 서늘케 하였고, "자주대한의 민이여 적에게 굽히고 살기보다는 차라리 애국을 앞세워 싸우며 죽자"는 저 포고문의 구절에서는 민족의 피가 끓어올랐다.

최익현 선생이 의병을 일으키면서 지은 시

바다에 가을이 저무는데 / 海中秋色晩

외기러기 편지 가지고 왔네 / 孤鴈帶書行
성패는 오직 하늘에 달렸으니 / 成敗惟天命
어찌 사생을 물을 필요있나 / 何須問死生

그러나 당시 이름 있던 사람과 재상들에게 보냈던 눈물의 호소가 별다른 반응을 얻지 못하자, 선생은 1906년 윤4월 호남 땅 태인에서 우선 임병찬 등 문인들과 더불어 의로운 기를 꽂으셨다.

수개월 간 수십 차의 혈맹으로 더욱 불어난 선생의 의진은 임병찬, 고석진, 김기술, 문달환, 임현주, 류종근, 양재해, 조선식, 최제학, 나기덕, 이용길, 류해용, 등 이른바 13의사를 비롯한 의군 800명이었으며, 태인, 정읍, 순창, 곡성, 등 전라 일원을 누빈 분려항쟁 끝에 다시 순창 땅에 들어왔을 때, 왜적이 아닌 동족 진위대에게 포위를 당하게 되었으니…… 아, 애닯다.

포위한 적이 왜적이 아닌 동족일줄 누가 알았으랴. 이에 선생은 차마 동족상잔의 비극을 펼 수 없어 의병에게 총질을 멈추게 하셨다.

여기서 젊은 의사 정시해는 총탄에 맞아 쓰러지고 순의를 기다리며 끝까지 선생을 모시던 13의사도 포박을 받고 말았다.

아! 선생의 충절에는 의가 따르고 인이 넘쳤다.

○ 14일(정해)에 경기도 관찰사(京畿道觀察使)에 제수되었다.

○ 26일(기해)에 상소해서 사직.

1905년 봄, 왜적은 우리의 외교권을 빼앗으려는 준비작업으로 국가원로이신 선생을 왜 사령부로 헌병대로 거듭 감금시켰으나 "차라리 나라 없는 삶은 나라 있는 죽음만 못하다" 는 선생의 저 청청한 의기는 왜적의 총칼로도 꺾지 못하였다.

1906년(병오년, 광무 10) 선생 74세

2월 초하루 무술 21일(무오)에 가묘(家廟)를 하직하고 가솔과 작별한 후 창의(倡義 : 의병)할 계획을 실행하려고 호남(湖南)을 향해 출발하였다.

지난겨울 국변(國變 : 을사늑약) 이후로 선생은 왜적에게 저지되어 상경하지 못하였는데, 얼마 후에 송병선(宋秉璿) 공이 순국하였다는 소식을 듣고 자리를 마련하여 통곡하며 이르기를,

"제공(諸公)이 인기(人紀 : 인륜)를 부식함(기름)은 진실로 나라의 빛이 되나, 사람마다 죽기만 하면 누구를 의지하여 국권을 회복할 것인가. 아직 죽지 않고 살아 있는 사람은 마땅히 마음을 합치고 힘을 뭉쳐, 불에서 구해 내고 물에서 건져 내는 것처럼 서둘러야지 일각도 잠자리에 편안히 있을 수가 없다." 하고, 드디어 의병을 일으킬 계획을 결정하고,

○ 어떤 사람이 선생의 거사가 성공할 수 있겠느냐고 물으니, 선생이 말하기를, "나도 성공하지 못할 것을 안다. 그러나 국가에서 양사(養士)한 지 5백 년에 기력을 내어 적을 토벌하고 국권을 회복함을 의(義)로 삼는 사람이 한 사람도 없다면 얼마나 부끄럽겠는가. 내 나이가 80에 가까우니 신자(臣子)의 직분을 다할 따름이요, 사생(死生)은 깊이 생각할 것이 아니다." 하였다.

새벽에 전라관찰사 이도재(李道宰)가 사람을 시켜 칙서(勅書)와 고시(告示) 하나를 보내왔는데, 모두가 해산하라는 뜻의 명령이었다. 선생은 칙지(勅旨 : 왕의 편지)를 받고 좌우를 돌아보면서,

“이것은 오적(五賊)들이 왕을 끼고 호령하는 수단이다. 설사 이것이 정말 왕명이라 하더라도 진실로 사직(社稷)을 편안하게 하고 국가를 이롭게 할 수 있다면, 옛사람도 왕명을 받지 아니한 의리가 있었거든 하물며 이것은 적신(賊臣 :역적)들이 속여서 만든 위명(僞命 : 왕의 가짜 명령)임에랴.”

양 진위대군은 모두 듣지 않고, 전주병이 먼저 포를 쏘아 포환이 비 오듯 쏟아지니, 의병 1천여 명이 모두 새나 짐승처럼 흩어졌다. 이윽고 정시해(鄭時海)가 갑자기 탄환을 맞고 죽었는데 막 죽으려고 할 때에 선생을 부르면서,

“시해(왕비를 죽인 놈들)한 왜적 한 놈도 죽이지 못하고 죽으니, 죽어도 눈을 감지 못하겠습니다. 악귀가 되어서 선생이 적을 죽이는 것을 돕겠습니다.” 라고 말하였다. 선생이 그를 붙들고 통곡하니 군중들도 역시 통곡하였다. 선생은 형세가 이미 틀어진 것을 알고 연청(掾廳)에 꼼짝하지 않고 앉아서 좌우에게 이르기를,

“여기가 내가 죽을 곳이니, 제군은 모두 가라.” 하자, 의사 중 선생을 따르고자 하는 자가 21명이 있었다. 이때 두 대병(隊兵)은 선생이 물러나지 않을 것을 알고 합군(合軍)하여 포위하고 일제히 총을 쏘았

다.

이때에 선생은 임병찬에게 명령하기를, "이제 우리는 반드시 모두 죽고 말 것이다. 그러나 표지가 없이 서로 포개어 죽으면 누가 누구인지 알겠는가? 뿔뿔이 흩어지지 말고 죽음을 명백하게 해야 하니, 성명 한 통씩을 벽에 써 붙이고 각자 자신의 이름 밑에 앉아라."

최익현 선생의 상소문(민비 시해사건 이후)

"대체로 필부필부가 남에게 살해되어도 그 아들 된 사람이 원수를 갚으려 생각하는 것인데, 더구나 우리 5백 년 선왕(先王)의 종부(宗婦)이자 삼천리강토 민생의 자모가 이런 망극한 변을 당했는데도 오히려 필부필부가 생명을 잃은 것만도 못할 수 있겠는가?"(상소문 무술(1898) 10월 초 9일)

○ 23일(기축)에 체포되어 서울로 압송되었다.

이날 저녁에 밥이 들어오자 선생은, "내가 어찌 왜놈의 음식을 먹겠느냐?"

하고 호통 쳤다. 자질(자식)들이 밖에서 장만하여 음식을 드리려고 하였으나 방해를 받아 올릴 수 없었는데 사흘이 되어도 한 잔의 물도 들지 않으니, 왜가 비로소 겁이 나서 자질들이 바치는 음식을 들여보내도록 허락하였다

7월 8일(계묘)에 임병찬(林炳瓚)과 함께 압송되어, 바다를 건너 대마도(對馬島) 엄원(嚴原)에 도착하여 위수영(衛戍營) 경비대 안에 구금되었

다. 10월 초하루는 갑자 16일(기묘)에 보병 경비대 안 새로 지은 건물로 옮겨 갔다.

최익현 선생은 유배지 대마도에서 적의 음식을 입에 넣을 수 없다며 일체 거부하였고, 매일 아침 사직을 향하여 배례를 올렸고, 또 내 나라 조선 땅의 흙을 가져와 신발 속에 넣고 걸었다 한다.

○ 19일 (임오)에 병이 나다.

처음에는 감기로 편찮다가 점점 위중하게 되었다. 그곳에 우리나라 약이 없어 애쓰다가, 행낭에서 약간의 재료를 찾아서 불환금산(不換金散)과 부자산(夫子散)을 잇달아 올렸으나 효험이 없었다. 대장이 군의를 보내어 진찰을 하고 약을 보냈으나, 선생은,

"80세 늙은이가 병이 들었고 또 수토(풍토)까지 맞지 않은 것인데, 외국의 신통하지 못한 약으로 무슨 효과를 볼 수 있겠는가. 다만 이것으로써 자진(自盡 : 자살)할 것이니, 일본 약물은 일체 쓰지 않는 것이 옳다."

11월 초하루는 갑오 5일(무술)에 최영조와 문인 노병희(魯炳熹) · 고석진(高石鎭) · 최제학(崔濟學)이 들어와서 시병(간병)하였다.

14일 아침에 선생의 정신이 조금 깨어나서, 모시고 있던 사람이 서로 말을 하면서 선생이 듣는지 못 듣는지를 시험해 보니, 혹 미소를 짓기도 하고 혹 눈썹을 찌푸리기도 하였다.

임병찬의 일록(日錄)에는, “선생께서 병이 나면서부터 20여 일에 이르기까지 혹은 평좌(平坐)하시고 혹은 꿇어앉고, 혹은 구부리고 혹은 기대기도 하셨으나 한 번도 드러눕지 않으시니, 여기에서 선생의 평소 소양(所養)의 훌륭하심은 다른 사람이 따를 수가 없음을 알았다.”

하였다.

○ 17일(경술) 오전 인시(寅時)에 대마도 감방에서 별세하였다.

영구를 모시고 부산에 하륙할 때에 김영규와 권순도가 영구를 부여잡고 부르짖기를, “선생님, 이것은 대한의 배입니다. 여기는 대한의 땅입니다.” 하며 울었다. 부두의 남녀노소 수만 명이 모두 선생을 부르니 곡성이 땅을 뒤흔들었고, 대여(大輿)를 뒤따르는 사람이 5리에 이르렀다. 이때에 검은 구름이 덮여서 날이 어둡고 가랑비가 촉이 내려 쌍무지개가 동남쪽에 가로 걸려서 광채가 빛나더니, 영구를 안치한 뒤에 무지개는 사라지고 구름은 걷혀 비가 개니 한 점 먼지도 없었다. 항구에 가득했던 구경꾼들이 이상히 여기지 않는 사람이 없었다.

조선 말기 때 서양의 침입과 일제의 횡포에 강한 민족정신으로 일본에 맞선, 조선의 대표적인 최고령 의병장 최익현 선생은, 그의 강직한 성격과 꼿꼿한 자존심을 아낌없이 내 놓은 선비의 정신에 머리가 숙여질 뿐이다. 그의 정신은 100년이 지난 현재를 살아가고 있는 우리들에게 다시 한번 투철한 애국정신을 다짐하게 한다.

1907년(정미년, 융희 1)

4월 초하루(신유)에 노성(魯城, 지금의 논산) 월오동면(月午洞面) 지경리(地境里) 무동산(舞童山) 아래 계좌(癸坐) 언덕에 장사하였다. -- 지금은 예산으로 이장함

문인·지구(知舊)·복인(服人) 3백여 명이 사림장(士林葬)을 행하였다.

"내 목을 끊는 한이 있더라도 상투는 끊을 수 없다"

일본의 단발령에 맞선 면암 최치원 선생의 유명한 일화로 그 당시 유림의 거두 최익현 선생을 포천에서 잡아들여 투옥한 뒤, 고시문을 보이면서 단발을 강행하려 하자 한 말이다.

유교 윤리가 일반 백성들의 생활에 뿌리 깊이 박혀 있던 때, 조선 사회에서는 부모에게 물려받은 신체나 머리털, 살갗 등은 훼손하지 않는다는 것이 효의 근본으로 알고 있었고, 머리를 길러 상투를 트는 것이 인륜의 기본인 효의 상징이라고 여기던 때였다.

면암 최익현 선생도 우리나라만 고립해서 살수 없다는 것을 알고 있었다. 그러나 불평등한 수교는 안 된다며 아차하면 남의 나라의 노예가 될 수 없다는 선견지명이 그에게 있었다.

최익현 선생의 묘는 충남 예산군 광시면 관음리에 안장되었고, 1982년 충청남도 기념물 제29호로 지정되어 관리하고 있다. 사당은 청양군 목면의 모덕사 이고, 이 모덕사에 위패와 영정이 모셔져 있으며, 매년 음력 9월 16일(순국일)이면 이곳에서 전국 유림 주관으로 추모제를 지낸다. 이 사당은 충남 문화재 자료 152호로 지정되어 관리

하고 있다.

제주도항일기념관에 '대마도로 호송되어가는 최익현(1906년)', '조설대 - 을사조약에 대항하여 이응호를 중심으로 12인의 제주 유림들이 집의계를 결성한 장소' 등의 자료 사진들이 전시되어 있다.

- 1962년 애국훈장 1등 대한민국장을 추서했다.

글을 마치면서

최익현 선생은 본관이 경주 최씨입니다.

이 글을 쓰는 홍성자, 캐나다 땅에 와서 남편 성씨를 따라 홍성자로 불리지만, 원래 경주 최씨 후손으로 본명은 최성자(崔星子)입니다.

한국의 최고령 의병장 최익현 선생은 최치원의 후손인데, 저도 최치원의 후손입니다. 그러므로 최익현 선생은 저의 선조이시고, 이 글을 쓰면서 그 분 곁으로 마음이 바짝 다가감을 감출 수 없습니다. 저에게도 경주최씨의 그 어떤 고집스런 피가 흐르고 있음을 때때로 진하게 의식합니다.

저에게 최익현 선생으로부터 받은 영향력은 높은 기개(氣槪)입니다. 타고난 기질도 있겠지만 화서 이항로 선생 밑에서 정의를 실천하는 학문과 선비정신을 올곧게 길렀고, 74년 그의 일생동안 불의와 명예와 재물에 타협하지 않았으며, 수업과 실행을 통하여 그의 얼을 연마한 결과라고 생각됩니다.

이항로 선생이 지어준 호(면암 勉菴)가 말해 주듯, 공부를 게을리 하지 말라는 뜻을 평생 실천했음은 의심의 여지가 없습니다. 이길 수 없는 전쟁임을 알면서도, 내가 죽으리라는 것을 알면서도, 그 길을 걸어간 대의(大義)가 그 분이 남긴 유산이라고 봅니다.

지금도 최익현 선조님의 기개 높은 소리가 들립니다.
옳지 않은 일을 보고도 왜? 분노하지 않는가?
분노하라!
분노하라!

최익현 선생에 대한 평가

-건국대 정외과 석좌교수 신복룡

최익현의 경우를 보더라도, 그는 평소에 중망이 있었고 충의가 한 시대에 뛰어났다. 그러나 그는 군대를 부리는데 익숙하지 못하고 나이 또한 늙어서, 일찍이 기모奇謀가 있어 승산을 계획했던 것이 아니다. 수백 명의 오합지졸은 모두 기율이 없었고, 유생 종군자는 큰 관을 쓰고 넓은 옷소매의 의복을 입어 장터〔場屋〕에 나아가는 것 같았으며, 총탄이 어떠한 물건인지 알지도 못했다. 시정市井에서 한가로운 사람들을 모아서 간신히 대오를 충당하니 보는 사람들은 이미 반드시 패한다는 것을 점칠 수 있었다. 그럼에도 유생들의 거병이 사람들 입에 오르내리는 것은, 그 결과를 보려는 것이 아니라 그 의지에 초점을 맞추고 있기 때문이다. (신복룡 지음, 한국정치사상사 (하), 지식산업사, 2011, p. 385)

[참고자료]

- 위키 백과. 한국민족문화대백과사전 등 신복룡 교수 (건국대 정외과 석좌교수)에게 의병장 최익현 선생에 대하여 많은 이야기를 직접 들었음.

일본으로 쓰시마 섬으로 압송되는 최익현 선생

'선생의 유해 환국' 이의주 화백의 유화

부록

애국지사기념사업회(캐나다) 약사 및 사업실적

- 2010년 3월 15일 한국일보 내 도산 홀에서 50여명의 발기위원들이 참석한 가운데 창립. 초대회장에 김대억 목사를 선출하고 고문으로 이상철 목사, 유재신 목사, 이재락 박사, 윤택순 박사, 구상회 박사 등 다섯 분을 위촉했다.

- 2010년 8월 15일 토론토한인회관에서 거행된 제 65회 광복절 기념식에서 김구 선생(신재진 화백), 안창호 선생(김 제시카 화백), 안중근 의사(김길수 화백), 등 세분 애국지사의 초상화를 동포사회에 헌정하다.

- 애국지사기념사업의 필요성과 중요성을 동포들에게 인식시킴과 동시에 애국지사들에 관한 책자, 문헌, 사진과 기타자료를 수집하다.

- 2011년 2월 25일 기념사업회가 계획한 사업들을 추진할 자금을 확보하기 위한 모금만찬을 개최하고 $8,000,00을 모금하다.

- 2011년 8월 15일 토론토 한인회관에서 거행된 제 66회 광복절 기념식에서 윤봉길 의사(이재숙 화백), 이봉창 의사(곽석근 화백), 유관순 열사(김기방 화백) 등 세분 애국지사의 초상화를 동포사회에 헌정하다.

- 2011년 11월 캐나다에 거주하는 모든 동포들을 대상으로 애국지사들에 관한 문예작품을 공모하여 5편을 입상작으로 선정 시상하다. / 시부문 : 조국이여 기억하라(장봉진), 자화상(황금태), 기둥 하나 세우다(정새회), 산문 : 선택과 변화(한기옥), 백범과 모세 그리고 한류문화(이준호), 목숨이 하나밖에 없는 것이 유일한 슬픔(백경자)

- 2012년 3월에 완성된 여섯 분의 애국지사 초상화와 그간 수집한 애국지사들에 관한 책자, 문헌, 사진, 참고자료 등을 모아 보관하고 전시할 애국지사기념실을 마련하기로 결의하고 준비에 들어가다.

- 애국지사들에 관한 지식이 없는 학생들이나 그 분들이 조국을 위해 목숨까지 바친 애국정신에 별다른 관심이 없는 동포들에게 애국지사들이 국가와 민족을 위해 무엇을 희생했는가를 알리기 위해 제반 노력을 경주한다.

- 2012년 12월 18일에 기념사업회 이사회를 조직하다.

- 2012년 12월에 캐나다에 거주하는 모든 동포들을 대상으로 애국지사들에 관한 문예작품을 공모 1편의 우수작과 6편의 입상작을 선정 시상하다.
  우수작 : (산문)각족사와 국사는 다르지 않다.(홍순정) / 시 : 애국지사의 마음(이신실)/ 산문 : 역사를 잊은 민족에게 미래는 없다.(정낙인), 애국지사들은 자신의 목숨까지 모든 것을 다 바쳤다(활규호), 애국지사(김미셀), 애국지사(우정회), 애국지사(이상혁)

- 2013년 1월 25일 이사회를 개최하여 해당년도 사업계획과 예산안을 확정하다.

- 2013년, 해당년도 사업을 추진하는데 필요한 자금을 확보하기 위한 모금만찬을 개최하고 $6,000,00을 모금하다.

- 2013년 8월 15일 토론토 한인회관에서 거행된 제68회 광복절 기념식에서 이준 열

사, 김좌진 장군, 이범석 장군 등 세 분 애국지사의 초상화를 동포사회에 헌정하다.

- 2013년 10월 애국지사들을 소재로 문예작품을 공모 우수작 1편과 입상작 6편을 선정 시상하다.

- 2013년 11월 23일 토론토 영락문화학교에서 애국지사기념사업의 중요성과 필요성에 관해 강연하다.

- 2013년 12월 7일 한인회관에서 거행된 '차세대 문화유산의 날' 행사에서 토론토지역 전 한글학교학생들을 대상으로 "우리민족을 빛낸 사람들"이란 제목으로 강연하다.

- 2014년 1월 10일 이사회를 개최하고 해당년도 사업계획과 예산안을 확정하다.

- 2014년 3월 14일 기념사업회 운영을 위한 모금을 확보하기 위한 모금만찬회를 개최하고 $5,500,00을 모금하다.

- 2014년 8월 15일 토론토 한인회관에서 거행된 제 69회 광복절행사에서 손병희 선생, 이청천 장군, 강우규 의사 등 세분 애국지사의 초상화를 동포사회에 헌정하다.

- 2014년 10월 애국지사 열여덟 분의 생애와 업적을 수록한 책자 '애국지사들의 이야기·1'을 발간하다.

- 2015년 2월 7일 한국일보 도산홀에서 '애국지사들의 이야기·1' 출판기념회를 하다.

- 2015년 8월 4일 G. Lord Gross Park에서 임시 이사회 겸 친목회를 실시하다.

- 2015년 8월 6일 제 5회 문예작품 공모 응모작품을 심사하고 장원 1, 우수작 1, 가

작 3편을 선정하다.
장원 : 애국지사인 나의 할아버지의 삶(김석광)
우수작 : 백범 김구와 나의소원(윤종호)
가작 : 우리들의 영웅들(김종섭), 나대는 친일후손들에게(이은세),
태극기단상(박성원)

- 2015년 8월 15일 한인회관에서 거행된 제 70주년 광복절기념식장에서 김창숙 선생(곽석근 화백), 조만식 선생, 스코필드 박사(신재진 화백) 등 세분 애국지사의 초상화를 동포사회에 헌정하다. 이어서 문예작품공모 입상자 5명을 시상하다.

- 2016년 1월 28일 이사회를 개최하고 해당년도의 사업계획과 예산안을 확정하다.

- 2016년 8월 3일 사업회 야외이사회를 개최하고 이사 상호간의 친목을 다지다.

- 2016년 8월 15일 거행된 제 71주년 광복절 기념식에서 이시영 선생, 한용운 선생 등 두 분 애국지사의 초상화를 동포사회에 헌정하다. 또한 사업회가 제작한 동영상 '우리의위대한유산대한민국'을 절찬리에 상영하다. 이어 문예작품공모 입상자5명에게 시상하다.
  최우수작 : 이은세 / 우수작 : 강진화 / 입상 : 신순호, 박성수, 이인표

- 2016년 8월 15일 사업회 운영에 대한 임원회를 개최하다.

- 2017년 1월 12일 정기 이사회를 개최하고 사업계획 및 예산안을 확정하다.

- 1017년 8월 12일 사업회 야외이사회를 개최하고 이사 상호간의 친목을 다지다.

- 2017년 9월 11일 한국일보사에서 제7회 문예작품 공모 입상자 시상식을 실시하다.
  장원 : 내 마음 속의 어른 님 벗님(장인영)
  우수작 : 외할머니의 6.10만세 운동(유로사)

입상 : 김구선생과 아버지(이은주), 도산 안창호 선생의 삶과 이민사회(양중규 / 독후감: 애국지사들의 이야기 1(노기만)

- 2017년 12월 27일 정기 이사회를 개최하다.

- 2017년 3월 7일, 5월 3일 5월 31일, 7월 12일, 8월 6일, 9월 21일, 11월 8일 12월 3일2일. 임원회를 개최하다.

- 2017년 월 일 애국지사들을 소재로 한 문예작품 공모작품을 심사하다.
  일반부 I 최우수작: 김윤배 "생활속의 나라사랑"
  우수작 : 김혜준 "이제는 대한민국 만세를 부르자"
  입상 : 임강식 "게일과 코리안 아메리칸", 임혜숙 "대한의 영웅들",
  이몽옥 "외할아버지와 엄마 그리고 나의 유랑기",
  김정선 "73번 째 돌아오는 광복절을 맞으며", 임혜숙 "대한의 영웅들"
  학생부 I 최우수작: 하태은 하태연 남매 "안창호 선생"
  우수작 : 김한준 "삼일 만세 운동"
  입상 : 박선희 "대한독립 만세", 송민준 "유관순"
  특별상 : 필 한글학교

- 2018년 5월 30일 "애국지사들의 이야기.2" 발간하다.

- 2018년 8월 15일 73주년 광복절 기념행사를 토론토한인회관에서 개최하다. 동 행사에서 문예작품공모 입상자 시상식을 개최하다.

- 2018년 9월 11일 G. Ross Gross Park에서 사업회 이사회 겸 야유회를 개최하다.

- 2018년 9월 29일 Port Erie에서 한국전 참전용사 위로행사를 갖다.

- 2019년 1월 24일 정기이사회를 개최하다.

- 2019년 3월 1~2일 한인회관과 North York시청에서 토론토한인회와 공동으로 3·1절 및 대한민국임시정부 수립 100주년 기념식을 개최하다.

- 2019년 6월 5일 애국지사들의 이야기 제3권 필진 최종모임을 갖다.

- 2019년 6월 20일 애국지사들의 이야기 제3권 발행하다.

- 2019년 8월 8일: 한인회관에서 애국지사들의 이야기 제3권 출판기념회를 갖다.

- 2019년 8월 15일: 한인회관에서 73회 광복절 기념행사를 개최하다. 동 행사에서 동영상 "광복의 의미" 상연, 애국지사 초상화 설명회, 문예작품 입상자 시상식을 개최하다.

- 2019년 10월 25일 회보 1호를 발행하다. 이후 본 회보는 한인뉴스 부동산 캐나다에 전면 칼라로 매월 넷째 금요일에 발행해오고 있다.

애국지사기념사업회(캐나다)

동참 및 후원 안내

후원하시는 방법/HOW TO SUPPORTUS

Payable to Canadian Association For Honouring Korean Patriots로 수표를 쓰셔서
Canadian Association For Honouring Korean Patriots
1004-80 Antibes Drive Toronto. Ontario. M2R 3N5로 보내시면 됩니다.

사업회 동참하기 / HOW TO JOINS

애국지사기념사업회(캐나다)에 관심 있으신 분은 남녀노소 연령에 관계없이 누구나 회원으로 가입하실 수 있습니다.
회비는 1인 년 $20입니다.(가족이 모두 가입하실 수도 있습니다.)
회원가입을 원하시는 분은 (416) 661-6229나
E-mail : dekim19@hotmail.com으로 연락주시기 바랍니다.

『애국지사들의 이야기·1.2.3.4호』

독후감 공모

『애국지사들의 이야기·1,2,3,4호』에는 우리나라의 독립을 위해 신명을 바치신 애국지사들의 이야기가 수록되어 있습니다. 이분들의 이야기를 읽고 난 독후감을 공모합니다.

● 대상 애국지사

본회에서 발행한 애국지사들의 이야기 1,2,3,4호에 수록된 애국지사들 중에서 선택

● 주제

1. 조국의 국권회복을 위해 희생, 또는 공헌하신 애국지사들의 숭고한 나라사랑을 기리고자 하는 내용.
2. 2세들에게 모국사랑정신을 일깨우고, 생활 속에 애국지사들의 공훈에 보답하는 문화가 뿌리내려 모국발전의 원동력으로 견인하는 내용.

● 공모대상

캐나다에 살고 있는 전 동포(초등부, 학생부, 일반부)

● 응모편수 및 분량

편수에는 제한이 없으나 분량은 A4용지 2~3장 내외(약간 초과할 수 있음)

● 작품제출처 및 접수기간

접수기간 : **2020년 8월 15일부터 2021년 7월 30일**

제출처 : Canadian Association For Honouring Korean Patriots
1004-80 Antibes Drive Toronto. Ontario. M2R 3N5

E-mail : **dekim19@hotmail.com**

● 시상내역

최우수상 / 우수상 /장려상 = 상금 및 상장

● 당선자 발표 및 시상 : 언론방송을 통해 발표

본회발행 '애국지사들의 이야기 1,2,3호'에 게재된 애국지사와 필진

▶ 애국지사들의 이야기 1호

김대억

백경자

최기선

최봉호

	수록 애국지사	필자
1	민족의 스승 백범 김 구 선생	
2	광복의 등댓불 도마 안중근 의사	
3	국민교육의 선구자 도산 안창호 선생	김대억
4	민족의 영웅 매헌 윤봉길 의사	
5	독립운동의 불씨를 돋운 이봉창 의사	
6	의열투사 강우규 의사	
7	독립운동가이며 저항시인 이상화	
8	교육에 평생을 바친 민족의 지도자 남강 이승훈	백경자
9	고종황제의 마지막 밀사 이 준 열사	
10	민족의 전위자 승려 만해 한용운	
11	대한의 잔 다르크 유관순 열사	최기선
12	장군이 된 천하의 개구쟁이 이범석	
13	고려인의 왕이라 불린 김좌진 장군	
14	사그라진 민족혼에 불을 지핀 나석주 의사	
15	3.1독립선언의 대들보 손병희 선생	최봉호
16	파란만장한 대쪽인생을 살다간 신채호 선생	
17	한국광복군 총사령관의 대명사 이청천 장군	
18	머슴출신 의병대장 홍범도 장군	

김 구

안중근

안창호

윤봉길

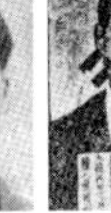
이봉창

강우규

이상화

이승훈

이 준

한용운

유관순

이범석

김좌진

나석주

신채호

손병희

이청천

홍범도

▶ 애국지사들의 이야기 2호

김대억

신옥연

이은세

장인영

최봉호

스코필드

조만식

조소앙

	수록 애국지사	필자
1	우리민족의 영원한 친구 스코필드 박사	김대억
2	죽기까지 민족을 사랑한 조만식 선생	
3	조소앙 선생에게 '남에선 건국훈장, 북에선 조국통일상' 추서	신옥연
4	한국독립의 은인 프레딕 맥켄지	이은세
5	대한독립과 결혼한 만석꾼의 딸 김마리아 열사	장인영
6	이승만 전 대통령이 성재어른이라 불렀던 이시영 선생	최봉호
7	극명하게 엇갈리는 이승만 전 대통령의 공과(功過)	
특집〈탐방〉: 6.25 가평전투 참전용사 윌리엄 클라이슬러		

프레딕 맥켄지

김마리아

이시영

이승만

윌리엄 클라이슬러

▶ 애국지사들의 이야기 3호

	수록 애국지사	필자
1	Kim Koo: The Great Patriot of Korea	Dae Eock(David) Kim
2	조국의 독립과 통일을 위해 바친 삶 우사 김규식 박사	김대억
3	근대 개화기의 선구자 서재필 박사	김승관
4	임정의 수호자 석오 이동녕 선생	김정만
5	한국 최초의 여성의병장 윤희순 열사	백경자
6	댕기머리 소녀 이광춘 선생	
7	독립군의 어머니라고 불린 남자현 지사	손정숙
8	아나키스트의 애국과 사랑의 운명적인 인연 박열과 후미코	권천학
9	인동초의 삶 박자혜	
10	오세창 선생: 총칼대신 펜으로 펼친 독립운동	
11	일본을 공포에 떨게 한 김상옥 의사	윤여웅
특집 : 캐나다인 독립유공자 5인의 한국사랑 – 프랭크 윌리엄 스코필드, 프레드릭 맥켄지, 로버트 그리어슨, 스탠리 마틴, 아치발드 바커 / 최봉호		

김구

김규식

서재필

이동녕

윤희순

이광춘

남자현

박열

후미코

박자혜

오세창

김상옥

프랭크 윌리엄 스코필드

프레드릭 맥켄지

로버트 그리어슨

스탠리 마틴

아치발드 바커

조국과 민족을 위해 모든 것을 바친
애국지사들의 이야기·4

초판인쇄 2020년 06월 15일
초판발행 2020년 06월 20일

지 은 이 애국지사기념사업회(캐나다)
펴 낸 이 이혜숙
펴 낸 곳 신세림출판사
등 록 일 1991년 12월 24일 제2-1298호

04559 서울특별시 중구 창경궁로 6, 702호(충무로5가, 부성빌딩)
전 화 02-2264-1972
팩 스 02-2264-1973
E-mail shinselim72@hanmail.net

정가 18,000원

ISBN 978-89-5800-216-1, 03810